KB271336

아름다운 꿈을 꾸기 위해

: 흘려보내온 세월

김영애 글

도서출판 도훈

"아름다운 꿈을 꾸기 위해 (김영애는) 지금까지 삶"
그때 그날 그렇게 살았는가? 흘려보내온 세월

이 한 권의 책자에는 내 인생의 희로애락 긴 여정인 만 35년간의 생활 이야기가 들어 있다.(1974년~2008년)

생활하면서 문득문득 무언가 적어보고 싶은 날!

아무런 꾸밈없이 솜씨 없이 되는 대로 써 내려간 나의 이야기다. 늘 반복되는 다람쥐 쳇바퀴 돌듯이 같은 하루하루인 것 같으나 그날 그날 기분도 달랐고 느낌도 달랐고 즐거운 일, 슬픈 일, 행복했던 순간들이 50여 권의 일기장 속에 모두 들어있다.

쓸 줄 모르는 글이지만, 난 내 멋대로 이렇게 끄적끄적할 때가 제일 행복했다. 먼 훗날 내가 아닌 그 누구에게 이 글들이 읽힌다고 해도 난 아무런 부끄러움이 없으리라. 서투른 글솜씨! 그냥 서투른 글일지라도! 이것이 바로 별 볼 일 없었던 내 모습 그대로는 결코 아니므로. 또한 진실과 진심은 함께 느낄 수 있다는 것이 그 내면에 숨겨져 있으리라. 우리 집은 증조모님이 생존해 계셨던 5대가 살아가는 집으로 증조모님 친정집 관계, 시아버님 외가 관계, 대고모님들과의 관계, 아버님 고종 및 이종 간의 관계, 시어머님 조카들! 이토록 복잡하게 얽혀진 대소사의 가족사… 또한 사회적 혼돈 속에 전형적인 시골 동네의 생활상을 함께 해야 했고 격변화하는 사회적 혼돈 속에, 사회발전 과정의 뒤안길에 무계획 속에서 진행되는 크고 작은 각종 참사들…. 그 과정에서의 표현으로 인재와 천재를 구분할 수 없고 또한 궁핍한 과정을 이겨내는 뒤안길의 세상사 이야기들을 내 소견으로 내 생각을 표현한 내용이다. 쓰다 보니 50여 권의 일기장이 쌓여 가끔 그때는… 또 그날은… 남편이 욱일 때는 좋은 자료로 쓰여지고도 있다.

2008년 이후 현재까지의 더 많은 이야기들은 다시 한번 여러분과 만날 수 있기를 기대해 본다.

그때 그날들을 우린 그렇게 살았었다

언젠가 한가한 날 아내의 일기를 몇 장 읽어가다 그동안에 생활의 무상함을 알게 해주는 대목들이 너무 많이 있어 몇 권의 페이지를 읽어 보다가 그동안 써온 일기장의 50여 권에 내용을 모두 재현하여 공개할 수는 없지만 자식들 앞에 또는 친구 아들딸들에게 한 엄마의 생활 이야기로 또는 한 세대의 생활상으로 시대의 흐름과 세상사의 변천 과정을 알려줄 좋은 자료도 될 것 같아 둘레의 주변인들에게도 공감되는, 생활에 귀감이 될 수 있음을 확신하여 일기 내용을 일부라도 지인들에게 밝혀 보고자 하였다.

박경리 선생님의 토지와는 비교할 수 없겠지만 1974년부터 우리나라 발전사항들이 암시적으로 너무 솔직하고 진솔하게 잘 표현되어 있고 현재까지 시대 변천 과정과 그때그때 있었던 내용들이 많이 공감이 되었다. 또한 그토록 어렵고 힘들었던 시대 변천 속에서의 생활상들, 또 시대적 사회 변천 과정 속에 심금을 울렸던 내용들, 그리

책장에 꽂혀있는 일기장들

고 같은 날 같은 내용들도 서술적 그 표현된 내용의 판이한 글과 어휘의 표현들은 함께 살아온 나도 너무 감탄적이고 생활의 아련함을 세밀하게 느낄 수 있는 내용들이라 사료된다. 그동안 한 세대의 삶에 흔적이 너무도 영역함을 일목요연하게 진술된 내용들이라 생각해 본다.

남들의 표현으로 아내의 자랑은 팔불출이라 했나? 우리 생활 속에 아득히 잊혀져 있었던 일들을 상기해 보며 그 소박하면서도 솔직한 아주 진실한 세월 속의 추억담을 연상해 볼 수 있는 심정의 표현이다. 어려운 생활상들과 그 당시의 생활 중 아주 단편적이지만 도시락을 학생인 아들딸들은 물론이고 직장을 다니고 있는 교사인 남편 도시락도 지참시킨 월급쟁이 부인으로 그러한 찌듦 속에서도 절박함보다는 과묵하게 한 시대를 헤쳐 나간 내용들은 한 여인의 애환과 고뇌가 담긴 그때 그 시절의 너무도 가깝게 와 닿는 내용들이라 생각도 해본다.

또한 개인적 생각의 표현이지만 나라의 크고 작은 세상 속의 이야기들은 그렇게 시대 사항이 어렵고 힘든 생활 속에서 어느 곳에 하소연도 못 하며 그들이 타고난 숙명적인 일로 버텨온 가엾고 안타까운 일들로 인재라고는 생각 못하며 천재로만 알고 지내 온 일들을 우리는 현재 그토록 긴 터널을 지내 온 한 여인의 생활 후담이란 표현으론 너무 안타까운 점들이 많았다. 또 누구에게나 한번 보내온 세월은 모두에게 있으나 이토록 긴 내용들을 사항마다 정리한 것이 아니고 있었던 날에 있었던 내용들로 우리가 살아온 모습을 아주 가깝게 표현하고 있어 가족 간의 배려심의 표현이나 표현하기 힘든 날도 쉽지 않은 내용들을 표출하기보다 본인의 심중으로 덮고 넘긴 내용들을, 많은 우리 주변 지인들뿐 아니고 엮여진 내용이 좀 미흡하더라도 보다 널리 알려주고 싶어 아내한테 허락도 받지 않고 세상에 공개하고자 하였다.

요사이 우리 집에 오시는 지인들은 그동안의 힘든 날들이 우리 아내에겐 있을 수 없었을 것으로 알고 오직 부잣집에 시집 잘 온 여인으로만 생각하며 부러운 눈초리에 때론 질투심까지 갖는 분들도 있다.

인생사 모두 지난 세월은 힘든 거라 하겠지만 단칸 월세방에서 구하기 힘든 연탄 몇 장을 어렵게 사야 했던 사회적 궁핍과 27세의 어린 신부가 고추장을 담가 먹고 도시락 반찬을 위한 보쌈김치를 담그는 새색시의 생활… 요사이 젊은 신혼들은 사 먹는 고추장을 더 좋아하며 인스턴트식품들로 편한 생활에 익숙해져 있으나 우린 그러한 삶이 신혼생활인 줄 그렇게만 알고 자신의 몸으로 실천하며 살아온 내용들을 그 누가 알겠는가.

또한 맏며느리의 역할로 감당해야 하는 시대적 사항들과 또한 그 밖에 많은 어려움이 있었던 집이다.

우리 집에서는 증조할머니와 함께 생활하며 보내온 시집으로서 어른들 호칭들… 그분들과의 친숙한 생활 속에서의 또 다른 어려움들….

그러나 아내 일기장에서는 아주 자연스럽게 불리고 있다. 그때 그 시절 있었던 내용들로 아주 알기 쉬운 최근대적인 생활상인데도 요사이는 아버지 고모를 어찌 알고 있으며 그 고모의 호칭이 쉽게 나오질 않아 새내기 드라마 속에 작가들의 표현으로 왕할아버지 왕고모란 표현으로 아주 쉽게 불리고 있는데 대고모님이고 나의 증조할머님이니 우리 아들에게는 고조할머니인 내용들이 우리 집에서는 아들딸들이 기억 속에 실존하고 있었던 35여 년의 긴 세월을 표현하며 살아온 내용들….

아내는 막내딸로 태어나 친가에서는 부모 일찍 여의고 생활해온 시집살이의 고충을 구태의연한 신랑은 이해하려 들지도 않았고 어느 날 70이 넘어서 아내의 힘들었던 세월 이야기를 더듬고 있다.

언니의 큰딸 예쁜 정원이와 열다섯 살 이모의 행복한 모습

이승만 대통령 83세
탄신기념 축하 공연 후

여고 졸업사진 촬영차 서호저수지에서

학교 교정에서 개나리꽃에 묻혀 친구들이
공부 시간에 돌려보다가 선생님께 들켜
혼날줄 알았는데 예쁘게 잘 나왔네

1973년 12월9일 그때는 나도 예뻤군!

신혼여행지 현충사에서 낭군님께 물 한 모금

미국으로 이민가서
살고 있는 소꿉동무
숙자의 축하글!

서울 언니네 다녀오다 늦은 밤 졸면서 찍은 여주에서의 가족사진

할머니 집에서 개나리에 묻혀

어린이날에
아빠와 인천 나들이
맥아더 동상 앞에서

외사촌시누이 작은시누이와 어린이대공원에서 즐거운 하루

삼 남매가 할머니 댁에서의 즐거운 하루

1985년 3월
텃밭 비닐하우스에서
직접차린 음식대접하며 벌린
시아버님 환갑잔치

1985년 3월
아버님 어머님
만수무강하세요

시어머님 축하연에
행복해하는 우리형제들

2002년 3월 31일
하나뿐인 우리 딸
시집가는 날

2004년 11월 14일
큰아들 병곤이 결혼식

노총각 우리 막내아들
예쁜 각시 얻어
장가가는 날

1974 ~ 1979

1974년 1월 14일 월요일 맑음
지척에 있어도 친정은 천리만리(회상)

겨울 날씨가 어쩌면 이렇게도 포근할까!

아마 시집살이하는 내 몸이라도 포근하라고 하늘이 도와주시는 것인가 보다. 오늘은 아침을 먹고 시어머니가 크다고 입지 않으신다는 스웨터를 풀었다. 은영 엄마가 시집가기 전에 짜놓은 것인데 너무 커서 못 입는다고 하시기에 다시 짜 드리려고 아랫방 큰고모와 같이 사랑방에서 풀었다. 건넌방은 어젯밤부터 불이 꺼져 아침에 연탄불을 다시 피웠더니 아직 쓸쓸하고 냉기가 냉랭하고 너무 춥다.

한참 스웨터를 푸는데 바깥마당에서 자주 듣던 아는 아주머니 음성 같기에 내다보니 오산 친정집 이웃에서 사시는 시환 어머니가 미역을 가지고 장사를 나오셨다. 나는 우리 어머니를 본 듯 너무 반가워 들어오시라 했더니 시어머님이 계신 안방에 가셔서 한참 만에 가신다고 나오시기에 부지런히 몇 글자 적은 우리 어머님께 보내는 편지를 드리며 가시다가 "우리 엄마한테 이것 좀 전해주셔요. 저를 만나 봤다고요."라고 하니 내가 드린 편지를 받아 넣으신다. 오늘 아침에 까치가 두어 번 울고 가길래 반가운 손님이 오려나, 어느 손님이 나에게 제일 반가운 사람일까? 했더니 이렇게 친정 동네 아줌마가 오시려고 그랬었는가 보다.

저녁을 일찌감치 해먹고 늦도록 스웨터의 실을 다 풀고 오늘 오랜만에 내 방엘 들어오니 방바닥은 뜨거운데도 몹시 쓸쓸하고 적막하고 서늘하기만 하다. 왜 그럴까?… 텅 빈 방에 혼자 누워 있는데 얼마 전 그이와 찍은 영원히 잊을 수 없는 그날의 사진이 나를 반겨 맞는다. 너무나도 가슴 설렜던 그날, 늘 보던 그이였건만 그날따라 왜 그렇게 두렵던지. 예식장엘 누가 왔는지 축하객들이 많이 왔다고 하였는데 그날 내겐 몇 군데 띄엄띄엄 앉았던 것 같고 사회자가 예식 진행을 어떻게 했는지 주례 선생님이 무슨 말씀을 하셨는지, 나는 너무너무 떨려 손에 든 부케만이 흔들릴 뿐이었었다. 오직 기억에 남는 말씀은 주례 선생님이 "신부 김영애 양은 검은 머리 파뿌리 되도록 몸과 마음을 오직 신랑 임승학 군에게 바칠 수 있는가?… 네." 그날 너무나도 작았던 내 목소리뿐….

1974년 2월 1일
새댁의 간절함 (나는 바둑이만도 못하다)

　며칠 동안 그리도 춥더니 오늘은 아주 많이 포근해졌다. 종일 방에 누워 책도 보고 오랜만에 낮잠도 잤다. 점심은 낮잠 자느라 어머님이 떡도 찌고 갖가지 음식을 차려 준비가 다 되었다 하며 점심 먹자고 부르시는데 어찌나 미안한지 몸 둘 바가 없었다. 그런데 오늘 오산에서 바둑이가 왔다. 그 바둑이는 여기 소일 집에서 키우던 개였는데 시누이 집에 간 후 그놈이 집 생각을 하며 그 먼 곳에서부터 여길 찾아오곤 한다.(4km도 더 떨어진 시장통 골목길과 1번 국도 찻길을 통해 오산 대교를 건너야 오는 거리임) 그렇게 자주 집을 찾아오곤 하는데 그 바둑이를 늘 여기서는 다시 데려다주곤 한다. 여기가 바둑이 친정집이래나, 말 못 하는 짐승이지만 짐승도 저 살던 친정집이 좋은가 보다. 그러니 내 어찌 우리 집에 가고 싶은 생각이… 그 애

달픈 마음이 없겠는가? 저녁을 먹는데 시아버님이 저 바둑이 데려다
주어야지 하시며 또 말씀하시는데 "저 바둑이 제가 데려다주고 올까
요?" 하는 말이 입가에 맴돌면서도 영 나오질 못한다. 집에 가고 싶
으니까 공연히 그런다고 그러시는 것 같아 밤늦도록 말을 못 하고 말
았다. 바둑이 덕분에 우리 집에도 들르고 하면 얼마나 좋을까? 나는
바둑이보다도 자유가 없구나, 바둑아, 바둑아! 너는 얼마나 좋으니?
너는 네 마음대로 여길 오고 갈 수 있으니… 서울 간 그이는 왜 아직
도 안 오실까, 오늘도 오질 않으시려나.

1974년 3월 7일
엄마와 목욕 (친정엄마와의 3일)

오늘 머리를 감고 목욕을 하려고 고무 함지를 방으로 갖고 가는
데 시어머님이 "얘! 오산 목욕탕 가서 하고 오려무나!" 하셨다. 그렇
지 않아도 오산에 가고 싶었던 차에 나는 얼씨구나 좋아서 주섬주섬
화장품을 몇 개 챙겨 가지고 나오는데 어머님이 2~3일 놀다 오라고
까지 허락을 해주셨다. 나는 너무너무 기뻐 입이 자꾸만 벌어지고 있
었다. 좋아서 싱글벙글 콧노래를 하며 뛰다시피 하여 오산 친정집에
가니 엄마가 깜짝 놀라며 반가워하셨다.

그렇게 엄마와 함께 있으니 시간 가는 줄 몰랐다. 그런데 엄마는
또 입맛을 잃으시고 어제 그제 저녁부터 통 진지를 잡수시질 않으셨
다. 나는 매일 배가 터지도록 올케가 해주는 음식을 맛있게 먹고 있
는데 엄마는 아무것도 잡수시지 않아 죄스럽기만 했다. 음식이 모두

싫다고만 하시기에 저녁에 시큼시큼한 귤을 사다 드렸더니 그것은 좀 잡수셨다. 내가 돈이 좀 많았더라면 더 좀 많이 사다 드렸으면 좋을 것을….

그렇게 하루가 지났고 이제 내일은 토요일이니까 그이가 여길 오시겠지? 학교로 전화하여 내가 여기 있는 것을 알려주려다 나 여기 있는 것 모르게 그이 좀 골려주려고 전화도 하지 않았다.

그제 집에서 나올 때 시어머니께서 나한테 "시집살이 못하겠으니 나가 살자고 해." 처음으로 그런 말씀을 하셨다. 3월 중에 살림을 내놓으시려는지. 그러면 얼마나 좋을까? 우리 둘이 나가 살면 우리 엄마 좀 모셔다 함께 살아야지! 어서 그날이 왔으면….

오늘은 그이가 오는 토요일, 한시라도 엄마를 더 보려고 목욕은 물을 데워 집에서 했다. 엊저녁부터 엄마는 진지를 좀 잡수셨다. 엄마가 좋아하는 조기와 씀바귀나물을 챙겨 드리니 엄마는 내가 쓰는 돈 걱정을 하시며 안타까워하신다. 내가 써봤자 몇백 원 아니 1,000원 돈 쓰는 것인데 그까짓 돈이 문제인가. 만일 엄마가 회복되지 못하고 이대로 돌아가신다면 돈인들 무슨 소용이 있겠는가? 어머니가 잘 잡숫고 기운을 차리셔야 하는데….

#1974년 3월 16일 토요일 맑음
바뀌어 가는 세월 (시집의 문화생활 시작)

오늘 아버님께서 텔레비전을 사 오셨다. 그런데 케이스가 없는 것이라 어째 품위가 없어 보였다. 시설(설치)하러 온 기사랑 저녁을 먹고 한참 어수선한데 그이와 승선이 아가씨가 오셨다.

텔레비전을 놓은 즐거움보다 나는 그이가 오셔서 무척 반갑고 기분이 상쾌한 날이다. 예나 지금이나 토요일은 역시 즐거운 날인가 보다. 밤에는 윗집 할머니네(9촌3당숙) 식구들까지 모두 오셔서 방 안 가득히 앉아서 재미있게 새로 사 온 텔레비전을 함께 보았다. 이제 시골도 좋긴 좋은 세상이 되었다.

몇 해 전만 하더라도 등잔불이나 좀 잘사는 집은 그 불이 어두워서 남폿불로 지내던 시골이 이제는 모든 문화 시설을 전부 갖추어 놓을 수 있게 되었으니 구태여 서울이 좋다고 서울로만 갈 필요가 없겠지?

마차밖에 못 다니던 시골 좁은 길들이 새마을 사업으로 해서 이제는 돈만 있으면 집 앞마당까지 차를 타고 들어올 수 있는 시골길이 되었다. 이런 곳에 깨끗한 집이나 짓고 뒤뜰, 앞뜰엔 온갖 과일 나무랑 정원수를 잘 다듬어 가꾸며 갖가지 화초로 아름다운 정원을 꾸며 가며 사랑하는 그이와 오순도순 사는 것도 무척이나 정서적이고 평화로운 생활이리라.

3월 17일 일요일, 오늘도 그이는 쉬지 않고 겨우내 짚으로 싸매주었던 화초들을 하나하나 풀어주고 지난해 삽목으로 뿌리를 내렸던 사철나무들을 뒤란(후원의 의미보다 작은 공간)에 옮겨 심고 하기에 이럭저럭 오후가 다 지나갔다. 나는 윗집 꼬마 아줌마들과 아가씨랑 어릴 때의 꿈 이야기로 꽃을 피웠다. 내가 아가씨 또래였을 때는 무척이나 꿈도 많고 희망도 컸었다. 너무나도 순수하고 소박한 꿈, 경치 좋고 물 좋은 중간 소도시에서 화려하지 않고 깨끗한 아담한 집을 짓고 앞뜰 뒤뜰에 아름다운 정원수가 그득하여 4계절 항상 새들이 지저귀는 집에서 우리 아가들과 꽃향기에 지쳐 쓰러지는 그날까지 그이와 함께 살고 싶다.

언젠가는 이루어질 나의 꿈을 키우며 오늘도 무정하게 나만을 혼자 두고 떠나가신 그이와의 이별을 슬퍼하지 않으리.

1974년 3월 27일 수요일 날씨 맑음
신혼생활 (단둘만의 시작)

여주로 이사 온 지 일주일이 되었다. 첫날은 그이 하숙 짐만 옮기고 하루 종일 라면만 삶아 먹다가 짐 가지러 집에 갔었다. 지난 일요일 이불 보따리랑 그릇 좀 챙겨서 도련님이랑 아버님이 리어카에 짐을 싣고 오산에 나오는데 어쩐지 마음이 심란하고 처량했다. 모두 다 집에 두고 (시집올 때 사 온 모든 살림) 이제부터 보따리 살림이구나, 하고 생각하니 공연히 눈물이 핑 돌았다. 증조할머님이 무척 섭섭해하셨고 어머님은 우셨다. 30년 동안 품 안에 기르던 아들을 이제는 나한테 영원히 빼앗기는 기분이셨으리라. 그이와 나는 자전거로 먼저 나와 오산 친정집에 가서 김치 항아리를 갖고 나왔다. 엄마가 무척 섭섭해하시며 한 폭이라도 더 주시려고 언니랑 꼭꼭 누르며 김치를 담으시는데 기쁜지 슬픈지 마음을 종잡을 수가 없었다. 소일에 있을 때는 그래도 오다가다 종종 엄마를 뵐 수가 있었는데 이제는 정말 엄마 보기가 힘들게 되었다. 이제야 정말 시집가는 기분이었다. 대문 밖까지 나오시는 엄마의 야윈 모습에 나는 더욱 눈물이 나왔다. "엄마, 빨리 나으셔서 우리 집에 놀러 오셔요." 그이와 인사를 하고 새장터 시내버스 정거장에 가니 벌써 아버님이랑 도련님이 짐을 갖고 나와 계셨다. 보따리가 여섯, 피난민 짐 같지만(그때는 버스에 많은 짐을 싣고 다님) 그이와 이제부터 함께 살 수 있다는 즐거움에 마음은 그래도 기뻤다. 수원에서 차 시간이 맞지 않아 거의 1시간 남짓 기다리는데 도련님과 병원에 다녀오신 아버님이 사과랑 호두과자를 사서 차 창문으로 주시는데 또 눈물이 왈칵 나오려 했다. 여주에 다 오도록 마음은 계속 착잡했다. 이제부터의 우리 집에 도착하여 짐을 대강 챙기니 거의 8시가 지나서 몸이 몹시 피곤하였다. 그날 밤에는 큰길 옆에 주~욱 콩씨를 뿌렸는데 파릇파릇 새싹이 돋아나오는 꿈을 꾸었다. 아마 우리의 새살림, 이제부터 시작되는 우리의 생활을 뜻함이리라. 이제 돋아나는 새싹과도 같이 어리고 연한 우리들의 살림, 새싹이 자라서 강한 줄기와 잎과 꽃이 피어나듯 그이와 나와의 살림도 "세월이 가면 버젓하게 알찬 살림이 되리라." 그래도 지금은 방에 옷장이랑 책상이 들어앉고 부엌에도 살림이 그럴싸하다. 그릇이랑 모든 것이 맞지 않아 일하기가 좀 불편하지만 그런대로 소꿉장난 같아 재미가 있었다. 도시락을 싸서 아침에 그이를 학교에 출근시키면 하루 종일 혼자 방 안에 누워 천장만 쳐다보고 지내지만 그래도 이 생활이 소일(시댁)에 있는 것보다 한결 편하게 생각되는 것은 웬일일까? 이번 일요일엔 그이와 단둘이 신륵사에 가기로 했다. 어서 일요일이 왔으면. 올가을에는 이 단칸방에 식구가 또 하나 늘겠지? 아가가 있으면 그래도 덜 심심할 터인데⋯ 그이 보고 라디오라도 하나 사자고 해야지⋯

1974년 4월 18일 날씨 맑음
첫 번째 월급 (시집와서 내가 받은 기쁨)

어제는 그이의 월급날, 얼마나 받아 오실는지 저녁에 그이가 월급봉투를 내놓았다. 총액이 49,700원에서 이것저것 제하고 실수령액은 43,000원인데 거기에서 또 8,000원 적금 빼고, 5,000원은 자기 용돈으로 갖고 내겐 30,000원을 주셨다. 이걸 가지고 한 달을 살아야지, 사치한 여자들 옷 한 벌 값밖에 안 되고, 돈 많은 남자들 한 번 낼 술값밖에 안 되는 돈이다. 웬일인지 그이가 측은해 보이기만 했다. 어제 그이가 내놓은 30,000원 중 쌀 3말 4,800원, 연탄 100장 4,000원, 설탕 3kg 920원, 기름 600원, 그이 농구화 850원, 이럭저럭하다 보니 하루 사이에 벌써 돈은 다 쓰고 얼마 남지 않았다. 그리고 앞으로 아이들 기르며 살길이 막막했고 월급이 갈급이라더니 사람까지 쩨쩨해지는 것만 같았다. 그러나 결혼 후 처음으로 그이의 월급을 모두 맡아 한 달을 살아갈 생각을 하니 이제는 정말 그이의 아내가 된 것이구나 그리고 작으나마 한 가정의 한 주부가 된 듯한 기분도 들었다. 돈은 있으면 있는 대로 다 쓰게 마련이기 때문에 나름대로 적금이나 하나 들까 하고 여주 농협엘 갔다.

그런데 어째 농협이 시원찮은 것만 같고 만일 이사라도 바로 간다면 복잡해질 것만 같아 그냥 보통예금으로 10,000원을 저금하였다. 앞으로 무슨 일이 있어도 10,000원씩은 저금을 해야 할 터인데 그리고 집에 돌아와서 보니 남은 돈이 모두 7,500원, 이 돈으로 남은 한 달 살아야 하고 내일모레엔 아버님 생신이다. 그런데 어떻게 머리를 써서 생활해 나가야 그이에게 돈에 대한 고통을 주지 않고 원만히 살아갈 수가 있을까?

겨우 50,000원도 안 되는 돈을 받자고 한 달 내내 학생들과 입씨름하며 학교 농장에 나가 흙과 나무와 사는 그이가 무척 딱해 보였다. 이제 점점 날씨는 여름이 가까워져 오는데 밖에 나가 학생들과 실습을 하노라면 얼마나 더우실까?

1974년 5월 12일 날씨 맑음
오산 집엘 오다 (4,500원을 갖고)

어제 차비 때문에 오산에 함께 갈까 말까 망설이다 그이는 오후에 간다며 그이가 갖고 있던 비상금 500원을 주면서 먼저 가라 하여 내가 갖고 있던 생활비 4,000원과 그 500원을 갖고 집을 나섰다. 시댁에 오는 길에(5월 10일) 그저께가 친정엄마 생신이었는데도 생신을 보러 가질 못하고 하여 친정집엘 들르니 월세 받을 방을 꾸미느라 누워 있는 환자 엄마한테 신경은 쓸 수 없는 상황을 보니 슬그머니 오빠와 올케가 얄밉기만 했고 내 마음 가눌 길이 없었다.

오늘 아침은 시어머니 52번째 생신이시다. 어제 오산 은영 엄마와 승일 도련님 그리고 집안 어른들이 많이 와서 집 안이 시끌벅적하다.

나는 돈이 없어 닭 한 마리 달걀 한 줄을 사고 여주 집에서 갖고 온 미역, 김, 파래를 내놓으며 마음이 공연이 울적해졌다. 돈이 없어 새로 사지는 못하고 집에 있던 것이라도 갖고 와서 음식을 차려야 하겠다며 모두 싸갖고 왔는데 은영 엄마는 소고기 2근, 조기 해서 푸짐히 사 왔다. 옷 장사 사위를 두어 옷은 늘 은영 엄마가 해다 주는 것 같았다.

시아버지는 마나님 생신이라고 고기를 듬뿍 사 오셨다. 이런 시집의 화목하고 단란한 부모와 자식 간에 정을 표현하는 모습을 보니 나는 또 친정엄마 생각이 났다. 불쌍하기만 한 우리 엄마, 왜 남편 복도 자식 복도 없으실까? 이곳 시집은 부모님들이 모두 젊으시고 오빠에 동생들이 모두 모두 있는 은영 엄마가 마냥 부럽기만 했다.

낮에는 인절미를 해서 딸도 주고 사돈집에도 보내기 위해서 하는 것 같다. 나는 친정에 가면 누가 이렇게 떡도 해주고 반가워해 주나, 나는 어쩌다 막내로 태어나 엄마도 없이 앞으로 쓸쓸히 살아야 하나.

#1974년 5월 27일 날씨 맑음
신혼집들이(임신 8개월 새댁이 초대한 손님)

26일 오산에서 시어머니가 만든 동동주와 시금치 쑥갓 등 야채를 갖고 와서 오늘 저녁때 학교 선생님들 접대할 음식 장만하느라고 하루 종일 서 있었더니 무척이나 허리도 아프고 다리도 아팠다. 아무것도 차린 것이 없는 것 같은데도 오늘 하루 종일 부엌에서 헤어나질 못했다.

그동안은 엄마 언니에게만 의존하며 미루고 뒷시중만 들어오던 내가 막상 혼자 모든 음식을 차리려 하니 하는 것도 없이 마음이 분주했다. 한참 서둘러 음식을 장만하고 있는데 5시쯤 그이가 내려오셨기에 선생님들이 모두 내려오시는 줄 알고 가슴이 덜컹했다.

선생님들은 6시 지나야 오실 거라 하시며 그이는 내가 할 일을 너무도 척척 도와주셔서 한결 힘이 덜 들고 쉽게 상이 차려졌다. 그렇게 차려진 상이 과히 쓸쓸해 보이지는 않았다.

오늘 밥상엔 꽃게찜, 조기찜, 달걀전, 고추튀김, 미역튀김, 무생채, 배추겉절이, 쑥갓무침, 돼지 편육, 돼지 지지미, 동태 졸임, 잡채 등등. 나 혼자서 이렇게 음식을 만들었던 것을 생각하니 마음이 아주 흐뭇했고 나 스스로가 대견스럽기까지 했다. 오늘 교장 선생님과 교감 선생님을 위시하여 열대여섯 명의 선생님들을 대접하고 뒷설거지를 하고 방에 들어가니 밤 11시가 훨씬 지나간 후였다.

1974년 6월 14일
고아가 되던 날 (27세 어린 새댁)

지난 일요일엔 서울에서 그이 친구가 온다고 하여 오산 집엘 못 갔다. 어제 오빠의 전화를 받고 엄마가 더하시다는 말씀에 금방 돌아가실 것만 같아 영 마음이 불안하였으나 내일 그이와 함께 집에 가려고 은행에서 돈을 찾아다 놓고 안집 마루에서 조금 앉아 있으려니까 오산에서 시외전화가 왔다. 나는 가슴이 철썩 내려앉는 것을 간신히 참고 받아보니 엄마가 지금 운명하시려고 한다는 오빠의 전화였다. 손이 떨리고 온몸이 떨려서 학교에 전화는 옆방에 살고 있던 백 선생 사모님께 부탁하고 북받치는 눈물을 억제하며 그이와 연락을 하려다 그이는 농장에 나가고 교무실에 없다기에 나 혼자 집을 나섰다. 3시 40분 수원 직행을 놓치고 서울행 완행이 마침 오기에 정신없이 올라타 이천엘 오니 수원 직행이 20분이나 지나야 떠난다나.

애타는 내 가슴을 무엇에다 비유해야 할는지? 엄마, 내가 갈 때까지 제발 돌아가셔서는 안 돼요. 마음속으로 기원하며 내 정신인지 남의 정신인지도 모르고 어떻게, 어떻게 오산엘 내렸다. 오늘따라 왜 이렇게 발이 무겁고 떼어지질 않는 것일까? 설마설마했는데 집에 도착해보니 엄마는 영원히 나를 두고 조용히 눈을 감고 나를 보지 않고 계셨다.

엄마를 목메어 부르며 울어도 아무런 말씀도 없이 주무시는 듯 조용히 눈을 감고 계신 채, 영애가 왔다고 울부짖어도 영원히, 영원히 내 곁을 떠나버리신 엄마, 언제나 나는 엄마와 정다운 이야기를 다시 한번 나눌 수 있을까? 나 때문에 죽지 않고 살 터이니 염려 말라 하시던 엄마! 어쩌면 막내딸 시집가 어떻게 사나 한 번도 못 와 보시고 그렇게도 허무하게 세상을 뜨신단 말인가? 엄마 없이 못 살고 나 없이 못 사는 줄 알았던 우리 엄마, 불쌍하신 우리 엄마! 그렇게도 사랑하던 자식들 손자들 모두 버리고 어떻게 눈을 감으셨나요? 오늘부터 나는 아빠도 엄마도 없는 불쌍한 고아! 집에 가면 누가 나를 진심으로 반겨 줄까? 이제는 영원히 저 먼 곳에 가버리신 어머니, 우리 엄마…

1974년 6월 24일
잊으려 해도 잊을 수 없는 엄마 생각

비가 올 듯 날씨가 흐렸다 개었다 시원치 않아 빨래 풀을 하려다가 오후에서야 홑이불이랑 풀을 먹여 손질했다. 저녁밥을 하면서 공연히 또 눈물이 나왔다. 소꿉장난 같은 우리 방 살림과 부엌살림일망정 엄마가 계시면 와 보시고 얼마나 대견해하실까, 생각하니 나도 모르게 눈물이 자꾸만 나왔다. 그이가 오는 기척이 나기에 얼른 눈물을 감추려 했으나 되질 않아 오늘도 또 그이에게 언짢은 내 모습을 보여 드리고 말았다. 저녁 식사를 한 후 그이는 어디를 가시는지 나가셔서 10시가 되어도 안 들어오셔서 그동안 나는 홑청을 시치고 바람도 쐴 겸 거리에 나가 일기 노트랑 그이 담배를 사서 돌아와 보니 그때까지 돌아오지 않았다.

고요한 밤에 멀리서 개구리 울음소리가 요란하다. 지금쯤 엄마 계신 곳에도 개구리는 서글피 울어대겠지! 캄캄한 땅속에서 우리 엄마 얼마나 답답하고 심심할까? 그렇게도 사랑하고 귀여워해 주시던 나를 버리고 엄마는 어디를 가셨단 말인가? 나는 언제나 다정한 엄마를 다시 한번 부르며 정다운 이야기를 나눌 수 있을까?

요즘 몸이 무거운 탓인지 일하기가 아주 불편했다. 엎드려서 배추를 다듬는데 어찌나 배가 땅기고 거북한지 모르겠다. 이달도 벌써 하순, 한 달 남짓 있으면 그이도 방학을 하는데 서울 언니네나 좀 가 있다가 왔으면 좋겠다. 엄마가 안 계신 오산엔 가봐야 엄마 생각만 더 날 것 같고 어떻게 해야 엄마를 쉽게 잊을 수 있을까?

그이는 나보고 매일 엄마 생각만 하며 청승맞게 있다고 성화를 대지만 자꾸만 생각나는 것은 어쩔 수가 없다.

1974년 6월 26일 날씨 맑음
궁색한 생활 표현(미래의 꿈)

날씨가 제법 따갑다. 오후에 옆방 백 선생네 사모님과 중앙통 시장에 나가 닭을 한 마리 사 왔다. 요즘 돼지고기를 많이 먹긴 했으나 옆방 백 선생네 집에서 닭 냄새를 풍기게 되면 그이가 군침 삼킬 것 같아서 나도 망설이다가 제일 크다는 놈을 550원에 한 마리 사 왔다.

요즘으로 얼굴이 더 까칠해진 것 같은 그이를 볼 때 매일매일 고기반찬에 잘해주고 싶은 마음 간절하나 우리들의 경제조건이 도저히 그럴 수는 없었다. 마늘과 찹쌀을 넣어 푹 고아서 저녁에 드렸더니 조금 남기고 다 잡수시었다. 조금 남은 것은 내일 아침에 찌개 만들어 드려야겠다. 그렇게 고기를 좋아하는 것을 야채로만 살고 있으니, 언제나 우리에게도 여유가 생겨 풍요롭게 먹고 아름답게 고운 옷 입으며 돈을 모아 멋진 정원이 있는 집을 사서 그이와 나 그리고 태어날 우리의 아가들과 오손도손 재미있게 행복한 생활을 할 수 있을는지. 지금 같아선 도저히 불가능한 일일 것만 같은데 하기야 사람 팔자 시간 문제라 하던데….

1974년 7월 10일 화요일 날씨 비
증조할머니와 여주 단칸방에서의 생활

며칠 전 시어머니로부터 증조할머니가 오신다는 날이 오늘인데 비가 와서인지 오시지 않았다. 우리 엄마가 살아 계셔 오시는 것 같으면 무척이나 좋을 터인데. 증조할머니가 오신다는데 좋은지 나쁜지 그저 덤덤하다.

엄마는 하루 종일 보고 있어도 좋았고 어디 가셔서 5분만 계시다 오셔도 그렇게 반갑고 100번을 보아도 싫증이 안 나고 좋은 우리 엄마였는데 이제는 평생토록 영원히 엄마를 볼 수 없으니… 엄마가 보고 싶으면 어떻게 할까? 어제 낮잠을 자면서도 엄마를 꿈속에서 보았다. 요사이는 하루도 엄마를 꿈속에서 안 보는 날이 없다. 어제 꿈에는 어디를 가신다고 하여 가시지 말라고 어찌나 울었는지 잠이 깨어서도 눈에 눈물이 흐른 것 같았다.

평소에도 엄마가 어디 가시는 것이 그렇게도 싫었는데… 어제도 꿈속에서 엉엉 마냥 흐느껴 울던 참에 앞집 현정 엄마가 와서 꾸던 꿈이 깨졌는데….

어제 오신다던 증조할머님이 오시지 않아 다음 일요일은 생신이고 해서 안 오시나 보다 했더니 2시경에 시어머님이 모시고 오셨다.

아침부터 어찌나 덥고 몸이 무거운지 누워서 정신 모르고 자는데 시어머님이 오시는 바람에 깜짝 놀라 깨었다. 짐 때문에 어머님은 먼저 들어오시고 증조할머니는 나중에 또 가서 모시고 왔다.

80이 넘으신 증조할머니가 이 먼 곳엘 오시는 것을 보니 나는 또 엄마 생각이 울컥 났다. 우리 엄마도 살아 계셨더라면 이렇게 오시고 얼마나 좋아하셨을까?

증조할머니를 보자 나는 눈물이 왈칵 솟아 나왔다.

어머님은 오산 집이 비어 5시 차로 가셔야 한다고 하셨다. 점심도 못 하게 하셔서 짜장면을 시켜드리고 가시는 차비로 간신히 500원 해드렸다. 그 돈을 안 받으실 것 같아 차장에게 직접 주었다.

어서 우리가 부자가 되어 용돈도 좀 드리고 해야 할 텐데 지금 같아서는 까마득하기만 하다.

(신혼 6개월 된 단칸방 생활로 지금은 상상도 할 수 없는 상황을 당연한 생활이라며 보냈음)

1974년 7월 14일 날씨 맑음
증조할머님 생신날

아침에 일찍 일어나 조금씩 조금씩 차리는데 그이도 학교에서 일찍 내려오셨다. 소고기 반 근에서 조금 떼어 전도 부치고 낮에 만둣국에 넣을 거 조금 남기고 나머지는 미역국에 넣었다.

오이나물, 도라지나물, 호박전, 감자튀김, 생선 등 간소하게 조금씩 차려서 세 식구가 아침 식사를 했다. 좀 더 많이 차려서 우리 집에서 함께(여주 생활 속에서) 사는 식구들이나 좀 대접하고 싶은 마음도 없지 않아 있었으나 그만두었다. 할머님이 속으로는 무척 쓸쓸하셨으리라. 오산 집에서 같으면 친척들과 온 동리 많은 분들과 함께 아침 식사를 나누어 잡수셨을 생신날인데….

(그 당시는 증조모님 친정 조카분들과 따님들 또 동네 친척 및 동네 어른들 모시고 아침 식사 대접을 해야 했던 시절임)

1974년 7월 22일 날씨 맑음
순산의 두려움 (만삭의 몸매가 되고 있음)

날씨가 찌는 듯 무덥다. 앉아 있어도 덥고 서 있어도 덥고 정말 미칠 지경이다. 너무나 더우니까 밥도 먹기 싫어질 지경이다.

그이가 할 일을 도와주느라 오랜 시간을 의자에 앉아 책상 앞에서 무엇을 했더니 다리가 너무너무 많이 부어올라 은근히 겁이 났다. 옆방 사모님은 다리가 붓는 것이 무척 나쁘다고 하며 은근히 겁을 주어 더욱 걱정되었다.

얼른 순산을 해야 할 터인데 날짜가 가까워지니 요즘은 무척 겁이 나고 어떻게 낳을는지 걱정된다. 하지만 사지육신이 멀쩡해가지고 남이라고 다 잘 낳는 아기를 나라고 못 낳을까, 하며 스스로 자신을 갖는다.

그이가 오늘이나 내일쯤엔 오실 터인데 날씨가 너무 더워 고생은 안 되셨는지, 돈도 없는데 간다고 했다고 몇 마디 투덜댄 것이 마음에 영 걸린다. 어서어서 그이가 돈을 잘 벌어 몸에 살도 좀 붙고 마음의 여유도 생겨야 할 터인데…

1974년 7월 25일 목요일 날씨 맑음
상주 복장 새색시 (오산 집에 가는 날)

오늘이 방학하는 날이다.

어쩌면 오늘 오후에 오산 집에 갈 것 같다. 어제 세탁한 홑청들을 부지런히 꿰매고 그이 바지를 다리는데 3시쯤 그이가 학교에서 오셨다. 부지런히 서둘러 증조할머니를 모시고 5시 직행버스를 타러 나가는데 김 양이랑 이웃집 백 선생님 댁 사모님이 함께 따라 나오셨다.

엄마 장례를 치른 후 처음으로 가는 오산, 상주복 흰옷을 입으니 나는 또 엄마 생각과 엄마 없는 친정집을 생각하니 너무도 서러워 자꾸만 눈물이 나왔다.

사모님도 안 되었는지 자꾸 위로를 해주시며 몸도 무거운데 시댁에서 일만 하지 말고 서울 언니네랑 두루두루 놀러 다니다 오라고 몇 번이나 부탁해 주셨다.

버스에 올라 밖에 서 있는 김 양과 사모님을 쳐다보니 또 눈물이 북받친다. 나는 두 손으로 얼굴을 가리고 마구 흐느껴 울었다. 그이가 얼굴에 얼룩진다고 달래주었지만 어쩌면 그리도 서러운지….

수원에서 증조할머님은 대고모님 댁에 모셔다 드리고 우리는 조카 화정이가 입원한 병원엘 들러 밤늦게 친정 오빠 언니랑 같이 내려왔다. 너무 늦어 그이만 혼자 들어가게 하고 내일 산부인과도 들를 겸 오산 집에서 나는 떨어졌다.

1974년 7월 28일 일요일 날씨 흐림
눈에서 별이 반짝 (엄마가 되던 날)

어젯밤부터 가끔 아랫배가 빠져나가는 것만 같아 견딜 수가 없더니 오늘 하루 종일 괜찮다가 또 그러고 어젯밤 목욕물이 차다, 했더니 그 때문에 무슨 이상이라도 생긴 것일까?

그이와 어머님이 병원에 가자 하시는 것을 내일모레는 어차피 나갈 것이라 그때나 나가 진찰해보려고 웬만하면 참으려 했으나 오후가 되어도 여전했다. 소변이 마려운 듯 뻐근하고 뿌듯해 변소에 가서 팬티를 보니 뻘건 피가 묻어 있었다.

나는 겁이 벌컥 나 방 안에 와 말도 못 하고 참고 앉아 있는데 또 아래가 친친해 보니 이번에는 뻘건 코피 같은 것이 무척이나 많이 나와 있었다.(이것이 바로 애기 낳기 전 이슬 비친다고 하는 것인 줄을 나중에야 알았지만)

어머님께 말씀드리니 애기 나오려나 보다고 하셨지만 나는 설마 했다. 8월 중순에나 낳을 것으로 알고 있었는데 그렇게 일찍 낳을 리는 없고 배 속에서 꼭 무슨 고장이나 그런 것만 같았으나 6시경에 그이와 함께 병원엘 가보기로 했다.

자전거 뒤에 매달려 나가는데 무척이나 불편했다. 시골로 시집온 것이 무척 후회가 되었다.

제일의원에 가 진찰을 받아보니 자궁 문이 열리고 오늘 밤 12시 안으로 애기를 낳겠다고 했다. 초산이라 늦으면 내일까지는 반드시 낳겠다고 했다.

나는 가슴이 덜컥하며 무슨 사형 선고라도 받는 기분이었다. 이렇게 괴로운 것보다는 아파도 참고 빨리 낳는 것이 속 시원하리라 생각되면서도 너무도 두렵고 겁이 나 가슴이 방망이질을 했다.

초산이라 좀 더딜 터이니 집에 가 있다가 정 못 견디게 아프고 눈에서 별이 반짝반짝하면 오라는 의사와 간호사의 말에 그이는 집으로 준비물을 가지러 가고 나는 친정집으로 갔다.

오늘따라 점심도 먹지 않았더니 속이 출출하다. 언니가 주는 대로 수박도 먹고 옥수수도 먹고 마구 먹었다. 밤은 점점 깊어 8시가 가까운데 이제는 더 자주 아랫배가 뻐근했다.

든든히 먹어야 한다고 언니가 찹쌀떡을 사다 주었다. 조금 후에 밥을 차려다 주는데 점점 아래가 빠져나가는 것 같은 고통에 먹을 수가 없었다.

애기를 낳으려면 배가 아프다든가 허리가 아프다든가 한다던데 나는 배도 안 아프고, 허리도 안 아프고 오직 밑이 빠져나가는 것만 같다. 언니도 배는 안 아프고 나와 같은 증세로 아기를 낳았다고 하는 말에 나도 이러다 정말 낳기는 낳으려나 보다. 더욱 겁이 났다. 의자에 힘을 주고 잔뜩 찡그리고 있는데 9시경 그이가 와서 언니와 함께 택시로 병원에 갔다.

언니가 날달걀을 사다 주어 맛도 모르고 무조건 넘겨버렸다. 엄마 없이 애기 낳으려 애쓰는 내가 몹시도 측은해 보이는 모양이다. 한참 후에 언니는 가고 그이만 혼자 있는데 조금 있다 시어머님도 오시고 은영 엄마도 왔다.

은영 엄마가 나보다 먼저 낳을 차례인 줄 알았더니 엉뚱하게 내가 왜 이 야단일까? 배가 아프냐고 간호사들이 묻는데 배는 하나도 아프지 않았다.

연신 촉진제 주사인지 뭔지 놓으면서도 내가 별로 고통스러워하는 것 같지 않으니까 아기를 낳으려면 아직도 먼 것으로 생각하는 모양이다. 관장을 하고 간호사가 연신 손을 넣어본다. 빨리 낳아버리면 속이 후련할 것만 같다. 10시가 넘어 무엇이 뜨끈하게 쏟아졌다. 소위 모래 진물이 터진 것이다.

이제는 정말 본격적으로 아가가 나오려고 이따금 아래가 벅찼다. 그럴 때마다 같이 힘을 주라 하기에 죽을힘을 다해 힘을 주었으나 아가는 나오질 않았다. 의사와 두 간호사가 더욱더 어쩔 줄을 몰라 했다. 30~40분이 지나 드디어 배가 푹 꺼지는 것 같은 기분이더니 아가의 울음소리가 들렸다. 아들이었다.

무척이나 기뻤다. 밖에서 초조히 계시던 시어머니도 좋아 들어오시고 은영이네로 아기 옷이랑 가지러 갔던 그이도 오더니 무척이나 기쁜 모양이다. 이렇게도 엄마 되기가 힘들 줄이야. 돌아가신 엄마도 영혼이나마 나의 이 순산을 축복해 주실 테지! 살아 계셨다면 얼마나 좋아하셨을까?

눈물이 북받치는 것을 꾹 참았다. 밤에는 그이가 옆에 앉아 간호해 주셨다.

1974년 7월 29일 월요일 날씨 맑음
무거워진 책임 (우리 아가 배내똥을 싸다)

아가는 배도 고프지 않은지 하루가 지났어도 계속 잠만 자고 있다. 그이는 덥고, 졸리고, 피로해서 어쩔 줄을 몰라 했다. 나야 몸도 불편하고 더운지 어쩐지 경황도 없었지만 그이야 멀쩡한 사람이 못 견디게 더웠으리라. 아가가 끈적끈적한 배내똥을 쌌다. 그이가 깨끗하게 치웠다.

아가는 입을 쫑긋거리며 옷소매며 손을 입으로 갖고 가 빨아 대었다. 설탕물이라도 좀 주었으면 좋으련만 배꼽이 떨어질 때까지는 안 먹어도 괜찮다고 하며, 일찍 먹으면 아가가 둔해진다며 울지 않고 잘 노는 아가는 먹일 필요가 없다며 주려 들지 않았다. 병원에서 어련하랴. 그이와 아가를 들여다보며 내가 어떻게 아기를 낳았는지 실감이 나지 않았다. 우리의 아가 같지 않았다. 그이도 오늘부터는 아빠가 되었고 나는 엄마가 되었으니 더욱더 책임이 무겁고 앞으로 잘 키울 일만 걱정이 된다.

1974년 8월 6일 화요일 날씨 비
우리 아가 목욕 나 혼자 시키던 날

제법 빗줄기가 세차다. 오늘 세 번째로 아가 목욕을 나 혼자서 시켰다. 아가 젖을 먹이는데 은영이 삼촌이 왔다. 은영이 엄마도 오늘 9시에 아들을 낳았다나, 우리 집은 올해 아들 풍년이 들었는가 보다. 며느리도 아들 낳고 딸도 아들 낳았다고 부모님께서 무척 기뻐하셨다.

아들이 뭐기에 나 역시 우리 아가를 보면 대견하고 떳떳하고 흐뭇한 것일까? 내가 여자로 태어난 것을 후회해 본 일이라고는 27년 만에 시집온 후 처음이다.

엄마가 편찮으셔서 누워계실 때 그렇게 나를 보고 싶어 하셨는데도 마음대로 가 뵙지도 못한 나! 나는 딸이 되었다는 것을, 여자로 태어난 것을 후회하며 나는 딸은 낳지도 말아야지, 그렇게도 엄마의 가슴을 허전하고 아프게 해놓고 훌쩍 남의 집에 가버릴 딸은 아예 낳지를 말아야지 하며 몇 번이나 다짐했었는가? 그전에는 그런 생각은 없었는데….

1974년 8월 15일 목요일 날씨 맑음
29회 8·15행사 날 (육영수 여사 서거)

29번째 맞는 해방 기념일에 기쁨과 즐거움으로 다시 한번 맞이해야 할 이날에 뜻하지 않은 비보로 큰 충격과 슬픔으로 우리 국민 모두는 분함에 떨고 있었다. 저녁 7시 육영수 여사의 서거 뉴스를 들으며 나는 가슴이 찌르르 저려 옴을 느꼈다. 한 나라의 국모, 모든 국민이 어머니로서 그렇게도 수많은 일과 대통령을 알뜰히 보살펴 오시던 그분의 마지막 길이 그렇게도 비참하고 잔인하게 그놈의 손에 눈을 감으셔야만 했다니, 엄마를 잃은 근혜, 근영, 지만이와 더구나 대통령의 심정을 잘 알 것만 같다.

최근에 엄마를 잃어본 나로서는 너무도 근혜, 근영, 지만이의 슬픔을 내 슬픔과도 같이 느낄 수가 있었다. 너무나도 훌륭했기에 그분은 일찍 가고 만 것이다. 그분이 옛날처럼 한 평범한 군인의 아내였었던들 오늘과 같은 불행은 가족 모두가 없었을 것이다.

다시는 이러한 슬픔이 우리 주변에서 있어서는 안 될 것을 진심으로 빌어 본다.

1974년 8월 18일 일요일 날씨 맑음
눈물이 쏙쏙 (엄마가 되어 가는 길)

8월 17일 시어머니와 함께 아가를 데리고 여주 우리 집엘 왔다. 어른들과 함께 지낼 땐 그래도 안심이 되었는데 앞으로는 어떻게 하나 매우 걱정이 된다. 아기가 웬일인지 어젯밤엔 세 번이나 깨었다.

자리가 바뀌어서인지 젖이 모자라서인지 아기가 자주 깨어 울면 아주 마음이 조급해지며 불안하다. 오늘은 공연히 마음이 안 놓이고 계속 불안하다. 옆에서 일은 하면서도 아기가 울 것만 같아 몸이 달고 더구나 젖먹이는 일이 제일 걱정이 되었다. 오른쪽 젖꼭지가 쏙 들어가서 그것을 빠는 아가도 힘이 들고 나의 아픔은 무어라 표현할 수가 없었다.

오산에서는 빨리기 힘들어 자주 안 빨리다가 짝젖이 될 것이 두려워 19일부터는 자주 빨렸더니 조금 낫기는 하나 어떻게 그렇게도 아픈지 눈물이 쏙쏙 빠졌다. 아기 낳을 때보다도 더 아픈 것 같다.

젖 양이 적은지 아기는 자꾸만 먹으려 하고 1시간이 넘도록 젖을 물고 있으려 하니 이제는 때 맞춰 밥 두 그릇 끓이기도 쩔쩔맬 판이니 정말 큰일이다.

아기가 있으니까 자연 부지런해졌다. 아기가 잠자는 동안 일을 하자니 도망가는 사람 모양 허둥지둥 공연히 마음만 조급하다.

아무래도 아가가 젖 양이 차지 않는 모양이다. 1시간을 넘게 먹으면서도 시원치 않은 표정이다. 배가 부르면 몇 시간씩 자는데 요즘은 자주 깨는 편이다. 없는 살림에 젖이나 흔해야 할 터인데, 우유 먹고 자랄 지경이면 무슨 수로 당할까? 은근히 걱정이 되었다.

아마 내가 밥과 국을 잘 먹지 않아 그런 것일까. 아기를 생각해서 오늘부터는 억지로라도 밥도, 국도 많이 먹어야지. 밤에는 아가가 어찌나 계속 젖을 빠는지 너무 아파 그냥 울어 버렸다.

언제나 안 아프게 될는지, 엄마 노릇 하기가 이렇게 힘들 줄이야. 예전엔 정말 몰랐었다.

1974년 8월 23일 금요일 날씨 맑음
우윳값 (아가를 배부르게 하다)

어젯밤엔 우유를 사다 먹여 재웠다. 배가 부르니까 밤새도록 한 번도 안 깨고 아주 잘 잤다. 오늘 아침에도 그이가 우유를 타서 먹였는데 10시까지 소리 없이 잘 잤다.

똥을 눈 지 일주일이 되는데 변비는 아닌지. 오후에 아기가 똥을 누었다. 아주 많이 누었다. 저녁때쯤 또 쌌다. 그동안 밀린 것이 다 나오는 모양이다. 아기들이 대개 물똥을 누는데 우리 아기는 아주 꼬약꼬약 큰 아기처럼 누었다. 색깔이 퍽 노랗다. 어른들 말씀으로 젖이 좋아서 그런 것이라고 했다. 젖 양이 좀 많으면 얼마나 좋을까? 없는 살림에 아기 우윳값 댈 생각을 하니 마음이 심란하다. 그러나 잘 먹고 잘 자라는 것이 제일이지 돈이 문제일 수는 없다.

1974년 9월 7일 토요일 날씨 맑음
우유 먹이는 엄마 (저 여자도 젖이 귀할까)

그이가 오산 집에 가신 후 나는 아기를 데리고 미장원엘 갔다. 파마약 기운이 너무 독하여 아기가 괜찮을지 염려가 되었다.

머리 손질을 다 하고 집에 오니 9시가 다 되었다. 아기는 5시에 우유 먹고 이제껏 굶었으니 얼마나 배가 고플까? 젖을 흔히 못 먹는 아기가 무척 딱하다. 배가 고파 울 때는 나도 같이 눈물이 나왔다.

요즘 엄마들을 만나면 젖이 먼저 쳐다보였다. 저 여자도 젖이 귀할까? 저 아이는 무얼 먹고 컸을까? 요즘 젖 먹여 기르는 엄마들이 무척 부럽다.

그이는 지금쯤 집에 가셔서 아기 이야기랑 이야기가 많으실 테지? 이제 제법 밤에는 선선하다. 가을이 문턱에 와 닿았나 보다. 지난 봄에 심은 과꽃이 한창 예쁘게 피었고 코스모스도 조금씩 피어나기 시작했다. 우리 엄마는 코스모스꽃을 무척 좋아하셨는데… 엄마를 보듯 코스모스를 대신 바라보며 이 가을을 보내야지.

1974년 10월 17일 목요일 날씨 맑음
연탄 75장 (궁색한 어느 날의 하루)

병곤이가 무척 컸다. 우리 아가 병곤이만 보고 있으면 이 세상 모든 것이 즐겁기만 하다. 요사이는 벙긋벙긋 웃으며 제법 옹알옹알 지껄인다.

오늘은 그이의 월급날인데 이것저것 제하고 39,000원이다. 이달엔 더 아껴서야 병곤이 백일잔치를 해줄 수 있을 것 같다. 월급봉투를 나에게 주며 그이가 쑥스러운듯 미안해 했다. 며칠 전 그이와 생활비 쟁탈전으로 다툰 일로 나도 미안했다. 오늘 밤은 배급 연탄을 타러 주인집 아주머니랑 옆집 사모님과 함께 연탄집에 갔다.

연탄 타러 온 사람들로 마당이 어수선하다. 가득히 대기 중인 리어커 때문에 마음대로 다닐 수도 없었다. 아우성 속에 한참을 기다려 11시가 지나 세 집 몫으로 연탄 75장을 타왔다. 리어카는 주인집 아주머니가 빌려 오셨고 리어카가 없이는 그나마 연탄도 탈 수 없었다. 연탄 사기가 이렇게 힘이 들어서야 어떻게 겨울을 난단 말인가. 세상이 어떻게 되려고 이 지경인지.

<옛날이야기로만 생각해야 할 것인지.>

1974년 11월 3일 일요일
백일잔치 준비 (우리 아가)

일요일 아침 식사 후 시동생은 갔다. 멸치랑 밑반찬 조금 해주고 차비 3,000원을 주머니에 넣어 주었다. 받는 사람은 우습겠지만 우리에게는 무척이나 큰돈이었다. 어쩌면 그렇게도 돈 쓸 것이 없는지 10,000원 쓰기가 그전 1,000원 돈 쓰는 폭밖에 안 되는가 싶다.

수돗가에서 빨래하는데 어머님이 들어오셨다. 무엇인지 많은 보따리를 갖고 오셨다. 떡이랑 반찬거리, 술, 기름과 은영 엄마(시누이)가 병곤이 옷이랑 금반지를 사 보냈다. 아마 아침 새벽부터 서둘러서 오신 모양이었다. 이것들을 모두 갖고 오시느라 얼마나 힘이 드셨을까? 우리 엄마도 살아 계셨다면 벌써 오셨을 터인데.

나는 어쩌면 그렇게도 부모 복이 없을까? 하는 것 없이 어머님과 하루 종일 음식 준비를 했더니 밤에는 무척이나 다리가 아프고 노곤하다. 엄마 되기가 이렇게 힘이 들 줄이야.

밤에는 선선하다. 가을이 문턱에 와 닿았나 보다.

#1974년 11월 4일 월요일
첫아이 백일 손님 초대 (주인집 방에서)

오늘 아침은 이웃에 사시는 선생님들 몇 분하고 동네 아주머니 몇 분을 초대했다.(왜 그 당시는 아침에 손님들을 모셔 식사 대접을 해야 하는 것이었는지. 우리 시골 동리에서 어른들 생신은 반드시 아침식사 대접을 해야만 했다. 좋은 풍습이라 할 수 있으나 그 시절의 인사치레는….) 모두들 옷이며 양말 등 선물을 사 오셔서 오히려 나는 너무 미안스러웠다.

차린 것은 없으나 조용히 음식이나 좀 나눠 먹으려고 모시려 했더니 너나 할 것 없이 쪼들리는 살림에 그런 것은 왜 사 오시는 것일까?

거의 두 말 가량 떡을 하였는데도 모두들 조금씩 나누어 드리고 나니 얼마 남지 않아 어머님 가시는데도 얼마 싸드리지 못했다.

주인집 안방을 빌려 저녁에는 학교 직원 일동을 초청했다. 어머님은 저녁 차로 집 때문에 가셔서 나 혼자 하자니 마음이 불안하고 걱정이 되었다. 이럴 때면 더욱더 엄마가 생각나고 그립다.

그릇이 모자라 이웃집에서 빌려오고 현정 엄마(앞집)는 땔나무까지 가지고 와 무척 미안하고 고마웠으나 혼자 손님 치를 일이 걱정되고 불안했다. 잔치 치르느라 한참 소동을 피우고 뒷설거지를 끝내고 나니 피곤이 몰려와 다리도 아프고 으스스 춥기까지 했다. 몸살이 날 것만 같았다. (그때 그 시절엔 손님 대접은 아침 식사를 함께 해야 하는 시절이었다. 시골 동네에서도 어르신 생신날엔 동리 어른들을 꼭 아침에 초대를 하여 식사 대접을 해야 인사가 되는 때다.)

#1975년 4월 25일 금요일
아들 자랑 (우량아 선발)

전국우량아대회 동메달

아침 일찍 서둘러 언니와 함께 9시경에 집을 나섰다. 보따리와 물통은 언니가 들고 나는 병곤이를 안았다. Y.M.C.A에 도착하니 많은 엄마와 애기들이 와 있었다. 휘둘러보았으나 병곤이 같은 체격은 드물었다. 거기에 온 사람들도 모두 놀라며 혀를 찼다.

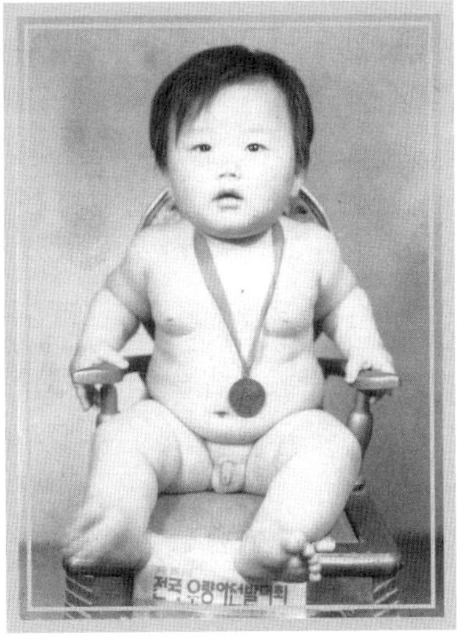

어깨가 으쓱하며 혹시나 기대가 컸다. 경기도는 12시 30분부터라 한참을 기다렸다. 드디어 병곤이도 심사를 받게 되었다. 체중은 12.5kg 키는 75cm 머리둘레 45cm 흉위 55cm 표준보다 모두 훨씬 넘었다.

강당 안이 어찌나 덥던지 죽을 지경이다. 언니가 같이 오게 되었으니 망정이지 무척이나 고생할 뻔했다. 한참을 혼난 끝에 예선 발표가 있었다.

병곤이는 2,044번이다. 조마조마했는데 끝으로 세 번째 큰소리로 임병곤을 호명했다. 예선 합격자는 8명이었다.

본선에서 24개월 된 여자아이가 최우량아가 되었고 또 다른 두 아이가 우량아, 우리 병곤이는 준 우량아로 떨어지고 말았다. 펜던트와 동메달을 받으며 마음이 영 좋지 않았다. 너무나 어렸나? 그렇지 않으면 심사가 정상이란 말인가? 이건 틀림없이 정당하게 뽑은 것이 아닐 것 같은 생각이 들었다.(당시 9개월로 미숙한 표현과 재롱이 부족한 것 아닌지?) 예선 합격에서 그렇게도 컸던 기대와 꿈이 산산이 부서지고 말았다.

언니와 사촌 동생과 돌아오는 시내버스 안에서도 계속 섭섭하고 분했다. 병곤이에게 퍽 미안했다. 공연히 엄마의 노리개가 되어 준 것만 같아 딱하기도 했다. 그 더운 강당 속에서 땀을 흘리며 엄마 손에 안겨 다녔는데…. 최우량아는 못 되었어도 병곤이처럼 믿음직하고 튼튼한 체격은 어딜 가나 없었다. 병곤이가 역시 최고다. 계속 튼튼하게 잘 키워야겠다.

5월 9일, 여주 군청에서 시상식이 있다고 통보가 와서 부지런히 치우고 미장원엘 들러 군청엘 갔더니 단상에 상품과 상장들이 진열되어 있고 군청 여직원이 안내하고 있었다. 11시가 다 되어 시상식이 거행되었다. 어버이날, 어린이날 기념으로 효자, 효부, 착한 어린이, 장한 어머니, 우량아 여러 시상이 있었다. 우리 병곤이도 군수님께 우량아 상장과 부상으로 은수저 한 벌도 받았다.

1979년 10월 27일
긴급 뉴스

아침에 아빠가 라디오에 귀 기울이며 누가 죽었대! 긴급 뉴스라는데. 궁금한 채 출근하시고 곧이어 우리는 박 대통령의 서거 소식을 정확히 들을 수 있었다. 믿어지지 않는 사실이었다.

어제 오전까지만 해도 그 쟁쟁하신 음성으로 삽교천 삽교호 준공식에 참석하시어 연설하시던 모습을 TV 화면에서 보았는데 저녁에 김재규의 손에 의해 그렇게도 비참히 죽임을 당하시다니 어안이 벙벙해 실감이 나질 않았다. 가슴이 찡하고 말할 수 없는 그 무엇이 가슴을 막고 있는 것 같아 아침도 제대로 먹을 수 없었다.

18년이란 세월 속에 하신 일도 많았고 국민의 불평도 많았지만 이렇게 갑작스레 가을 낙엽 허무하게 지듯 가실 줄이야 그 누가 알았으랴?

가난한 농부의 아들로 태어나 서민의 고충과 어렵고 불쌍한 이들의 아버지가 되어주시고 그 속에서 함께 살아오셨던 박 대통령. 평범하고도 자상한 얼굴에 자그마한 키로 연설하실 때의 그 모습은 무척이나 당당하시더니만 죽음 앞에는 당할 자가 없구나.

진작에 자리를 물러나 주셨다면 정말로 위대한 새마을의 영도자! 이 나라의 영웅이 되었을 터인데 정말로 안타까운 마음일 뿐이다. 자기의 오른팔이나 다름없는 정보부장한테 그런 비참한 죽임을 당하시다니…. 훌륭하신 분을 허무하게 헛되이 잃은 것 같은 기분에 영 마음이 아프고 허전함은 어인 일일까.

10월 31일, 오가는 시민들의 표정이 무거워 보인다. 뉴스는 연신 대통령의 서거 소식과 국민이 애도하며 분향재배하는 모습으로 온 거리가 모두 슬픔 속에 잠겨있다. 집마다 서거를 애도하며 조기를 달았는데 우리 집은 달지 못해 마음에 걸렸다. 저녁 무렵 품절이 된 국기를 간신히 구하여 우리도 좁은 베란다 틈에 조기를 게양했다.

TV 뉴스에 비치는 대통령의 영애 근혜, 근영, 지만이를 볼 때마다 말할 수 없이 가엽고 딱하다. 어머니 아버지 두 분 모두 그렇게 비참히 죽임을 당하셨으니 그들의 가슴이 얼마나 찢어질 듯 아플까? 흐트러지지 않는 자태로 침착하게 내·외 조문객들을 영접하는 큰 영애 근혜를 볼 때 정말로 훌륭히 보였다. 슬픔을 마음대로 표현할 수 없는 그 막중한 자리의 책임감과 속으로 속으로 울음을 삼켜 버려야만 하는 그 지위! 그들의 마음은 지금 어떠할까? 앞으로의 길은 어떠할는지? 죽음이란 무서운 것이다.

죽음 앞에서는 권세도, 지위도, 부귀영화도 모두 모두 굴복하며 죽고 나면 모두가 발가벗은 한 인간일밖에… 언젠가는 누구나 다 가야 할 외길… 이 세상에서 더 죄를 짓지 않기 위해서는 하루라도 빨리 저세상으로 가야만 하는 것일까? 삼가 고인의 명복을 빌 뿐이다.

11월 3일, 오늘은 장례식으로 임시공휴일. 상점도 거의 다 문을 달았다. 아침 9시부터 우리 가족들도 TV 앞에 모여 앉아 6시간 동안이나 영결식에서 하관식까지 지켜보았다. 온 국민의 애도 속에 국화꽃에 묻혀 청와대를 떠나시는 그분의 모습에서 나는 다시 한번 인생무상함을 느꼈다. 텅 빈 청와대 뜰! 한때는 온 가족의 꿈을 키우며 마냥 행복하기만 했을 그곳이 이제는 두 분 주인을 잃고 외로운 삼 남매가 남지 않았는가? 언제인가는 그들도 떠나고 또 새사람이 들어오고 그

렇게 역사는 바뀌고 세월은 흐르고. 그러면 나도 늙고. 지구는 오늘
도 돌고 있겠지?

　11월 4일, 어제 국장일에는 그리도 좋은 날씨가 오늘은 영 흐리
고 찌뿌드드하더니 오후에는 천둥이 치고 번개가 번쩍번쩍하며 비
가 내렸다. 어제 이런 날씨가 아니었던 것이 무척 다행이었다. 하늘
도 그리 무심치 않았다는 생각이 들었다. 베란다에 국화꽃이 비를 머
금고 있는 모습이 옹색하고 여유 없는 우리 집을 부드럽게 해주고 있
다. 낮에는 어떻게들 알았는지 벌들이 찾아들 온다. 어느 때 어느 곳
에서든 꽃은 언제나 아름답다.
　어제도 영구차를 뒤덮은 국화꽃 향기 속에 파묻혀 분명히 아름
다운 꽃동산으로 가셨을 것이다. 꽃이란 우리의 마음을 부드럽고 아
름답게 승화 시켜주는 고귀한 힘을 갖고 있다. 다시 한번 고인의 명
복을 빌어 드리며….

1979년 11월 11일 일요일
오늘 또 나 혼자이구나

상쾌한 가을 아침! 시누이는 등산을 떠났다. 며칠 시장에 안 갔더니 뭐해 보낼(등산 시 먹을) 찬거리가 없었다. 이것저것 뒤져서 아쉬운 대로 멸치볶음, 오이 볶음, 계란말이, 콩자반, 김치는 싸 보낼 수 있었다. 남편은 이번 주에도 집엘 가시고 시동생은 친구 결혼 건이 있다고 나가더니 어젯밤 외박이다. 고모가 나가고 또 나 혼자만이 남아 길 잘 들인 세퍼드 모양 집을 지킨다. 일요일엔 가끔 남편과 아이들과 부담 없이 집을 떠나 산이나 어디든 다녀올 수 있다면 얼마나 좋을까? 남편은 오직 잠! 시간만 있으면 잠! 너무도 사는 것이 따분하고 지루하기만 하다.

멋있게 살아 볼 날이 언제나 올런지… 아빠와 만난 지도 벌써 7년째 접어들지만 아빠와 극장 한번 간 적이 없다. 기분 좋은 외식도 한 번도 없었다. 이렇게 한평생을 보내다 늙으면 죽을 테지! 생각하면 눈물이 저절로 나온다. 너무도 멋이라고는 찾아볼 수 없는 아빠와 나 사는 게 다 이런 것인지. 어젯밤에는 고모와 이런 이야기 저런 이야기 하다가 누구에게도 말하지 않았던 아니 말할 수 없었던 아빠와의 월급봉투건 싸움을 자세히 이야기했다. 이제껏 그날 아빠에게 맞은 이야기는 한 번도 비추지 않았었다. 이야기 도중 나는 그때의 감정이 되살아 올라 울음이 북받쳐 시누이 보기가 민망했다. 그때 받은 충격이 이내 내 생활 속에 잠재되어 있는지 영 나는 결혼 생활에 오붓한 감정을 느낄 수 없었다. 항상 내 마음은 비관적이고 외롭고 쓸쓸하기만 했다. 부모가 안 계시고 형제간에도 외로운 나이기에 자꾸 무시당하는 것 같은 기분이 영 가시질 않는다.

1979년 11월 15일 목요일
귀한 선물 (32번째 행복한 생일)

오늘 돌아가신 어머님이 늦게 나를 낳으시느라 애쓰신 날 바로 32번째 맞는 내 생일이다. 어제 시누이가 내 잠옷을 한 벌 사 왔다. 결혼 후 남편한테는 한 번도 받아보지 못했던 귀한 선물이었다. 남편은 한 번도 생일을 기억해 준 적이 없다.

그저께 시장에 가다가 퇴근해서 오는 시누이를 길에서 만나 같이 시장을 다녀 오는 중에 시누이가 자꾸만 언니 생일이 내일이나 모레쯤인 것 같다며 캐묻는 바람에 가르쳐 주었었다.

슬그머니 넘어가려 했는데 남편은 시누이에게 들었는지 그래도 어제 "고기 한 근 사 왔어?" 웃으며 물으셨다. 시치미를 떼고 나는 "웬 고기는?" 했더니 "내일 당신 생일이잖아!" 날짜만이라도 알아줬다는 것이 참으로 오랜만이다. 필경 시누이나 시동생이 귀띔했을 것 같았다. 정말 멋없는 그이!

11월 16일, 어제는 형부와 언니께서 다녀가셨다. 언니는 귤을 사 오셨고 뒤늦게 오신 형부는 향수를 한 병 사 오셨다. 오랜만에 생일 축하를 받고 선물을 받으니 참으로 기분이 좋았다.

결혼 6년 만에 처음으로 남편한테서도 예쁜 슬리퍼를 받았다. 퇴근길에 언제 또 가게에 들러 사 왔을까? 항상 내게 무심하기만 한 것 같았던 그이! 언젠가 감기 몸살로 내가 몹시 아팠을 때 약 한 봉 사 오지 않아 나는 섭섭한 마음에 어쩌면 그렇게 무정하냐고 했던 그이 였는데… 언젠가 자기는 "여자 약 사러 가는 것이 참 창피하다."고 했었다. 그런 그이가 어떻게 신발 가게에 가서 신발(여자)을 골랐는지!
어색한 모습으로 신을 골라 한 손에 덜렁덜렁 들고 왔을 그이를 생각
하며 나는 작은 행복에 웃음꽃이 피어오른다.

1980 ~ 1989

1980년 3월 16일
생각의 차이

화창한 봄날의 아침이다. 남편은 어제 시골 가고, 시동생은 스키장에, 애들 고모는 가까운 곳으로 친구들과 등산을 떠났다. 또 나 혼자만 집을 지키고 있어야 한다. 참 따분했다. 하루 종일 아이들과 싸우며 내가 나를 위로하며 그럭저럭 또 하루해를 넘겼다. 나도 기반이 잡히고 아이들도 좀 크고 마음에 여유가 생기면 남편과 함께 아이들 데리고 여기저기 쇼핑도 다니고 산에도 가고 좀 그렇게 살아야지, 그날을 기다리며 오늘의 지루함과 따분함을 참자. 저녁 늦게 애들 고모가 돌아오고 조금 있자 남편도 돌아왔다. 어머니께선 이번에도 파, 마늘, 햇배추, 호박고재기 등등 가방이 터져라, 하고 넣어 보내 주셨다. 깊고 깊은 부모님 사랑에 눈시울이 뜨겁다.

남편과 저녁상 옆에서 이런저런 이야기가 나왔다. "우리 남편은 생전 가야 등산이니 뭐니 가족 동반해서 가는 여유 있는 마음으로 살지 못할 거야." 내가 한마디 슬쩍 떠보았다. "왜? 나도 다음에 그렇게 할 거야." 그 말이 나왔으면….

늦게 돌아온 시동생이 즐거웠던 일들에 아직도 흥분돼 있는 표정에서 나는 남편과 시동생을 비교해 보았다. 누워서 시동생 이야기를 듣고 있는 남편이 불쌍해 보였다. @# $%^&*@# $%^&

1980년 12월 24일
예쁜 트리가 없는 집 (산타할아버지 대역)

FM. AM 라디오 속에서나 TV에서나 온통 크리스마스이브를 맞는 설렘과 기쁨에 들뜨고 캐럴이 내 마음을, 정신을 뒤흔들어 놓는다.

지난해는 좁은 13평짜리 집이지만 남편이 학교에서 가지고 온 작은 전나무 분재에 아주아주 작고 간소하게 트리라도 해놓고 그 밑에 아이들 선물도 마련하여 처음으로 아이들에게 산타 할아버지를 가르쳐주고 "말도 잘 듣고 착한 아이들에게는 이렇게 너희들이 자는 동안 좋은 선물을 놓고 가신다."라고. 그런데 올해는 너무도 할아버지 대역인 내 가계부에 적자라서 그럭저럭 넘겨버릴까. 며칠 전부터 산타 할아버지를 기다리는 큰애에게 "병곤아! 올해는 네가 동생들 하고 싸움을 잘해서 할아버지가 안 오실지 몰라. 혹시 오신다면 무슨 선물을 받고 싶니?" 물으며 너무너무 큰 선물을 바라지 않기를 바랐다.

해가 질 무렵부터는 본격적으로 할아버지를 기다리며 "엄마! 문 열어 놓을까? 왜 이렇게 안 오시지! 앞집 ㄱ석이도 욕도 잘하고 싸움도 잘했는데 선물은 갖다주었다는데…" 얼마나 심각하게 기다리는지 빨래를 하고 있던 나는 어떻게 했으면 좋을지 몰라 그저 더 기다려 보라고만 했다.

저녁에 남편이 땅콩 1되를 사 오셨다. 애들 고모는 내 바느질 그릇 백이랑 아이들 양말 세 켤레를 사 왔다. "병곤아! 고모가 오다가 할아버지를 만났는데 너희들 주라고 하시며 이 양말을 주셨대.", "집에는 이제 안 오신대." 그것으로 산타 할아버지 선물을 때우려 했는데…

식구들이 모두 모여 저녁 식사를 하려 할 때였다. 현경이와 병찬이는 뭐가 뭔지 그저 그러했는데 병곤이는 너무 섭섭해하는 것이었다.

불경기인 산타 할아버지의 심정을 어찌 그 애가 헤아릴 수 있으랴! 밥도 안 먹으며 계속 아빠한테 떼를 쓰는 것이었다. 왜 예쁜 나무를 안 사다 놓았으며 저는 이런 집이 싫으니 이사 가자는 것이었다. 아마도 산타 할아버지께서 집이 좁고 예쁜 트리가 없어서 안 오시는 걸로 아는 모양이다. "그래, 이제 우리도 전나무 하나 키워 꼭 트리를 해놓겠다." 하시니까 병곤이는 부지런히 종이 위에 나무 하나 그려 놓더니 나무와 선물 보따리를 가리키며 "나는 이 나무는 없어도 되는데 이것이 좋단 말이야."해서 식구들은 모두 웃어야 할지… 너무도 그 애의 기분을 모르고 실망을 시킨 것 같아 무척이나 미안했다.

어쩌면 그리도 섭섭해하는지. 식사를 마치고 애들 삼촌이 "아줌마 아이들 뭐 살려 했던 돈인데 아줌마가 나가서 사 주세요." 가계부 적자를 조금이나마 면하려고 나는 할 수 없이 받아 아이들 모르게 주머니 속에 집어넣었다.

아무리 쪼들리는 형편이지만 애들을 실망시키고 싶지는 않다. 밤늦게 이웃 문방구에 가서 병곤이는 그림 그리기를 좋아하므로 스케치북과 국어 산수 공책을 현경이와 똑같이 샀고 크레용과 예쁜 필통에 연필과 지우개를 사서 가득 채웠다.(지금 어린이 선물로 학용품은 상상도 할 수 없는 슬픈 이야기) 예쁜 포장지에 싸서 갖고 와 예쁜 나무는 없지만 작년에 산타 할아버지가 갖다 놓으셨던 자리, 예쁜 쌀통 위에 살그머니 올려 놓았다. 예쁜 카드와 함께.

12월 25일, 아침에 일어나 기뻐하는 아이들 모습을 보니 아이들이상으로 내 마음도 가볍고 기분이 더 좋았다. 그런데 이 일을 어찌하랴? 어제 늦게 나가 시장은 문이 닫히고 병찬이 것은 뭐 살 만한 것이 마땅치 않아 그냥 오질 않았는가? 형 누나는 제각기 제 것을 찾아 좋아하는데 병찬이는 "내 장난감!… 장난감!" 아무리 찾아도 장난감은 나오지 않는다.

이 예쁜 병찬이에게 왜 할아버지는 선물을 주지 않은 것일까? 아마도 누나 머리를(당시 딸이라 머리를 길게 길러줌) 잘 끄집어 당겨서 그런가 보다. 크리스마스가 무언지. 산타 할아버지가 무언지도 모르면서 라디오에서 나오는 캐럴은 알아듣고 "엄마! 싼~타 할아버지 노래지?" 했었다.

그런 병찬이에게 나는 너무도 실망을 또 시킨 것이다. 병찬이는 산타 할아버지가 삼촌 방에서 자고 있을 거라며 "가볼까?" 한다. 그 아이를 무시하고 200~300원짜리 로버트 맞추기 하나 사 오지 않은 이 알량한 산타 할아버지는 몸 둘 바를 몰랐다.

어제 사다 놓은 사과가 있어 병찬이에게는 "먹을 것을 갖다 주셨다." 하며 봉투째 몽땅 주며 생색을 냈다. 아이들 사 주라는 돈에서 조금 쓰고 나머지는 다른 데 써버린 이 산타의 마음! 왜 푸짐하게 선물하고 싶지 않았겠는가. 그 돈에서 어제는 맥주 몇 병, 과자 몇 봉, 남편이 사 온 땅콩에 그런대로 이브의 기분을 내보았다. 오늘은 짬짬이 보내는 것이 왠지 쓸쓸한 것 같아 점심 때는 과일 사라다 조금을 해먹고 애들 삼촌 팬티 2장, 고모 스타킹 두 켤레를 사다 주며 크리스마스 선물이라고 이름 지어 때워 버렸다.

남편 선물은 어젯밤 맥주 3병으로 때우면 어떨지.

1980년 12월 27일
돌아오는 길 (7년 만의 외출)

실로 정말 오랜만에 남편과의 외출이었다. 비록 애들 삼촌의 제안이기는 했으나 결혼 후 처음으로 보러 간 영화였다. 아이들도 애들 삼촌한테 맡기고 가벼운 기분으로 나섰다. 며칠 전 쏟아진 눈이 그대로 얼어붙어 길은 빙판이었으나 튼튼한 남편 팔을 꼭 잡고 가볍게 걸었다. 「닥터 지바고」 처녀 때 한 번 본 영화이긴 했으나 느끼는 감정이 영 새롭다. 장면! 장면! 정말로 멋지고 아름다운 사랑의 이야기. 자꾸자꾸 보고 싶어지는 영화였다. 극장을 나서니 밖은 완전히 어두웠고 거리의 찬란한 네온사인 오색 불이 더욱 아름다웠다. 돌아오는 길에서 우린 너무 미리 내려 한참을 걸었다. 날은 춥고 길은 몹시 미끄러웠으나 듬직한 남편이 곁에 있어 넘어질 염려는 없었다. 가끔은 이런 기분도 내가며 살아야 하는 것인데 옹색한 살림을 하다 보면 쉬운 듯 별일 아닌 것 같은 것이 그리 쉽게 되질 않는다. 허나 이제는 7년 만의 외출이 아니고 가끔은 종종 이런 기회를 만들어 보리라 마음속으로 다짐해 보았다. 시댁이나 친척 집 가는 일 외에는 한 번도 멋진 외출이 없었다.

구의동 사거리 시내버스 정거장쯤 왔을 때였다. 내가 여기서 내려(퇴근길 남편의 퇴근 후 고백이다.) 몇 발자국 걸어 술집들이 몇 있는 골목에서 삼겹살 굽는 냄새가 시장기를 더욱 살려 한잔만 하고 집에 들어갈까? 에이, 그만두자… 조금 더 가면 애들 고모가 꽃꽂이 배우는 꽃집이 나온다. '돈 많고 여유 있는 여편네들 하는 짓이지.' 생각하며 조금 더 가면 과일집, '사과나 좀 사 가지고 갈까? 에이, 그만두

자. 주머니 사정도 여의찮은데.' 하며 그냥 마음 굳게 먹고 지나쳐 버린다. 오늘쯤은 마누라 신년호 잡지나 하나 사다 줄까? 오랜만에 마음먹고 서점을 바라보면 웬일로 문이 닫혔다. 조금 더 가면 정육점! 돼지고기나 한 근 사다 끓여 먹을까? 에이, 오늘쯤은 마누라가 사다 맛있게 끓여 놓았겠지!' 조금 더 걸으면 마지막 가게 집? 아이들 비스킷이나 몇 봉 사자! 하고 2~3봉 사고 나면 아주 마음이 거뜬하고 어깨가 올라가며 집에서 아이들한테 당당히 대할 수가 있어 공연히 큰 기침이 나온다고 했다. 집 모퉁이에서는 발걸음이 빨라진다. 빨리 들어가서 여우 같은 마누라와 토끼 같은 새끼들을 보아야지! 그래도 내 집이 최고구나!

한참을 남편과 함께 들어오며 남편의 이런 고백을 듣고 나는 가슴이 찡해 옴을 느꼈다. 매일 멋없이 아무 생각도 없이 지내는 남편인 줄 알았는데…. 남편의 옆얼굴을 슬쩍 바라보았다. 주름살이 꽤 많고 이제는 40이란 나이를 30으로 봐주지는 않을 것 같다. 가끔은 이렇게 남편이 측은하고 딱하게 여겨질 적도 많은데 그래도 왠지 남편에게 자꾸 불평하고 짜증 내고 신경질 부리고 싶어지는 내 마음을 알 수가 없다. 번연히 알면서도 자꾸만 긁어대고 싶어진다.

1981년 3월 5일
광장국민학교 (학부형 되다)

가슴이 공연히 들뜬다. 우리 병곤이가 어느새 커서 일 학년! 바로 입학식 날이다. 나도 아빠도 이제 학부형이 되었구나! 정말 즐겁다.

내가 언니 손잡고 성호국민학교에 들어가던 때가 엊그제 같은데 이제 내가 학부형이라니 며칠 전까지만 해도 학교 가는 것을 겁을 내고 안 간다고 하더니 오늘 학교에서 보는 병곤이는 더욱더 점잖고 의젓해 보였다. "광장국민학교 1학년 6반 임병곤" 이제는 병곤이도 어린애가 아니다. 의젓한 학생이 된 것이다.

이모가 사다 주신 가방을 하루에도 몇 번씩 매보고 만져보고. 어제는 오늘 입학식에 입고 가려고 청바지와 잠바도 사 주었더니 얼마나 좋아하는지 모르겠다. 언니가 가방을 사주셔서 내 면목이 한결 섰다. 없는 돈에 언니는 힘겨우셨겠지만, 나로서는 식구들 대하기가 얼마나 떳떳한지 모른다.

너무도 무심한 외가이기에 나는 항상 자신이 없었다. 은근히 언니가 병곤이 가방을 사 주길 기다려 왔었다.

여자에게 친정은 항상 큰 힘이 되는 것 같다. 적어도 첫아이 가방쯤은 외가에서 사 주어야 될 것 같다. 언니한테 미안하다. 5남매 다 키우도록 외가에서 가방을 한번 사 주어 보았나, 졸업, 입학식에 참석을 해 보았나…. 그간 얼마나 언니가 쓸쓸하고 외로웠을까! 생각하니 정말 언니에게 너무 미안했다.

3월 6일, 오늘은 10시까지 학교에 갔다. 병곤이도 병곤이려니와 내가 더 고달프다. 병찬이를 업고 가고 오려니 힘이 든다.(본가에서 3km쯤 떨어진 학교임) 학교에서 노래와 무용을 배웠다. 줄 맞추어서서 선생님 따라 움직이는 고사리 같은 손들! 병곤이한테서 나는 시선을 떼지 않았다. 유치원에 다녔던 아이들은 아주 손놀림이 부드럽고 노래도 곧잘 따라 부른다. 병곤이는 모두가 새롭고 얼떨떨한 기분인 모양이다.

그래도 열심히 선생님 보며 얼버무려 따라 하는 모습이 아주 대견스러워 눈시울이 뜨겁다. 집에 오는 길에 "나는 노래 하나도 모르잖아!" 아주 큰일이라도 났다는 듯이 심각하게 말한다. "괜찮아! 다른 아이들도 다 너와 같아." 나는 병곤이가 자신감을 잃을까 염려가 되어 "병곤아! 엄마가 또 가르쳐 줄게. 같이 불러보자!"

나는 육군이 제일 좋아요
이다음에 커다랗게 자라서
훈장 달고 권총 차고
육군 대장이 될 테야!

바람이 차다. 병찬이를 등에 업고 병곤이가 손이 시릴까 봐 한 손으로 꼭 잡고 우리는 신나게 신나게 오늘 배운 노래들을 열심히 불러보았다. 내일은 병곤이가 조금 자신이 있으리라. 워커힐 고갯길에서 병곤이의 손을 다시 한번 꼭 잡았다. 제발 공부 잘하고 건강하게 자라 주렴.

3월 11일, 오늘은 교실에 들어가 선생님 따라 공부했다. 학부형들은 운동장에서 대기하고 있다가 아이들을 데리고 가라는 선생님 말씀이 있었다. "우리 병곤이는 어떻게 하고 있을까?" 교실에서 아이들과 혼자 공부하는 모습이 보고 싶었지만 이제는 선생님 따라 공부하는 학생이 되었으니 엄마가 자꾸 기웃기웃 아이한테 신경 쓸 필요가 없을 것 같아 운동장에서 병찬이 노는 모습을 보며 기다리고 있었다. 좀 지루하긴 했다.

오늘은 빨강, 노랑, 파랑, 초록으로 종잇장을 4등분하여 곱게 색칠하는 것이 있었는데 우리 병곤이가 잘했다고 선생님께서 앞에 들고 나가 칭찬을 해주셨다고 아주 좋아하며 조금은 자신이 생긴 듯 한결 으쓱거린다.

내 기분도 무척이나 좋았다. 요즘은 식구들한테 학교 이야기해 주기 아주 바쁘다. 병곤이와 병찬이의 학교에서 있었던 일, 하루의 일과는 오직 그일 뿐 그보다 더 중요한 일은 없는 것 같다. 제발 공부 잘하는 똑똑하고 영리한 병곤이가 되어 준다면 얼마나 좋을까? 구지레한 13평 작은 전셋집, 모든 것이 짜증스럽고 속상하지만 병곤이에게 걸어보는 기대와 희망이 있어 요즈음은 그래도 즐겁다. 이런 맛에 사람이 사는가 보다. 자식을 다 키워 출가시킨 부모님들이 자식에게 희생만 하고 돌아온 것은 외로움과 허전함뿐이라고 모두 하나 같이 그런 생각을 하며 살지만 지금의 나로선 오직 우리 아들이 나중에 어떻게 나를 대하든 지금은 하늘 땅보다 더욱 귀하고 나의 전 재산이며, 그들로 하여금 나를 살게 하는 것 같다.

말썽을 부릴 때는 무척이나 귀찮을 때도 있지만 그것은 잠시뿐, 아이들을 위해서라면 무엇이든 아깝지 않다.

3월 12일, 날씨가 아주 많이 풀렸다. 학교에 안 다니겠다고 할 때와는 반대로 학교 가는 시간이 가까워지면 지금은 병곤이가 더 재촉한다. 대견하고 신통하다.

공부 시간 동안 밖에서 기다리고 있는 시간에 병찬이는 아주 신나게 뛰어다니며 잘 논다. 오늘은 옷이 더 말이 아니다. 잔디에서 구르고 넘어지고 이리 뛰고 저리 뛰고 넓은 운동장에서 보는 병찬이는 어디 조그마한 공이 굴러다니는 것 같다.

오늘은 어제보다 공부 시간이 조금 길어진 것 같았다. 멀거니 서 있자니 아주 지루하다. 내주부터는 저 혼자 다녔으면 좋으련만! 겁보라서 한참을 데리고 다녀야 할 것 같다.

여러 엄마 중 맨션에서 관리비만도 우리네 월급을 다 주고 사는 사람도 있을 테고 단칸방에서 여러 식구가 올막졸막 돼지우리 같이 사는 사람들도 있겠고 천층만층이겠지? 생김은 다 그러그러한데 어떻게 사는 방식이 그렇게 차이들이 날까? 우리보다 못사는 사람들이 더욱 많으리라 스스로 위로해본다.

우린 언제나 내 집을 마련하게 될는지? 앞으로 계속 큰일은 닥칠 테고 정말 막연하다. 사촌 ㅎ경이는 영동 큰집으로 이사했다는데 우리는 언제 그런 변화가 올는지 오늘 속고 내일 속고 계속 속고 속으며 살아보면 인생도 끝나겠지?

일부교사의 不正을 확대해석
전체교사 얼굴에 먹칠하다니

지난 20일 문교부는 교사가 학부모로부터 돈을 받으면 교장까지 파면한다고 발표했다. 이 기사를 읽는 독자들은 마치 모든 교사가 파렴치한 행위를 하는구나 하는 오해를 일으킬 내용들이었다.

교직에 있는 한사람으로 나는 그 발표를 보는 순간 치솟는 분노를 억제하기가 힘들었다. 교직생활 15년에 접어들어 그동안 여러 학교를 다녀봤지만 주위에서 돈을 주고 받는 학부모나 교사를 전혀 보지못했다. 교사들의 생활은 사회에서도 알듯 이 겨우 생활을 꾸려갈 정도밖에 안된다.

풍문에 떠도는 이야기들이 사실인지도 모른다. 그러나 그것은 서울이나 대도시 일각에서 나 있을수 있는 일, 사실이라 해도 일부에 지나지않는다. 어떤 사회의식조사에서 희망 직종중 교사는 전체 25개중 20번째였다는 이야기도 있다. 그런데 한 가닥 사명감으로 교단에 서고 있다. 일부를 빗대어 전부를 아세우는 문교부의 태도를 볼때, 교사의 남은 자부심마저 꺾는 것같아 슬픔이 앞선다.

학생들이 선생님을 어떤 감정으로 대할것이며 또 교사들은 이런 학생들 앞에 무슨 낯으로 서서 가르칠 것인가. 난한 교직생활을 버티어온 쥐꼬리만한 자부심이 무너져 내리는 것만 같다.

도박에 안된다. 때문에 술좌석에서 꽁무니를 빼야하고 친구들로부터는 「점잖들은 째째하다」는 소리조차 때로 감수한다. 그런데 여기에 학부모로부터 돈을 받고 성적을 조작한다는 오해를 받다니…….

양승본 (京畿道龍仁郡 龍仁女高教師)

Date__________

1981년

5/21   금요일

이 글을 읽고 나도한 한 교사의
아내로서 동감이 가는 얘기라고
생각이 들었다.
내가 교사인 아빠에게 시집온지도
엊그제 같은데 벌써 8년째
다. 아빠는 농업 교사로서
여주 농고에 6년 지금 광주 종고
로 전근오신지 3년째 된다.
허나 그동안에 나는 아빠에게서
월급외에 학부형이 주더라며
쓰시는 돈을 한번도 보지 못했다. 우리 아빠는
나에게 무엇이든지 숨기는것이 없다.
내가 모두 알고 있다고 생각하고 싶다.
그런데 아닌게 아니라 모든 교사를 도매 값으로
부정 교사로 몰아 부친다는 것은 좀 억울하다.
남들역시 고등학교 선생이라면 "뭐 돈 잘버시겠네요"
"보충 선생님들 수입 좋다는데요 뭐"
이런 말을 들을 때면 너무도 속이 상한다.
사실 그런 부정은 서울이나 대도시 에서
치맛 바람 휙휙 일며 다니는 극성 엄마들 때문에
부정 교사가 나오고 쥐꼬리 만한 봉급! 각급 생활
을 해야만 하는 우리 착한 선생님들을 계속 유혹
하고 있는게 아닌가 싶다.
부정 교사가 없는 것은 아니다. 서울 국민학교
선생님들은 월급 외에 생기는 돈이 무척이나
많다고 들었다. 그런 몇몇 교사들 때문에
"돈 없어 수학 여행 못가는 학생을 선생이 보내 줘야
했던 우리 아빠 같은 교사 까지 모두 얼굴에

먹칠을' 하게 됬으니   좀 너무하긴 너무한것 같다.
나는 하늘에 두고 맹세한다. 우리 아빠에게는
월급외에   부정한 돈은 절대 없었다고.
부정교사 ./부정교사./ 교사라는 위치가 너무도 낮고
초라 해졌다.   학생이 선생 앎기를 우습게 알고
학부모가   선생 앎기를   우습게 알게되니 그런속에서
아이들은   과연 무엇을 배우며   선생은 무엇을 그들에게
가르쳐 줄것인가?   여기에 글을 쓰신 양 선생님
말씀처 럼   우리 아빠 먹시   몇천원 씩   몇일 만큼
타가시는 차비 만해도 한달이면   담배값 포함
50,000원 돈이 된다   교통비 빼면
생활 비는 너무도 숨길이 없다.
우선은   교사들의 처우 개선 부터   시켜 놓고
이말 저말、 들추어 내야만   할것 같다.
항상 어깨가 축 늘어져 오직 학교 밖에 가시는데가
없는 우리 아빠에게도   우선은 두툼한 월급 봉투만이
늘어진 어깨 를 올리고 힘차게 아이들과
같이 더욱 있는 마음으로   여유있게 가르치고
정말로 멋이 있는 선생님이 됬수 있을 것만 같다.
선생님! 사모님!
얼마나 높고 귀한 말들인가
그런데 지금은 너무도 초라해졌다.
왜 그렇게 위치가 떨어져야만 했는가?
선생님은 모든이에게 모든면으로 으뜸이 되어야 하며
보통 사람들과는 좀 나으다고 생각이 든다.
그래서 너무 치사하고 구차하고 온홍해서는 절대 안된다고
생각 한다. 항상 선한 마음으로 양심을 지키며
오직 이나라의 일꾼이 될 젊은 학도들을 가르치고 있다는
자랑스런 사명 감을 갖고 행동할수 있는 그런 모범이 되어야
"역시 선생님은 고달프고 힘들다." 한다고 생각하고 싶다.
       말 그대로 "선 생 님"

1982년 12월 25일
금년엔 산타 할아버지

산타할아버지께서 아이들에게 따뜻한 방한화를 보내 주셨다. 오늘 별식으로 남편과 애들 삼촌과 힘을 합해 만두를 빚어 점심에는 쉽게 만둣국을 해 먹었다. 올해 김장이 모두 맛있게 되었다고 여러 명한테 칭찬을 받았다. 그러니까 다른 반찬에 별로 신경 쓰지 않아도 좋다. 뭐니 뭐니 해도 우리 한국 사람은 김치가 반찬 중 왕이니까.

오후에는 남편과 단성사에서 상영 중인 "해바라기"를 보았다. 사람이 많아 3시간을 기다려야 해서 남편 친구 가게에서 한두 시간 정도 놀다가 극장에서 한 시간 정도 기다리다 드디어 보게 되었다. 할 일 없는 사람들인지 웬 사람들이 극장으로 그렇게 몰려드는지… 아빠는 별로 재미가 없다고 하셨다. 그야 뭐 화끈한 장면이 없어서일 게다. 허나 감명 깊게 보았다. 우리 30대 주부의 가슴에 와 닿는 찡하게 울려오는 그 무엇인가가 있다. 만약 그 내용 중 내가 그녀라면 어떻게 했을까?

1983년 4월 17일
시골집에서 (시어머니 회갑)

어머니 회갑 날! 주현 아빠와 막내 시동생이 휴가 온 김에 치른다고 갑자기 날짜를 앞당겼다. 그동안 무척이나 걱정이 되어 입맛이 다 없고 기운마저 없는 것 같은데 그런대로 정신은 없었지만 잘 치렀다. 음식점에 나가서 치렀으면 좀 질서는 잡혔겠으나 그런대로 집에서 치르는 것도 괜찮다 싶었다. 새집 짓고 새로 정원 꾸민 것을 친척과 친지들께 보여드리고….

허나 정말 정신 차릴 수가 없이 바쁘고 어수선하여 하루 종일 뛰다 보면 오랜만에 만난 친척들과도 이야길 제대로 할 수가 없었다. 아버님 회갑 때에는 어떻게 잘 계획을 짜서 멋있고 질서 있게 치러야 할 터인데 난생처음 큰돈도 써보았다. 다시 한번 느꼈지만 너무나 돈이 쓸 게 없이 헤프다.

저녁에는 일 봐주신 동리 아주머니들을 모두 초대해서 식사 대접하고 한바탕 마루에서 흥겹게 놀았다. 나보고도 춤을 추라는데 출 줄을 알아야지, 놀 때는 놀 줄도 알아야 하는데 리듬에 발맞추기만 조금 했는데 곧잘 한다고 놀려 대었다.

1983년 6월 2일
넋두리, 투정 (선생님 아내)

(1973년 오늘 남편과 내가 청학다방에서 맞선을 보다 서로가 기대했던 그날. 순수했던 마음 큰 실망 안 하며 살기로 노력해 봅시다. 돈과는 관련 없이 얼마든지 이룰 수 있어요.) 추후에 기재된 내용임.

엊그제 밤 다툰 일로 어제오늘 남편 대하기가 좀 쑥스러웠다. 언제 보아도 착실하고 성실한 남편인데… 그러나 늘 퇴근해 식사 시간 끝나자마자 자리에 눕는 모습을 보면 갑자기 골이 나고 신경질이 났다. 물론 하루 종일 피곤했던 상태니까 자연히 드러눕게 되기는 하겠으나 남편은 좀 지나치다는 생각이 들었다. 그날도 ㅎ숙이와 많은 이야기를 주고받았다. 많은 대화 속에 없어도 항상 행복하고 즐거운 마음으로 살고 있다는 그들이 부러웠다. 그래서 몇 마디 뒷전에서 지껄인 것이 남편은 무척이나 기분이 상했는지 생각 외로 억지 말만 했다.

하루 종일 변화 없이 똑같은 살림살이… 집안일이 많아 하루 종일 바빴어도 무의미하게 보낸 것만 같은 그날그날들… 남편이 퇴근해 오시면 무언가 기분이 달라질 것만 같이 생각이 드는데 남편은 늘 잠자기 바쁘고. 그러한 날들이 쌓이고 쌓이니 나도 모르게 산다는 자체가 허무하고 쓸쓸하고 사는 게 무엇인가? 회의도 오고 남편과 자식이 있어도 왠지 마음이 고적하다.

지금까지는 모두 나의 기분이었고 오늘은 남편의 기분도 생각해 보았다. 달갑지 않게 여기며 마지못해 다니는 학교생활! 남들은 모두 돈을 잘 벌어 윤택하게 살아가고 있는데 40이 넘도록 나는 무엇인가? 아버지의 힘이 아니고서는 내 마누라 내 새끼 데리고 살 집 한 칸 못 마련하는 처지가 되었으니… 여러 가지로 모든 것이 취미도, 의욕도 없고 마누라는 불평이나 할 줄 알지 내 기분은 조금도 못 맞추는 멍청이. 에라, 잠이나 자자. 자는 것이 제일 속 편하다. 나는 늘 남편에게서 어딘지 모르게 활기와 패기가 없고 자신감 없이 다니는 것 같은 모습을 본다. 성격 탓인지는 몰라도….

나는 남편이 선생이란 직업에 보람과 긍지를 갖고 즐거운 마음으로 하루하루를 보내 주었으면 좋겠다. 그럼 한결 피로감도 덜할 터인데. 생각해 보면 얼마나 좋은 직업인가? 여름 방학, 겨울 방학, 일요일 공휴일 꼬박 가족과 함께 할 수 있고… 돈 잘 버는 사업가라 하는 사람들은 많이 뛸수록 돈이고 시간이 돈이라 사업상이니 뭐니 해서 집에는 늘 12시에나 들어오고 일찌감치 나가 아이들 얼굴도 제대로 못 본 지 며칠씩 된다는 많은 사람의 이야기를 들어왔다. 거기에 비하면 얼마나 좋은 직업인가? 나는 확신한다.

어제도 오늘도 그리고 내일도 교육자 집안이다. 선생님의 자손이라고 하면 그렇게 헐값으로 때려치우는 싸구려 물건 같이 대해주지는 않을 것이라는 것을. 나는 신랑이 장사꾼으로 돈 잘 벌어 자가용 타는 여자 되기보다는 있는 그대로 꾸밈없이 순수하게 살아가는 선생님 아내가 백번 더 좋다. 서로서로 위하고 신경 쓰며 오붓하게 나날을 보낼 수만 있다면… 행복이란 돈으로만 살 수는 없는 것이니까.

1983년 7월 28일 목요일
푸짐한 축하 (짠돌이 엄마 큰아들 생일)

오늘이 병곤이 9번째 맞이하는 생일이다. 돈 조금 들이고 아이한테 생색나는 것은 그저 먹는 것밖에 없다. 점심을 아이들과 같이 중국집에 나가 먹었다. "병곤이 생일이라 엄마가 짜장면 사 줄게." 500원짜리 짜장 한 그릇씩에 아이들이 너무도 좋아 야단들이었다. 현경이가 만두가 먹고 싶다 해서 군만두도 한 그릇 시켰다. 나는 작은 애들 몫을 조금씩 얻어먹었다. 그런대로 배가 부르다. 돌아오는 길에 빵집에 들러 그 집에서 제일 싼 팥빵이랑 크림빵 10개를 샀더니 그래도 푸짐해 보였다. 아이들은 호화로운 케이크로 자꾸만 눈길이 갔지만 내가 씽긋도 하지 않으니 감히 바라지도 않는 듯 그걸로 만족해하며 빵집을 나섰다. 요즘 아이들은 으레 생일이면 케이크 자르는 기분이 있어야만 생일날을 보내는 것으로 인식이 되어 있다. 케이크를 안 사면 돈 들일 대로 들였어도 흡족해하지 않는다. 그래도 우리 애들은 내 자금 주머니 사정을 생각해주느라 120원짜리 빵 10개로도 아주 즐거워들 했다. 과일 가게에서 자두 1,000원에 12개도 샀다. 자두가 커서 그것도 그런대로 푸짐하다. 여기다 과자 몇 봉 사면 더욱 푸짐해 보이리라. 조금이라도 싸게 살려고 슈퍼에 들렀다. 아이들이 다행히도 허풍과자 스낵 종류로 4개를 집어 한 아이당 200원짜리 3봉 값 예산했던 것보다 오히려 덜 들었다.

집에 와서 이왕이면 다홍치마라고 상에 전부 차려 놓고 작은아이들은 형 오빠 생일 축하한다며 노래를 한 곡씩 불렀다. 오늘 역시 무척이나 찌뿌듯하게 불쾌지수가 높은 날이건만 5,000원으로 큰애

생일 축하해주고 그 애들이 무척이나 기분 좋아하는 모습을 보니 나 역시 기분이 좋다. 저녁에는 아이들이 좋아하는 소시지와 계란 요리나 해주어야겠다.

1984년 4월 12일
성남 동중 (병찬이 100점) / 344,420원

남편이 성남 동중학교로 출근한 지도 일주일이 되었다. 언제나 목발을 놓게 될는지! 개학 후 꼬박 꼼짝 못 하고 다리 때문에 고생을 하셨는데 그때 비하면 많이 나아졌다. 애들 삼촌도 정혼을 했고 우리 집도 새로 구입하게 되어 무척이나 기쁜 일이나 너무 무리하게 집을 사게 되어 돈이 제대로 풀리게 될지 걱정이다. 결혼과 이사가 한꺼번에 겹쳐 요즘은 마음이 뒤숭숭하다. 어떻게 하면 좋을까? 빨리 일이 제대로 풀어지고 안정이 되어야 할 터인데…. 아침저녁으로 돈 걱정하는 남편! 보기가 무척 딱하다.

33년 만에 노총각 장가가면서 집문제, 돈문제로 걱정하는 시동생도 딱하다. 왜 이리 돈 벌기가 어려운가? 요즘 나는 너무 돈을 쓰는 것 같다. 특별한 것 없이 이달에도 500,000원 돈을 썼다. 내가 생각해도 너무했다. 남편한테는 미안해서 솔직히 말도 못 하겠다. 산다는 것 자체가 너무도 피곤하다. 우습지 않게 왜 그리 돈 쓸 데가 많은지. 차차로 생활비가 늘어나고 저축이라고는 엄두도 못 내겠다. 내가 살림을 못 하는 것일까?

기분 좋게 학교에 다녀오는 우리 병찬이만 보면 그래도 우울했던 기분이 어느새 사라져 버린다. 지금 낮 12시 45분, 조금 있으면 현관문을 활짝 제치고 뛰어 들어오며 "엄마! 나 받아쓰기 100점 맞았어.", "나, 선생님한테 칭찬 들었어!" 우리 병찬이는 언제나 말이 많다. 모르는 게 많아 그렇다나! 지금쯤 구의동 한길 건너고 있을 게다. 역시 아이들이 말썽 부릴 때는 속이 상하지만 그 애들 키우는 재미가 제일 큰 것 같다.

1985년 7월 12일 금요일
깻잎 15장 / 755,630원

비가 계속 내리고 있다. 아침나절 언니와 늘어지게 전화 한 통화하고 ㅇ순이와도 한 통화 후 집 안 청소하고 설거지 마치니 12시다. 어제 저녁 앞집 아줌마와 가락동시장에서 사 온 갈치를 손질해 소금 뿌려 냉장고에 넣었다. 꽤나 많았다. 거기(가락시장) 가면 동네보다 모든 것이 싼 듯하나 들고 오기 너무 힘들었다. 100원에 15개라는 깻잎을 사며 이 뭉치 저 뭉치 하나하나 세어보고는 적게 놓여 있는 것은 더 채워 받으시는 앞집 아줌마를 보고 내가 역시 덤벙덤벙 물건 잘못 사는 사람임을 재삼 확인했었다.

나도 지난번 100원에 15장씩 300원어치, 장사가 세어 주는 대로 받아 넣어 집에 와서 보니 아무래도 개수가 맞지 않는 것 같았다. 이미 물에 씻으려고 묶은 실을 모두 풀어서 셀 수는 없었지만 나도 한번 세어 보았어야 되는 건데, 하고 생각했었다.

그런데 오늘 찬찬히 세어 보고 사는 아줌마한테 장사는 몇 장 덜 넣고 속여 팔려다 도저히 속일 수가 없었던 것이다. 깻잎 몇 뭉치 사며 주인이 세고 손님이 세고, 장사가 "글쎄! 15장 맞아요." 해도 앞집 아줌마는 다시 세어본다. 과연 그렇게 해야 되는 건지…. 깻잎 몇 뭉치 좌판에 쏟아놓고 파는 그들에게 모른 척 넘어가 줬어야 되지 않았을까?

1985년 8월 22일
아이들 생각보다 못한 엄마 (방학 과제물) / 371,620원

현경이가 서초동 제 고모네서 늦도록 오질 않았다. 연락도 없이 늦어 어찌나 약 오르고 속이 상하던지 옆에 아이들이 있었으면 한 대씩 때려주고 싶었다. 오늘 감자떡 부쳐준다고 먹으러 오라는 것을 덥기도 하고 귀찮아서 현경이 혼자 전철 타고 오라 했다.

얼마 만에 현경이가 왔다. 그 애 얼굴은 금방이라도 말만 걸면 울음이 터질 것만 같은 울상이다. 이유를 들어본즉 방학 과제물 가방을 잃어버리고 온 것이다. 쪼그만 게 역까지 걸어가기 뜨겁다고 전철역까지 택시를 태워준 것이 잘못이었는지, 깜빡 택시 안에 방학 과제물을 두고 내려 한길에서 한참 울며 동동 굴렀는가 보다.

내리자마자 한 걸음 걸으려다 손이 허전해 생각이 났단다. 얼른 뒤돌아보니 택시는 서서히 달리고 있었다나. 한참을 그 택시를 쫓아 달려가다가 헛수고만 하고 혹시나 기사 아저씨가 가다가 옆의 가방을 보고 저를 내려준 자리로 다시 올까 싶어서 한 20분을 그 자리에서 기다리다가 할 수 없이 집에 왔다고 했다. 전철역에선 늘 다니던 장소가 아닌 쪽으로 내려서 어떤 아저씨한테 구의동 가려면 어느 쪽에서 타느냐고 물어서 왔단다.

나는 있는 대로 화가 치밀어 야단을 쳤다. 개학은 며칠 남지 않았는데 어쩌면 좋을지 속이 상해 죽을 지경이었다. 낮에 데리러 갈 것을… 있는 대로 속을 끓였다.

이 소식을 들은 은영이한테서 연신 현경이하고 나한테 전화가 왔다. 기사가 구의학교로 보내줄지도 모르니 학교엘 가보든지 연락을 해 놓으라는 둥 부지런히 다시 하라는 둥 2살 더 먹은 언니가 무척이나 의젓하게 현경이를 위로해주며 조언을 해 주는 것이었다.

나한테는 현경이 너무 야단치지 말라며 누구든지 그런 실수는 한 번쯤 할 수 있다나. 나는 은영이보다도 생각이 좁음을 다시 느꼈다. 여름 내내 애써 해놓은 방학 숙제를 몽땅 잃고 얼마나 겁도 나고 걱정이 되었을까? 낯선 동네에서 쩔쩔매다 집까지 간신히 돌아온 그 아이에게 무턱대고 야단만 쳤으니… 갑자기 현경이가 가여워서 가슴이 찡했다.

그 애가 얼마나 걱정이 되었을까? 나 역시 건망증이 심해 깜박깜박 잘 잃어버리면서도 그 애한테는 큰소리 꽝꽝 치고… 제발 숙제물이 돌아왔으면 하는 바람이다.

1985년 11월 30일
강남 성모병원 9층 2호실 / 384,030원

강남 성모병원 9층 2호실, 밤새껏 잠 좀 자보려고 기회를 노렸으나 20~30분 간격으로 아버님이 일어나시는 바람에 역시 잠을 잘 수가 없었다. 그래도 기회 있는 대로 조금씩 조금씩 누워 눈을 감았더니 그런대로 실컷 자고 일어난 듯한 느낌이었다.

거의 2년 동안을 온 집안이 들썩들썩 마음은 허공에 뜬 것 같고 정신을 차릴 수 없이 이것저것에 쫓기고 있다. 어젯밤은 야간 담당이 아이들 아빠였으나 조금 주무시다 나온다고 뒷방으로 들어간 남편이 너무 곤히 잠에 떨어져 차마 깨우질 못하고 밤 11시가 다 되어 내가 나갔었다.

나더러 어떻게 밤새우냐며 자기가 있겠다는 큰 시동생을 들여보내고 나의 업무가 시작되었다. 공연히 특별한 이유 없이 아버님이 혼자 짜증과 신경질을 있는 대로 내셨다. 옆의 아줌마 말씀이 어제 새벽에는 막내 아드님과 싸우셨다고 했다. 큰일은 큰일이다. 조금씩 나아지셔야 할 텐데 도대체 아무런 진전이 없는 것 같다.

1985년 12월 1일
마음씨 곱고 아름답게 늙자 / 741,499원

오늘로 이 해의 마지막 달이 드디어 왔다.

1986년도 멀지 않았다. 아버님은 언제나 나아지실런지….

오늘은 일요일이라 그런지 그런대로 마음이 좀 푸근하다. 오후에 아이들 아빠는 병원에 나가셨다. 어머님과 교대하기 위해서다. 어머님도 요사이 얼굴이 무척 야위셨다.

식구들 모두 고생이 많지만 허리 아프신 어머님과 밤새우는 막내 도련님이 제일 딱하다. 오후 2시경부터 찌뿌듯하던 하늘에서 드디어 함박눈이 펑펑 쏟아지기 시작했다.

19살 소녀인 양 공연히 가슴이 설레며 기분이 좋았다. 집안에 아버님 일만 아니라면 어디 가까운 곳이라도 여유 있는 마음으로 눈을 맞으며 걸어 보고 싶었다. 너무도 바쁘고 심신이 복잡한 요즘 그런 낭만이 나에게 여전히 존재하고 있다는 것에 혼자서 피식 웃어 보고 싶다.

아무리 세상 살기 힘들고 복잡한 일이 많아도 아름다움은 아름답게 봐줄 줄 알고 잠시라도 마음에 여유를 느낄 수 있으며 산다는 것이 정말 아름다운 인생살이일 것이다. 항상 마음을 부드럽고 아름답게 가져서 곱고 아름답게 늙어 가리라.

1986년 1월 28일
우리 당신 생일 / 748,777원

음력 12월 19일이 남편의 생신이시다. 몸이 하도 피곤해 어제 시장엘 못 갔다. 아침은 미역국만 끓여 드렸다. 오전에 시장에 가서 이것저것 조금씩 사 왔다. 저녁에나 은영이네서 오실 줄 알았던 대고모 할머니와 어머니, 은영이네 식구들이 점심때 오셔서 아무것도 만들어 놓은 것이 없는 상태에서 한참을 혼이 났다. 어제 다 해 놓았어야 하는 건데 게으름을 피우면 이렇다니까.

오후에 이것저것 고루고루 차려 저녁상은 푸짐했다. 시동생네 내외도 오고 시동생이 케이크를 사 와서 아이들이 축하 노래도 부르고 처음으로 생일 같은 기분이 들었다. 어머님도 큰아들 생일 보러 오신 것이 이번이 처음이다. 아버님 돌아가신 후 이제 큰아들이 이 집에서 제일 어른이라며 집을 비울 수 없지만 그래서 오셨다고 하셨다.

어쩐지 마음이 찡해 온다. 이제 우리 집에 큰사람으로 그 책임감이 크다 함을 느끼게 된다. 예산보다 돈은 들었지만 이것저것 만들어서 온 집안 식구들이 모여 즐겁게 먹으며 보냈으니 내 마음은 기쁘기만 하다. 음식을 장만하는 즐거움도 있거니와 맛있게 먹어 주면 그 즐거움은 더욱 크다.

늦도록 재미로 하는 화투놀이에 시간 가는 줄 몰랐다. 애들 고모인 은영이네는 10시쯤 갔는데 밤 1시가 거의 되어 오산에서 고모부가 귤 한 상자를 사 가지고 구의동 우리 집으로 직접 오셨다. 여기서 주무실 줄 알았더니 2시 30분경에 서초동으로 가신다고 해서 두 노인도 모두 따라가셨다.

내일 아침 그 차로 편히 오산으로 내려가시기 위해서 어머니와 대고모님은 그 시간에 사위 따라서 따님네로 가신 것이다. 고모부는 참 지독하고 대단한 분임을 다시 또 느꼈다. 무척 피곤하실 터인데 이 늦은 시간에….

1986년 2월 6일 목요일 맑음
공연히 남편을 미워했다. (끝이 있는 수평선)

아침 방송에서 난 우연히 "끝이 있는 수평선"이란 제목으로 수기를 써 생활수기 공모에서 최우수상을 탄 장본인을 TV를 통해 볼 수 있었다. 그는 외모도 별로 그러했고 학식도 그렇게 많을 것 같지도 않았다. 6년 전 남편을 뜨거운 나라 일터로 보내놓고 온갖 고생을 견디며 애써 보내오는 돈을 그냥 앉아서 쓰고만 있을 수 없어 자기도 난지도에서 버려지는 모든 물건을 주워 팔아 생활에 보태고 저축하며 더 어려운 사람들을 도와 가며 단칸방에서 삼 남매를 꿋꿋이 키워가는, 한 해외 근로자 부인의 살아가는 이야기였다.

남편 없는 사이 딴짓으로 가정을 파멸시키고 아이들까지 희생시켜놓는 그런 생각 없는 여편네들도 꽤나 많다던데 이 부인이야 말로 참으로 장하고 훌륭하고 똑똑한 사람이라 나는 생각한다.

모든 해외 근로자 부인들은 물론 나 같은 사람들까지 이 부인의 성실하고 꾸밈없이 없는 속에서도 즐거움을 찾으며 열심히 살아가는 그 모습을 꼭 본받아야 하겠다. 하나 가지면 둘 갖고 싶어 하고 노력도 없이 횡재나 하기 바라고 자존심 내세우며 잘난 체하고 없으면서도 있는 체, 교만하고 누구네 잘되면 배 아파서 속만 끓이는 나 같은 사람! 난 많은 걸 느끼고 배웠다.

어제와 같은 경우! 남이 뭐 하면 줏대 없이 덩달아 뛰는 시샘! 안 될 일 뻔히 알면서 공연히 속상해하고 자기 생활에 만족해하지 못하고 자꾸만 더 바라는 허영심! 은영 엄마 옷 사는데 괜히 샘이 났던 내가 무척 부끄러웠다.

아무 죄도 없는 남편을 공연히 미워했고. 오늘부터라도 현실에 만족하며 느긋한 마음으로 순리대로 열심히 살아야 하겠다. 우리 가족과 나를 위하여.

1986년 2월 9일 날씨 맑음
음력 정월 초하루! 구정! "민속의 날" / 748,737원

올해부터는 민속의 날이라는 명목 아래 하루 공휴일이건만 일요일과 겹쳐 아주 하루가 아까웠다. 음식은 어제 밤늦도록 장만하였다. 두고두고 조금씩 차려야 할 것을 내려오다 시장 보고 이럭저럭 집에 늦게 들어갔으니 많이 차리지는 않았지만 늦도록 동서와 부엌에 있어야 했다.

어릴 때는 명절이 오는 것이 무척이나 기뻤다. 어머니는 세상없어도 밤을 새워 가며 내 설빔을 직접 해주셨다. 지금처럼 돈만 있으면 금방 사서 입는 옷이 아니었다.

금박을 찍은 빨간 치마, 노랑 저고리, 색동마고자까지 어머니가 직접 만들어 주셨다. 아침에 차례를 지내고 나면 먹을 것도 많이 생

기고 요강 사탕이라 불렀던 옥춘으로 입술을 빨갛게 물들이고 예쁜가 거울을 보며 치맛자락에 흙이라도 묻을세라 꼭 휩싸 쥐고는 동네 아이들과 모이면 항상 내 모습이 그 애들보다 좀 더 예뻤었다. 유난히도 언니는 나를 예뻐했고 다른 애들보다 언제나 돋보이게 꾸며 주었었다.

하루 종일 아이들과 어울려 다니며 널뛰기도 하고 웃어른께 세배도 다니고 밤이면 동네 오빠들 쥐불놀이하는 것 따라다니며 구경하느라 시간 가는 줄 몰랐고 오나가나 어른들은 마당에서 윷놀이하느라 소리를 꽥꽥 지르며 흥겹게 놀곤 하셨었다. 지금은 점차 사라져 가고 있는 광경들이다. 올해는 아버님이 돌아가셔서인가 세배꾼도 없고 찾아오는 손님이 무척 줄었다. 몇 해 전까지만 해도 초하룻날은 술상 보느라 쉴 틈도 없이 퍽 바빴었는데.

1986년 2월 17일
마음에 부를 누리며 살자

추워! 추워! 하는 사이 어느새 봄은 우리 곁을 다가오고 있었다. 작년에 잎이 난 상태로 시집와서 꽃을 못 본 진달래가 올겨울 동안에 통통히 꽃망울이 생겼다. 멀지 않아 꽃망울이 틀 것 같았다. 모과나무는 잎이 제법 움이 텃고 방 안에 있는 회양목은 새잎이 무척 많이 나왔다. 온실처럼 방이 따뜻해서 봄이 벌써 온 것으로 알았나 보다.

내가 태어나 봄, 여름, 가을, 겨울 또 봄, 여름, 가을, 겨울 이렇게 38번씩 바뀌는 동안 너무도 많은 것이 변했다. 세상도 변했고 인심도 변했고 사람들의 가치관도 너무 많이 변했다.

내가 어느새 40년을 살았나. 엊그제 언니 손잡고 초등학교에 입학했었고, 모두가 엊그제 일만 같은데 탄력 없는 모습에서 나의 엄청나게 많아진 흰머리에서 느낄 수 있었다.

계절이 한 번 바뀌는 동안에 아버님은 옛 어른이 되셨고 점점 무거워지는 막중한 짐이 남편과 나에게 자꾸만 지워지고 있다. 형제들 간에나 어머님께나 항상 변함없는 마음으로 잘 해야 될 텐데….

우리 아이들 열심히 가르치고 키워 자랑스러운 부모 노릇을 해야 할 텐데…. 말없이 조용히 흐르는 세월 속에 우리도 그렇게 흘러가리라. 순리대로 받아들이고 그때그때 적응하며 잘 살 줄 아는 그런 사람 되리라.

물질의 부는 못 누려도 마음의 부를 누리며 편안한 마음으로 찌들게 살지 않기를 우리 노력해 보고자 오늘도 생각을 해본다.

1986년 3월 5일
어머님 전상서 / 864,002원

어찌나 햇살이 따사로운지, 홑이불천 빨래하는 데 힘이 들어서 인가 두터운 스웨터가 무척이나 무겁고 덥게 느껴졌다. "황인용 강부자" 방송을 들으며 언제나 느껴온 일이지만 글재주 많은 주부가 너무도 많음을 오늘 또 실감했다. 어느 중년 가정주부가 어린 소녀 시절을 보냈던 먼 고향을 오랜만에 찾아 여행하며 옛날을 그리워하며 쓴 편지가 있었다.

그동안 살기에 바빠서 옛날의 추억을 그리워할 겨를조차 없었다는 그 주부! 이제 조금 여유가 생기니 그 시절이 그립고 그때 그 친구들 보고 싶고 어디서 어떻게 살까, 궁금하기도 하다는 그 주부의 글에서 나 역시 공감이 많이 갔다. 어느 날 갑자기 더더욱 옛날이 그립고 그때의 친구들이 보고 싶다. 지금쯤 어떻게 변했을까? 세월은 흐르는 물과 같다더니 또다시 봄은 찾아와 따사로운 햇볕에 등이 간지럽고 잠자던 모든 동물이 활기차게 밖으로 뛰어나오는데 사람들은 한번 가면 왜 다시는 못 오는가?

어머니도 보고 싶고 시아버님 모두 한 번씩만이라도 다시 만나보고 싶다. 태어나고, 늙고, 병들고, 죽고… 다시 옛날의 나로 돌아가 엄마와 그때 그 사람들과 그때 그 친구들과 살아봤으면. 마음이 싱숭생숭하다. 혼자서 훌쩍 여행이라도 떠났으면…

어머님 전상서

어머님! 우리 어머님! 불러 보아도 다정한 어머님! 또다시 봄은 왔습니다.

소리 없이 오고 소리 없이 가는 세월 속에 어머니… 제 나이 어느새 마흔이 다 되었답니다. 도무지 실감이 나지 않아요. 언제나 엄마 품을 못 떠나던 막내딸 영애가 어머님과 이별하고 살아온 세월이 어느새 13년이 흘렀습니다. 그 사이 어머님의 큰 외손자가 올해 6학년이 되었고 손녀는 5학년, 저를 똑 닮았다는 막둥이 손자도 3학년이 되었지요. 어머니! 그 아이들이 다정하고 자상하신 외할아버지 외할머니를 모르는 것이 안타깝기만 하군요.

어머님! 그곳에도 봄바람이 불어오겠죠? 좋은 계절입니다. 잠자던 모든 동물도 놀라 잠을 깨고 얼어붙었던 대지 위로 여린 새싹들이 고개를 쳐드는 계절입니다. 어머니께서 좋아하시는 온갖 꽃들이 우리들의 가슴속에서도 활짝 필 테고요.

어머니! 예전엔 미처 몰랐었습니다. 혼자 몸으로 삼 남매 키우시기, 어려운 살림 꾸려 가시기 얼마나 고달픈 일이었던가를. 어머니께 비하면 별 큰 고생 없이 아이들과 그 사람 뒷바라지하는 것을 큰일로 삼고 있는 저는 옛날의 어머니가 겪었던 그 고생들이 무척이나 가슴 아파 옵니다.

어머니께서 평소에 해 오시던 몸가짐, 가르치심 잊지 않고 그대로 실천하며 살아 보리라 오늘도 다짐해 봅니다.

어머니! 흐르는 세월 따라 저도 이제 늙어 가고 있습니다. 앞이마에 꽤 많아진 흰 머리며 이제껏 통통히 피어 보지 못했던 얼굴엔 이제 잔주름이 지어지고 있습니다. 언젠가는 어머니 곁으로 가는 날!

영혼이 있다면 영혼이나마 어머니를 다시 만날 날이 있을 거라 생각합니다.

장하고 열심히 살아온 딸이 되어 어머니 앞에 찾아뵙겠습니다.

봄은 언제나 제 마음을 설레게 합니다.

어머니와 함께 살았을 때나 세 아이의 엄마가 된 지금이나 봄은 언제나 찬란하군요! 얼어 있는 땅을 뚫고 나오는 파릇한 새싹이며 꽃이며 어디론가 훌쩍 홀로 떠나 훈훈한 봄바람을 타고 훨훨 날아보고 싶습니다.

1986년 3월 14일
부모 마음 (장한 우리 막내아들)

며칠째 날씨가 찌뿌드드하게 흐렸다. 어제는 모두 모여 만두를 맛있게 해 먹었다. 돈도 들고 힘도 드나 형제들이 오랜만에 한 상에 둘러앉아 맛있게 드시는 것을 보면 음식 만드는 보람이 거기에 있는 것 같았다.

오늘 주현이네랑 점심을 먹고 있는데 학교에서 병찬이가 돌아왔다. 오늘 임원 선거에서 부회장으로 뽑혔다고 했다. 병찬이는 물론 나도 작은고모도 무척 기뻤다. 오늘 있었던 어린이들의 선거 이야기를 듣고 얼마나 앙증스레 깜찍했던지….

당선 소감 인사를 하는데 "여러분! 저를 부회장으로 뽑아주셔서 정말 고맙습니다. 훌륭한 선생님을 모시고 우리 반이 다른 반보다 더 좋은 반으로 만드는 데 힘쓰겠습니다. 감사합니다." 이렇게 했다고 했다. 떠듬거리지 않고 곧잘 말을 했다. 이제 우리 병찬이도 많이 컸다. 키가 컸다기보다 말하는 것이 아주 어른스러워졌다. 감투가 무언지 거기에 크게 관심 가지지 않으려 했으나 큰애들이 감투 한번 못 써본 것이 무척 아쉬웠었다. 현경이도 후보에는 오를 실력이었으나 항상 투표에서 떨어졌다.

이제 병찬이가 그 아쉬움을 조금 풀어 주었다. 어서어서 빨리 크고 아주 많이 배워서 이 나라의 당당히 없어서는 안 될 훌륭한 역군이 되어 주기를 이 엄마는 빌어본다.

1986년 5월 22일
부모 마음 -세상 속에서 / 385,467원

오늘 양산이랑 자루 부러진 우산 두 개를 수선하는데 1,500원이 들었다. 싸구려는 1,000원만 줘도 새 우산 하나 사겠지만 싸구려 우산이 아니기에 수선해서 몇 년 더 쓰려고 지나가는 아저씨에게 고쳤더니 새 우산이 되었다.

"아저씨! 월급쟁이보다 더 많이 버시겠어요."

"월급쟁이도 나름이죠. 한 300,000원은 법니다." 하시며 1988년까지만 그 일을 하시고 그만두실 거라 하셨다. 우리 남편과 비슷한 월급이었다. 돈 벌기도 지겨워서 돈 벌어다 줄 사람만 있으면 당장이라도 그만두고 싶다고 하셨다. 왜 1988년까지 하셔야 하느냐 여쭈어 보았더니 큰아들은 집이 있고 작은아들 집 한 채 사주시려고 그때까지 하셔야 계획한 돈이 모두 모아진다고 하셨다.

이것저것 적금 붓고 있는 돈 모두 모으면 3,000만 원짜리 집은 사 주실 수 있다고 하시며. 그럼 아무런 걱정이 없다고 하셨다.

우리 부모나 남의 부모나 그저 자식에게 바치는 사랑은 모두 같은가 보다. 자식들은 제 자식들만 생각하기도 힘들어 부모님께는 소홀하기 쉽다. 오랜 세월 골목골목 다니시며 우산 양산을 고쳐 오셨다는 그 아저씨의 주름진 까만 얼굴, 거친 그 손을 바라보고 쪼그리고 앉아서 많은 생각이 스쳐갔다.

"고장 난 양산이나 우산 고치시오!" 또 다른 곳으로 아저씬 소리치며 떠나셨다. 돈 많이 버시고 건강하십시오.

1986년 9월 30일
아시안의 경사 / 742,972원

한국에서 "아시안 게임"이 개막된 지 벌써 10일이 되었다. 사격에서 처음으로 금메달을 따기 시작해서 오늘은 금메달만 한 47개 되는 것 같다. 우리나라가 그렇게 실력이 향상된 줄은 정말 몰랐다.

그동안 얼마나 선수들의 피나는 노력과 고생이 많았으랴! 계속 열심히 싸워 2위에 올라야 할 터인데… 수영선수 윤희는 이번에 2관왕이 되었다. 이번을 끝으로 그는 이제 은퇴를 선언했다. 그저 평범한 대학생이 되어 미팅도 하고 학과가 끝나면 친구들과 찻집에 들러 차도 마실 수 있는 그런 생활을 하고 싶다고 했다. 그동안 얼마나 지독하게 수영에 전력을 다했으면 코치 선생님이 악한 사람 같이 보여 자기는 코치도 되지 않겠다고 다짐하겠는가?

그러나 무슨 일이건 피나는 노력과 집념 없이 성공할 수 있을까? 최윤희뿐 아니라 모든 운동선수 또 자기가 하고자 하는 일에 성공한 사람들 참으로 훌륭하고 거룩해 보인다. 의지가 약하고 적극적이 못 되는 나로서는 그들이 무슨 대단한 큰 신과 같이도 여겨진다.

아무쪼록 이번 아시안 게임 88올림픽을 성공리에 잘 치르고 온 세계에 대한민국이 좋은 면만 널리 알려졌으면 하는 바람뿐이다.

10월 5일 일요일, 오늘로 아시안 게임도 막을 내렸다. 우리가 종합 2위로 일본을 물리쳤다. 상상도 할 수 없었던 금메달을 획득하고.

이제 그렇게 우리의 힘은 크고 있었다. 88올림픽 때도 좋은 결과 있었으면 하는 바람이 온 국민 마음속에 있을 것이다. 체력이 바로 국력이라는데!

집에 돌아오는데 종합 운동장 전철역에서 갑자기 사람들이 몰려왔다. 폐막식을 보고 돌아가는 사람들이었다.

그들 얼굴도 모두 하나 같이 활기에 차 있는 것 같았다.

1986년 11월 14일
죽음과 삶 (자궁외임신) / 405,227원

병원에 들어온 지 벌써 5일이 되었다. 지금 침대에 누워 그날을 생각하니 앞이 캄캄하고 아찔했다.

상상도 할 수 없었던 변명으로 소리도 없이 죽을 뻔했던 그날. <내출혈로 죽음 직전에 있었던 사항. 체내 피가 1/3밖에 없어 응급처치하며 수술 시작함> 남편의 등에 업혀 응급실에 올 때까지만 해도 내가 시각을 재촉해 죽음이 나에게 다가오고 있었다는 사실을 어찌 알았으랴.

평소에 기운이 펄펄 없어도 그런대로 강했던 내가 시각을 다투며 수술실로 들어섰을 때 온 집안 식구의 놀라움은 어떠했을까? 오늘은 간호사가 들어오면 주사가 무서워 겁이 나며 피 주사 맞는 것이 어쩐지 기분이 좀 찜찜하다. 저녁에 학교에서 퇴근길에 남편이 들렀다. 이런저런 투정이 생기고 찬밥 더운밥 가리는 것을 보니 이제 살았나 보다 하셨다.

내가 만일 그날 죽어 버렸다면… 사람의 목숨이 아무것도 아무 힘도 없는 것을… 부모님에 의해 난 이 세상에 태어났고 의사라는 타인에 의해 살아났고 앞으로도 남편과 자식을 위해 꼭 살아갈 것이라는 생각이 다시 들었다.

병원에 있으며 가족들의 중요성을 절실히 느꼈고 나를 가장 깊이 생각해주는 사람이 가장 가까이서 항상 함께하는 남편이란 것도 그리고 보잘것없는 가냘픈 내 육신이 그이와 아이들에게 무척이나 중요한 존재였음도 알았다. 앞으로 속상해하며 살지 않으리라.

11월 17일, 여드레 만에 퇴원하여 집에 돌아왔는데 한 달쯤 된 것 같은 기분이었다. 이 집으로 이사 온 후 처음으로 우리 집이 좋게 보였다.

그렇게도 구질구질하고 너저분하게 느껴지던 우리 집이 웬일인지 오늘은 현관문을 탁 열고 들어서는 순간 마루 여기저기 놓여 있는, 월동을 위해 들어선 나무들과 어우러진 분위기가 참 좋아 보였다.

커튼이 없어 환하게 밝은 안방도 그런대로 따듯해서 좋았다. 아이들이 몹시 반가워했다. 퇴근한 남편의 얼굴에서도 기뻐하는 빛이 완연했다.

내가 보기엔 나보다 남편이 더 환자처럼 보였다. 빨리 일어나서 더 이상 남편에게 살림 걱정, 집안 걱정 시켜주지 말아야지, 늘 무심해 보였던 남편! 그래도 제일 깊이 나를 생각해주는 사람임을 그리고 제일 많이 아껴주는 사람임을 다시 또 느꼈다.

평생 안 아프고 살 수 있다면 정말 좋으련만 이번을 마지막으로 다시는 나 그리고 가족들 놀라게 하는 일 없기를 그저 빌어보고 싶은 마음 간절하다.

#1986년 12월 14일
하는 일 없이 이럭저럭 이 해도 다 가고 있다

올해를 보내며 그간 난 무엇을 했고 어떻게 살아왔는가를 다시 잠시 생각해보았다. 최근에는 몇 해를 두고 병원을 들락거리며 정신없이 산 기억밖에 없다.

어머님이 어제 서초동 집으로 퇴원하셨다. 혹시나 했건만 역시 척추암이 틀림없는 사실일 거라는 진단 아래 앞으로 어찌해야 좋을지… 몇 년을 두고 왜 이렇게 얽히고설키고 일이 순조롭게 되질 않고 자꾸 걱정거리만 생기는지… 오늘도 남편은 애들 삼촌과 애들 고모랑 장터에 가셨다.

척추암에 고양이가 약이라고 해 알아보러 가셨다. 돈을 잘 벌어오진 못해도 역시 남편의 심성은 너무 착하다. 누구에게나 한결같이 진실을 보여주는 그런 사람인데 난 가끔 왠지 모르게 자꾸만 잡아 뜯어보며 트집을 해보고 싶어진다. 참 알 수 없는 노릇이다. 이런저런 사정 다 알면서도 마구 푸념해 보고 싶은 심정이 된다.

12월 29일, 아이들과 남편 모두 방학이니 요즘은 날짜 가는 것도 잊고 산다. 요번 크리스마스엔 산타 어린이들이 다녀간 모양이다. 아침에 일어나 보니 머리맡에는 앨범이 예쁜 포장지에 싸여 있었다. 능청맞은 녀석들, 항상 크리스마스가 되면 은근히 산타를 기다리는 척 선물을 바라더니 올해는 아예 포기를 한 모양이었다. 해마다 산타 노릇을 하던 엄마가 아파서 누워있으니 그 녀석들이 올해는 완전히 포기를 하는 눈치였다. 올해는 병원과 가장 친했던 한 해였다. 몸은 약해 보여도 강단이 있어 이제껏 잘 살아 왔는데 나까지 병원 들락거려 식구들께 많은 걱정을 안겨 주었던 한 해였다. 이제 50여 시간 후면 또 한 해가 밝아온다. 우리 집안의 우환도 올해까지로 끝내고 새해부터는 기쁜 일만 생겼으면 좋겠다.

1987년 1월 2일
내 주변은 모두가 은사 / 813,870원

나만이 살고 있는 세상이 아닌 모여 사는 사회, 둘레의 모든 사람, 모든 만물이 내게는 모두가 선생이며 은인이라는 것도 작은 것에서부터 배우고 생각해보며 살고 싶은 마음이다.

해가 가고. 나이가 들수록 더욱 절실하게 그런 생각이 들어갔다. 올해는 모든 면에서 여유를 찾으며 살아 보았으면 좋겠다. 참을 줄도 알고 베풀어도 계산하지 않는 아름다운 마음씨로….

1987년 1월 20일
대고모 할머니 이야기

오늘 엿새 만에 큰 대고모 할머님이 가셨다. 큰손자 따라 천호동으로 젊어서부터 온갖 고생이란 다하시며 지금껏 불쌍하게 살아오신 분이시다. 그저 저 살기도 어려운 아들딸들! 시골에서 혼자 계시며 그나마 있는 것은 모두 모두 주고 싶어 하시는 착한 마음씨를 가지신 하나님을 절실히 믿으시는 그런 할머니! 바짝 꼬부라진 허리를 지팡이에 의지하고 손자 따라가시는 모습이 어찌나 안 되었던지 난 눈물이 왈칵 나오고 말았다. 내 몸이 건강하고 여유만 있다면 겨울을 우리 집에서 나시게 하고 싶었다.

지난번 남편 생신에 들어온 고기도 많이 남았고 했는데 며칠 더 계시게 할 걸 그랬다고 후회를 했다. 병곤이에게 대고모 할머니란 그렇게 먼 분이 아니란 걸 일러 주었다.

아이들이 제 고모들을 좋아하듯이 할아버지께서도 무척 좋아했던 할아버지의 고모라고 일러주니 "그럼 가까운 친척이구나." 그렇다면 할머니와 말동무나 하시며 더 놀다 가시라고 할 걸 하여서 우린 소리 없이 웃었다.

그래 잠깐 사이에 엄마가 할머니 되고 할머니가 또 증조할머니. 고조할머니가 되고 그렇게 뿌리는 뻗어가고… 늙고 죽고 새 생명이 태어나고 하는 동안에 역사는 이루어지는 거란다.

음력 2월에는 고향(용인 남사 악골)에 내려가셔서 할아버지(대고모부님) 제사 준비를 하셔야 한다고 하셨다. 내려가시기 전에 우리 집에 한 번 더 모시고 와야 하겠지.

1987년 2월 2일
가계수표 (두 장은?) / 440,370원

아빠는 어제저녁 숙직이라 학교에 가시고 아침에 실컷 게으름 피우고 9시경에 일어나 창문을 여니 눈이 무척 많이 내렸다. 마당이 좁아서 다행이지 눈 치우기 무척 힘들 뻔했다. 눈은 계속 내리더니 점심 무렵에야 그쳤다. 시골집은 얼마나 멋이 있을까? 하얗게 나뭇가지마다 핀 눈꽃… 정원수 가지에 매달린 그 멋진 설화가 눈에 선하다. 얼마나 아름다울까?

어머님이 올라오셨나 서초동 시누이한테 알아보니 어머니는 작은 외삼촌 댁에 가셨다고 했다. 외숙모님이 더 많이 편찮으신 모양이었다. 집마다 왜 이렇게 아픈 사람이 많은지….

오후 늦게 구의시장엘 갔다. 은행도 들를 겸 지난번 쌍방울 직매장에서 어렵게 가계수표 하나(십만 원짜리) 바꾼 것이 도장이 안 찍혀서 다시 돌아왔다며 어젯밤에 전화가 왔었다. 그 아주머니 안면 조금 있는 나에게 믿고 현금 바꾸어 주셨는데 사기당한 줄 알고 가슴이 철렁하셨으리라. 수표에 도장도 찍어주고 오늘 병곤이의 내의도 한 벌 더 샀다.

그렇지 않아도 가계수표 인식이 안 좋아 잘 모르는 사이에선 받기 꺼리하는데. 나를 믿어보리라 마음먹고 바꾸어 주셨을 텐데 속은 줄 알고 얼마나 겁이 났을까? 앞으론 실수 없이 무슨 일이든 정확히 하는 버릇을 길러야겠다.

1987년 2월 11일
중학교 학부형 (아빠 마음! 아들 마음!)

하루 종일 비가 내렸다. 그야말로 소리도 없이 잔잔히 내리는 비에 금방이라도 땅속에서 새싹이 솟아오를 듯 날씨도 푸근했다. 오늘 병곤이가 광진중학교로 배정을 받았다. 공연히 가슴이 설렌다.

나도 이제 중학생의 엄마가 되었구나, 생각하니 어깨가 더 무거워지는 것이 한편으로 기쁘기도 하지만 걱정이 더 앞선다. "광진중학교" 이름은 많이 들었는데 위치가 어디쯤에 있는 학교인지 몰랐다. 병곤이도 궁금했는지 학교에서 오자마자 광진중학교 좀 찾아보고 오겠다고 하여 비도 오고 하니 다음에 가라 했는데 어느새 몰래 다녀왔는지 옷이 흠뻑 젖어 눈치를 보며 들어왔다. 학교는 찾지 못했다며 엄마 말대로 다음에 가볼 걸 괜히 비만 맞았다고 얼버무린다. 어쩜 아버지 마음도 아들과 똑같은지… 저녁에 퇴근한 남편이 어디로 학교 배정되었느냐고 신도 벗지 않은 채 묻더니 현관에 서서 TV에 한참 정신이 팔려 있는 큰아들을 불러내어 결국 부자는 오늘 광진중학교를 선보고 왔다. 내 마음처럼 그이 마음도 설레고 있으리라. 그만큼 아들이 크고 있다는 것이 대견스러워서 일 게다. 아무쪼록 중학교에 가서는 공부 열심히 하고 계속 성실하게 자라서 우리를 더욱더 기쁘게 해주었으면 하는 바람뿐이다.

부모는 자식에게 무한한 사랑을 주고 자식은 부모에게 기쁨을 주어 자랑스럽게 한평생 살고 싶은 마음이 너무 큰 욕심일까?

1987년 4월 17일
다시 볼 수 있는 소중한 추억 (일기 속의 추억들) / 442,770원

어머니께서 감기가 심하신 모양이다. 연신 쿨룩쿨룩 기침하며 괴로워하셨다.

엄마들 프로인 아침 TV 방송에 오늘은 쪼들리게 가난했지만 깊은 생각과 밝고 성실하게 자라며 일기를 잘 써 "현복이의 일기"라는 책까지 출판하게 된 중 1학년생인 현복이와 6학년 때 담임선생님이 나오셔서 아이들 글 쓰는 버릇에 대한 여러 가지 좋은 이야기가 있었고 현복이의 의젓하고 어른스러운 여러 면을 볼 수 있었다. 찌든 가난 속에서도 어쩌면 그리도 생각이 깊고 의젓하고 밝게 클 수 있었는지…. 현복이의 말 중 여러 번 가슴을 뭉클하게 하는 아픔을 느꼈다.

그리고 또래인 우리 병곤이와 비교도 해보며 그저 현복이 부모님이 위대하게 생각되었다. 나도 이렇듯 현복이가 대견스러우니 그 부모님은 어떠할까? 나도 모아 두었던 아이들 일기장을 모두 골라 뒤적뒤적 읽어 보았다.

병곤이가 5학년 때 쓴 일기장인데 현복이 못지않게 잘 썼다고 느껴졌다. 신나게 한참을 어머니께 읽어 드렸더니 어머님도 연신 "잘 썼다! 애, 잘 썼어!" 대견해하시는 표정이다. 한 권을 다 읽도록 지리한 부분이 하나도 없이 재미있고 자기의 생각이 잘 그려져 있는 것을 느낄 수 있었다. 이 녀석 생각하는 것 보면 역시 둔한 놈은 아닌 것 같은데 왜 그리 성적은 시원치 않은지. 병곤이에게 일기를 계속 쓰도록 칭찬 좀 또 해주어야겠다.

이다음 어른이 되면 어릴 때의 생각과 자라온 과정을 무엇으로 한눈에 읽을 수 있겠는가? 오늘은 아이들 일기며 그동안 모아 두었던 친구 편지, 시누이 편지, 어머니께 읽어 드리느라 한나절을 보냈다. 내가 6학년 때 시집간 언니에게 보낸 편지 복사해 온 것 두 통도 읽어 드렸다. 너무도 잘 썼다! 어쩜 그리 생각이 많았었는지.

아이들에게도 계속 추억거리들을 만들어 주어야겠다. 아무런 생각 없이 흘려보내온 세월을 찾은 것 같아 이렇듯 감개무량한 것을….

1987년 4월 22일
너무도 긴 하루 이야기

며칠 전부터 집에 내려가시겠다고 보채시어 오늘은 어머님을 모시고 서초동(큰딸 집)으로 갔다. 그 집 문이 잠기어 일석이(외사촌 시누)네로 향했다.

지난겨울엔 금방 돌아가실 듯했던 외숙모님이 나으셔서 따님네에 오셨다는 이야기를 듣고도 어머님이 감기가 심해 조심스러워서 나서질 못하셨는데 오늘 나선 김에 가보시려 했다.

택시로 기본료 밖에 나오지 않을 거리를 내가 잘 찾지 못하여 돈만 1,000원을 지불한 채 엉뚱한 쪽에서 내리니 도무지 방향을 잡을 수 없었다. "내가 왜 이리 멍청한지…." 너무 다녀보지 않아서인지! 결국 전화로 확인해 보려고 공중전화를 했다.

가던 날이 장날이라더니 현숙 아가씨 혼자 있고 외숙모님은 일석 엄마와 홍은동 큰아들 집엘 가셨다고 했다. <반포에서 홍은동> 어머님이 그곳을 가시고 싶어 해 강남에서부터 택시로 모시고 갔다.

오랜만에 어머님이 큰외삼촌 집 장조카와 작은외삼촌 집 큰조카 집에 가시는 것이라서 이 집 저 집 들고 다닌 딸기 4근으론 낯이 부끄러워 그곳 시장에서 쇠고기 2근을 더 샀다. 큰외삼촌 댁은 없는 살림에 다리까지 다친 큰집 장조카를 보러 어머님이 행차하셨는데 그야말로 너무 초라한 집이 산꼭대기에 있었다.

들던 대로 사시는 게 초라했지만 그런대로 웃음이 있었고 아이들도 착실하게 키운 것 같았다. 오는 길에 일석이네를 다시 들러 늦게 어머님을 서초동에 모셔다드리고 왔다. 오늘은 참 너무 긴긴 하루였다.

1987년 5월 6일
속상하고 한심한 일 / 487,200원

어젠 요란한 소음을 내며 골목 콘크리트 뚫어대는 무지무지한 차 소리에 정신을 못 차렸는데 오늘은 코끼리차인지 뭔지가 와서 시멘트 덩어리, 흙, 자갈 퍼 나르기 먼지와 소음에 약이 있는 대로 오른다.

하수도 공사한다는데 주민의 한 사람으로 고맙다는 인사라도 당연히 나와야 하겠으나. 지난해 상수도 공사하느라 뜯어 다시 튼튼히 포장한 길을 일 년도 못 되어 하수도 공사 또 한다고 뜯어대니 정부가 하는 일이 영 마음에 안 들었다. 내년엔 전화선 묻는다고 또 뜯지는 않을는지.

그런 공사가 있으면 진동으로 집까지 흔들거리는 것 같아 가뜩이나 금이 가 있는 허술한 집과 담장이 공사 끝나기도 전에 가라앉을 것 같은 그런 불안도 생겼다.

물론 예산이 부족해 임시변통하는 것이겠지만 아이들 소꿉장난도 아니고 왜 긴 안목을 두고 설계를 못 하는 것일까? 걸핏하면 그 육중한 콘크리트 바닥을 깨트려 대고 있으니. 난 가끔 아이들 옷을 사고 나서 이런 생각을 할 때가 많다. "조금 더 주고 좋은 옷을 사서부티 나게 깨끗하게 몇 년 입힐 걸!" 비싸게 산 옷은 다 떨어지도록 깨끗하게 변함없는 데 비해 싸게 산 옷은 처음 몇 번은 별 차이가 없으나 좀 입다 보면 이상하게 후락해 보였기 때문이었다. 늘 그런 생각을 했으면서도 당장 들어가는 돈이 차이가 나서 난 늘 부담 없는 싼 쪽으로 선택했기 때문이다.

정부가 하는 일도 바로 그럴 것이라고… 당장 예산이 부족하니 결국은 손해이면서도 늘 임시변통으로 일을 처리하는 것이 아닐까. 이다음 그때는 그때이고 우선 지금이나 처리해놓고 보자 식으로.

#1987년 5월 19일
짐승에게도 제 새끼는 소중하다

"고슴도치도 제 새끼는 예뻐한다." 짐승들도 제 새끼 중한 걸 어찌 그리 잘 아는지 새끼를 낳은 후 계속 새끼 곁을 떠나지 못하고 품고 앉아 있는 에미 고양이 아나가 여간 귀엽지 않다.

지난 일요일 손님들이 고양이 새끼 구경한다고 지하실에 몰려 들어간 것이 어미 고양이에게 불안하게 해주지 않았나 걱정이 되어 오늘도 난 그 새끼들을 보러 내려갔는데 새끼 한 마리가 보이질 않아 이리저리 찾아보아도 없었다. 간신히 기는 것이 어디 나갈 리도 없는데…. 아이들을 데리고 둘레둘레 찾아보았지만 영 찾질 못했다. 아이들은 물론 나도 걱정스러웠다. 그런 후에 아이들과 방 안에 들어와 앉아 있는데 열린 창문으로 어미 고양이가 새끼를 물고 무작정 뛰어 들어오더니 이불장 앞으로 갔다. 없어졌던 새끼를 찾았나 했는데 그것이 아니었다.

순간 난 장롱 속을 얼른 뒤져보았다. 없어졌다던 새끼 한 마리가 이불 꼭대기에 숨겨져 있었다. 이럴 수가! 어미 고양이 아나가 새끼들을 안방 이불장 속으로 옮기려 했던 모양이다.

다시 지하실로 갖다 놓으니 얼마 후에 다시 물고 올라왔다. 제 깐엔 가장 안전한 장소가 주인이 있는 안방이라고 생각이 들었는지 그녀석 정말 영리한 것이다.

어이가 없었지만, 자식 사랑하는 마음이 너무도 지극해 보여 내 마음이 찡하다. 나는 아이들에게 어미 불안하게 새끼 너무 보러 내려가지 말고 조용히 오붓하게 새끼하고 있도록 하라고 했다.

1987년 6월 16일
얼마나 참아야 이 나라에서도 꽃이 피려는지 / 804,170원

"데모" 이 나라가 앞으로 어떻게 될 것인가? 낮에 시내 다녀오면서 이곳저곳에서 5~6명씩 뭉쳐 시위에 대비하느라 완전무장하고 서 있는 전경들의 모습이 눈에 띄었다. 한양대 앞 건국대 앞을 지날 땐 교문 앞에 빽빽이 막아선 전경들과 교문 안에는 많은 학생의 들먹거림을 볼 수 있었다. 언제나 조용해질 것인지. 모두 모두 불쌍하게 느껴졌다.

희생된 학생, 전경 그들의 부모는 어디를 향해 땅을 치며 울어야 하는가? 기성세대들은 불의를 보고도 용감하지 못하다 그러나 젊은 이는 용감했다. 피 끓는 젊음! 그들이 아니고서 그 누가 불의를 보고 물리칠 수 있을까?

건국대 앞 빽빽이 교문을 막아선 전경들과 뛰쳐나올 구멍을 찾는 학생들의 살벌한 분위기와는 대조적으로 맞은편 대공원과 어린이회관 앞에는 단체로 왔는지 많은 초·중·고생 및 어른들의 흥청거림은 별개의 나라 사람들 같아 보였다. 과연 어떻게 하는 것이 이 나라를 위하는 것일까?

계속 몇 날 며칠 동안 데모로 혼란을 빚고 있던 명동 거리의 오늘은 안정을 찾은 듯해 구두를 고치러 명동엘 갔는데 그토록 격렬했던 시위가 어떤 조건으로 오늘 수그러졌는지 거리는 다시 안정을 찾은 듯했다.

때마침 들려오는 명동성당의 종소리가 오늘따라 더욱 구성지게 들리고 매콤한 냄새가 코를 자극하는 거리를 걸어 종로까지 가서 나온 김에 머리도 잘랐다. 언제는 기르고 싶어 한 두서너 달 꾹 참고 길러 겨우 단발머리로 자라 얼마 전 파마까지 했는데 오늘 다시 상큼하게 잘라냈다. 나이를 먹어도 여자는 역시 요변을 부리는가 보다. 숏커트가 왠지 젊어 보이는 느낌이 들어서일 거다. 분수에 맞지 않게 무슨 발악을 하는 건지. 확실히 내가 늙어가고 있는 모양이다.

희미한 내 눈썹을 보며 미용사가 문신을 새기라고 했다. 저는 눈라인도 문신을 새긴 것이라기에 또다시 한번 보니 어색하지 않았다. 우리 동네 어떤 여편네 눈썹이랑 눈이랑 까맣게 라인으로 문신 새기고 항상 화장한 듯 깔끔한 모습을 본 적은 있으나 역시 남의 일로 생각했었는데 오늘은 왜 그런지 나도 여유 있으면 그렇게 해서 예뻐지고 싶은 그런 욕망이 생겼다.

다른 사람들이 통통하게 살도 찌고 예뻐지는 것에 대응하는 나의 발악인 모양이다.

누구네 집에선가 자그마한 치자나무에서 제법 탐스러운 꽃들이 피어 어찌나 그윽한 향기를 뿜어내는지, 깔끔한 잎사귀와 고상한 꽃잎의 색깔과 그윽한 향기에 반한 적이 있었다.

몇 년 전 지나가던 꽃장수 리어카에 제법 크게 자란 치자나무가 있기에 "나무가 크니 꽃도 더 많이 피겠지?"하며 값도 싸서 얼른 사 들고 왔다. 그런데 그것은 꽃은 필 생각 않고 잎만 무성하게 자랐다. 그런데 3년 만에 우리 것도 꽃봉오리를 꽤나 많이 맺었다. 어찌나 신기한지! 새 잎눈이 아닌가 하며 몇 번이나 들여다보았지만 분명히 꽃봉오리임을 확인할 수 있었다. 드디어 오늘밤 우리 집 나무도 봉오리 하나가 만개했다. 저녁 늦게 물을 주다가 어찌나 반가운지 꽃은 홑겹이었지만 초가지붕 위 박꽃처럼 해맑은 것이 청초하고 수줍은 듯 예뻤다. 꽃도 못 피우는 몹쓸 나무일 줄 알았더니 저렇듯 얌전하고 수줍은 작은 꽃을 피우기에 몇 년을 참아 왔는가 보다.

이 집에서 꽃이라고는 유일하게 유도화와 오늘 피기 시작한 치자 한 송이! 내일 아침에 일어나면 더 좀 많이 보아 주어야겠다.

1987년 6월 18일
나보다 못한 사람들이 이 세상엔 더 많다

낮에 은영 엄마와 ㅇ석 엄마가 주부대학 시작하는 시간 맞추어 찾아가 ㅇ석이네 집에 갔다.

오후 2시에 ㅇ석 엄마가 나가는 성당에서 "40대 여성의 정신건강"에 대하여 저명인사의 강좌가 있다기에 나도 좀 들어보려고.

언제 가 보아도 ㅇ석이넨 늘 깨끗하고 예쁘고 보기만 해도 행복하고 즐거워 보였다. 마루엔 등나무 돗자리를 깔아 놓았는데 값이 60만 원이라나. 기가 막히는 것인지 부러워해야 하는 건지 나로선 생각도 상상도 말아야 할 일 같은데 왠지 슬며시 화도 나고 속도 상하고 어쩜 이리 잘 꾸며가며 사는지! 다 제 팔자 대로 사는 거지. 따지고 보면 "우리도 지금처럼 이렇게 하고만 살 형편은 아닌데."하는 생각이 들 때면 공연히 가슴이 치밀어 오르는 듯 답답하기만 하다.

아버님이 살아오신 그대로 우리도 그렇게 살다 갈 것만 같은 생각이 든다. 그대로 또 우리는 우리 아이들에게 물려줄 것인가? 아이들에게도 지금 한창 밑거름을 주어야만 알찬 결실을 맺을 수 있을 터인데. 지금 같아서는 아버님만치도 아이들에게 투자를 못할 것 같은 생각도 들었다.

나 같은 사람은 꼭 들어야 할 이야기! 오후에 성당에 가서 정신과 박사의 정신건강에 대한 많은 이야기를 들었다. 가장 내 가슴 깊이 파고 드는 말 "네 분수를 먼저 알라." 그렇다. 끌탕한다고 바로 해결되지도 않을 일, 여유를 갖고 기다려 볼 것이다.

부모님 덕택에 기대해 볼 재산이 있으니 내가 얼마나 행복한가. 나보다 못한 사람들이 정말 이 세상에 더 많을 텐데….

1987년 7월 5일
환상의 커플 / 880,330원

이제껏 결혼식에 다녀 보았지만 오늘 ㅇ호 삼촌 커플처럼 멋진 그런 환상의 한 쌍은 별로 보지 못했다. 두 사람이 모두 다 쟁쟁한 KS 마크의 엘리트들! 그래서 더욱 장하고 멋지게 보였으리라.

양가의 부모님들은 모두 자그마한 키에 평범한 모습들이었다. 어떻게 하면 저렇듯 자식들을 잘 키울 수 있을까? 아들을 훌륭히 키운 우리 고모님! 딸을 훌륭히 키운 색시 어머니! 모두 모두 장하고 위대해 보였다.

처음부터 당당하게 학벌을 내세우며 이루어지는 결혼식을 지켜보며 서울대학 안 나온 사람은 기가 죽어 어디 앉아 있겠나 싶은 마음도 슬며시 생겼다. 공부가 인생의 전부는 아니라는 것 잘 알고 있지만 이왕이면 나도 저런 장한 아들, 딸의 엄마가 되고 싶은 욕망이 치솟는다.

신랑, 색시 모두 키도 어쩜 그리 훤칠하고 멋있는지 외모 좋고, 학벌 좋고, 유학 다녀왔고 그 사람들 앞길이 과연 어떨까? 두뇌와 두뇌가 만났으니 그 2세들은 또 어떨까? 서울로 돌아오면서 나도 꿈이나마 꾸어보았다. 이제 시작이니 나도 그렇게 키워 보자고.

ㅇ호 삼촌을 보면 치맛바람으로 아이가 크는 것 같지는 않았다. 생전 학교에 찾아가 보지도 않고 예능이니 뭐니 시켜보지도 않았다는 이야기 누누이 고모에게서 들었다.

지금 우리 쓸데없는 것에 신경 쓰고 써야 할 곳에 쓰지 않는 것이 아닌가, 과연 어떤 어머니상이 장한 어머니상인가? 무조건 밀고 나가야 하는지 제 스스로 나가는 것을 뒤에서 늘 지켜봐 주기나 해야 하는 건지.

#1987년 7월 15일
은행원과 씨름 양심을 밝힌 현금 찾기

이달에도 고스란히 80만 원 돈이 적자가 났으니 7월 봉급, 보너스 타봐야 몇만 원 남을까 말까였다. 매달 이리 메꾸고 저리 메꾸고 하며 머리를 짜내는 살림을 하자니 여느 때는 짜증이 나다 못해 가슴이 터질 것처럼 답답하다.

부조금 10만 원, 세금 두 군데 10만 원, 남편한테 20만 원 돈, 큰 덩어리로 나간 것이 몇십 만 원이, 이달 봉급 보너스 타서 적자 메꾸고 빚 갚고 또 은행 적자 내며 살아야 하는데 이달에도 남편은 여행이 두 번이나 있으니 얼마나 쓰게 될는지, 내일이면 봉급이 들어갈 텐데 은행에서 전화가 왔다. 3만 원짜리 수표가 들어왔는데 대출액이 초과가 되었으니 3만 원을 오늘 중으로 입금해야 한다고.

집에 돈이 한 푼도 없었지만 신용을 지키기 위해 은행엔 내일이나 들어갈 테니 가계수표를 또 발행하는 수밖에 없어서 오만 원짜리를 발행해 현금 오만 원을 갖고 부지런히 은행엘 갔다. 모두 입금하려 하다가 은행원한테 언젠가 인지대 천 원 꾼 것이 생각 나 그 돈 갚느라 만 원은 잔돈으로 바꾸었고 4만 원을 입금했다.

통장을 모르고 가지고 가지 않아 입금증만 받아왔다. 집에 와서 다시 잘 확인해 보니 입금증엔 입금액이 3만 원으로 되어 있기에 급히 은행에 전화를 해보았다. 담당자 말이 자기가 받은 돈은 분명히 3만 원이라며 내가 착각하고 있는 것일 거라고 잘 생각해 보라는 말만 계속했다.

이렇게 답답할 때가 또 어디 있을까. 그저 그 자리에서 입금증을 확인 안 한 내 잘못일 수밖에… 전화를 다시 해보아도 회의 중이라며 담당을 만날 수가 없었다. 회의 중이라니 아직 퇴근은 하지 않았구나 싶어 은행으로 달려갔다. 돈 만 원이 어찌나 아깝던지. 은행원에게 난 양심과 양심의 대결이라며 분명히 잔고에서 만 원이 남을 테니 다시 잘 확인해 보라고 큰소리쳤다.

내가 분명히 4만 원 냈는데 만 원이 어디 갔겠느냐며 신용을 상대로 하는 곳이니만큼 내 양심을 믿고 잘 찾아보고 집으로 전화해 달라고 부탁하며 은행이 구멍가게 장사꾼이 아니니 분명히 잔고가 남을 거라고 자신 있게 말하고 은행 문을 나섰다.

분명한 사실을 믿지 않아 너무너무 속이 상했다. 분명치 못한 나 자신이 바보스럽기도 해서 더욱 속이 상했다. 집에 돌아와 저녁을 급히 지으며 과연 만 원을 찾을 수 있을까 궁금했다. 은행에서 집에 온 지 한 20여 분 지났을까? 따르릉 따르릉… 나는 얼른 달려가 수화기를 들었다.

"국민은행입니다. 사과 말씀 먼저 드리겠습니다. 마감 시간이 다 된 시간이라 바삐 하다 보니 우리가 실수를 했습니다. 잔고에서 만 원이 남았습니다. 입금액은 4만 원이 분명하니 만 원은 내일 입금해 드리겠습니다."

난 너무너무 시원했고 마음이 통쾌했다. 양심이 통했으니 이렇게 기분이 좋을 수가! 구멍가게, 슈퍼 어디에서든 이렇게 양심이 통할 수 있다면 얼마나 좋은 세상일까?

1987년 7월 27일
인간의 한계

인간의 힘으로는 과연 자연의 힘을 어쩔 수가 없는가?

이 좁은 땅덩어리 골고루 물난리를 겪고 많은 수재민을 내고 많은 인명을 앗아간 폭우! 수도 서울은 빼놓는가 보다 했더니 어젯밤 몇 시간 동안 쏟아부은 폭우로 서울의 이곳저곳에서 물난리 소동이 일어났다.

교통이 마비되고 여러 지역에서 집들이 물에 잠기는, 그야말로 아수라장이었다. 우리 동네도 몇 년 만에 또다시 물난리를 당했다.

우리 집은 다행히 빈 지하실에 물이 채워진 것으로 끝이 났지만 지하실에 방을 들여 사람을 두었던 집들은 그야말로 난장판 속이었다. 돈 없이 남의 집 지하실 방 얻어 살 터인데. 살림까지 모두 물에 잠기고 비는 여전히 계속 오고 얼마나 마음이 심란할까?

구의동 지역은 지대가 낮아 지하실에 방을 꾸미면 장마에 위험하다고들 하던데 세 받아먹을 욕심에 방을 너덧 개씩 꾸며 남 주었던 집주인들 물난리 겪느라 파죽음이 되는 듯했다.

아무리 한꺼번에 쏟아져서 그렇다고는 하나 이럴 수가 있을까? 하수도 배수 공사가 완벽하지 못해 더 피해가 컸을 것 같은 생각이 들었다. 정부에서 무엇 하나 제대로 처리하는 것이 없으니 집만 빈틈 없이 지어 놓고 물 빠지는 곳은 제대로 해놓지 않아 더 물난리를 크게 겪은 것만 같다.

이집 저집 양수기를 들이대고 물 푸느라 야단들이다. 우리도 양수기를 들이대도 물 푸는 시간이 거의 2시간이 걸렸다.

양수기도 끝까지 쪼~옥 빨아들이지는 못해 어느 정도의 물은 병곤이와 둘이서 퍼내었다. 맑은 물로 닦아내며 하느라고 열심히 했는데 저녁에 퇴근한 남편이 보고는 짐들을 모두 내놓고 하나하나 닦아내며 바닥은 맑은 물이 나도록 깨끗이 닦았다. 덕분에 지하실 청소 한번 잘 했다 싶었다.

1987년 8월 17일 날씨 맑음
아름다운 일기장 / 512,620원

사랑하는 나의 병곤. 현경. 병찬아!

엄마의 생일선물로 사주어 고맙게 받은 이 노트에 거의 일 년 만에 드디어 엄마의 일기가 적히게 되었구나.

일기책이 너무 아름다워 엄마는 겁이 나는구나. 그러나 애들아! 하루하루 아니 가끔이라도 엄마의 생각과 느낌, 아빠와 너희들의 이야기를 열심히 이 노트에 엮어나가 보련다. 우리의 이야기를 이렇게 소중한 일기장에 사랑하는 식구들에게 엄마가 시라도 한 수 적어 넣을 수 있는 실력이 있다면 얼마나 좋을까? 이렇게 못 쓰는 글씨로 이곳에 쓰기가 어째 미안하구나!

-가장 귀한 선물을 받고_ *일기장에 엄마는 감격했음.

아침, 저녁으로는 제법 선선하다. 귀뚜라미 우는 소리는 들리고 오늘도 한낮에는 무척이나 더웠는데 깊은 밤 열려진 창으로 들어오는 바람이 제법 서늘하다. 삼복이 모두 지나고 입추도 지나고 지난봄 늦게 병곤이가 자연학습 자료로 대문 옥상 위에 심어놓은 해바라기 한 그루! 그 해바라기가 비실비실 자라더니 요즘은 제법 잎사귀도 실실하게 커지고 탐스레 꽃이 피었다. 낮이면 꽃이라고 벌들이 심심치 않게 찾아왔다 가는구나.

1987년 8월 18일 금요일
가을 김장 준비

지난 8월 23일 일요일 사 온 고추 10관이 거의 다 말라 갔다. 비 오는 날이 고추 값이 쌀 것 같아 앞집 아주머니와 가락시장엘 또 갔다. 맑은 날보다야 좀 싼 듯했으나 여전히 고추 장사들은 배짱을 퉁기며 팔았다.

비가 와서 다 썩으면 큰 손해일 텐데 왜 저리 배짱를 퉁길까 했더니, 팔다 못 팔면 건조실에서 모두 걷어간다나. 그놈의 건조실에서 말린 고추 빛깔도 검고 묵은 고추도 섞어 판다 하여 내가 이 극성을 부리는데. 허겁지겁 대들어 살 수 있는 싼 고추가 없었다.

사는 사람도 약았고 장사꾼은 더욱 약았다. 어머닌 1관에 3,200원씩 주고 사셨다는데 그런 것은 없었다. 큰 시장이라 많이 모여 들긴 해도 시골 장 시세보다야 훨씬 비싼 모양이다. 한참을 다녔다.

매운가, 어떠한가 연신 맛을 보면서 한 아저씨가 관 당 3,000원 고추도 매운 것 같아 6관을 사서 양쪽 3관씩 들고 버스 정류장까지 가는데 어찌나 무겁던지 어깨가 빠져나가는 것 같았다.

그동안 시어머님이 양념거리 잘 대주셔서 아무 걱정 없이 잘 받아먹었지 싶었다. 지난해는 집에서 따다가 말려 보았고 올해는 그나마 다 죽어서 처음으로 내 손으로 고추도 사 보았고 걱정도 해보았다. 비는 제법 많이 오고 있었다.

고추 담은 종이상자가 찢어질 것 같아 아주 불안했다. 간신히 끌고 와 집 마루 위에 좌~악 펴 놓으니 고추가 참 색도 예쁘고 좋았다.

학교에 아이들 우산 갖다 주고 보니 앞집 아줌마가 또 가자고 오셨다.

이왕 말리는 것 한 번에 10관씩은 말려야지 싶어 또 갔다. 오전보다 물량도 적었고 그 아저씨는 벌써 가고 없었다. 또 다 다녀보아도 역시 그렇게 싸고 좋은 것은 없었다.

한 아줌마 것이 1관에 2,500원씩 5관짜리는 골은 것이 꽤나 있었다. 있어봐야 1관밖에 더 있으랴. 그래도 싸다 하며 그 고추를 사 가지고 와 쏟아 보니 상한 것이 너무 많았다. 가슴이 덜컥했다. 모두 버리게 되는 것이 아닌가 싶었다. 싼 것을 좋아해도 어느 정도지 버리는 거 주워왔다고 어찌나 그이가 뭐라 하던지 힘은 힘대로 빠지고 오늘 애쓴 보람이 없어 속이 무척 상했다. 그래도 연신 행주를 빨아 대주어 난 열심히 닦고 고르고 쪼개 널고 열심히 골라 대었더니 결국 버려지는 것은 한 바가지 정도밖에 되지 않았다. 남편도 나중엔 웃으며 말했다.

"어지간한 것은 그냥 버리지."

버릴 것 없다고 하려고 발려가며 쪼개 널다니. 내가 이렇게 알뜰했었나 싶었다.

9월 8일 화요일, 드디어 오늘로써 고추가 가루가 되었다. 유난히도 비가 잦았던 올해, 옥상으로 방으로 동동거리며 말리느라 애쓴 그야말로 금 고추! 먼저 산 것이 9근 나중 것이 8근 모두 가루 17근이 나왔다. 색도 예쁘고 깨끗하고 이런 맛에 그 고생을 하며 말리지 싶었다. 오리지날 태양초! 이렇게 힘들여 손수 하고 보니 이제껏 편하게 앉아 얻어먹은 것이 얼마나 부모님께 미안한지 몰랐다.

힘들이고 공들이고 어렵게 말려 놓으니 아까워서 아무도 주고 싶지 않은 것을 나 먹기도 아까워 두고만 보고 싶다.

9월 9일 수요일, 부모 마음. 형제 마음이 이렇게도 다른가? 어머니는 고추 말려 자식들 모두 나누어 주셨다는데 난 아까워서 작은집이고, 시누이고 아무도 주고 싶지 않았다. 내가 나쁜 것일까? 이제껏 부모님께 받은 사랑을 동생들에게는 내가 대신 베풀어야 할 터인데 그렇게 되지 않았다.

작은집과 시누이 둘한테 한 근씩만 주어도 3근, 두 근씩이면 6근 그럼 우린 김치용 고춧가루가 3~4근 밖에 남지 않는다. 한참을 망설이다 오늘 드디어 끝물 고추 6관을 또 사 왔다. 사서 들고 오느라 힘 빠지고 말리느라 힘 빠지고 그야말로 앞으로 남고 뒤로 손해 보는 일 하는 것 같았으나 조금씩 주고 먹으려면 어쩔 수가 없었다.

오늘은 끝물이라 고추도 얼마 없었고, 값도 비쌌다. 혼자 먹기 정말 참 힘이 드는구나. 나누어 먹자니 더욱 힘들고. 올여름은 하늘이 계속 뚫려 있더니만 이제는 닫혔나. 파란 하늘 아래 빨간 고추 빛이 더욱 곱게 보인다.

고추 말리는 데 정신 쓰느라 관심 있게 들여다보지 못했는데 감나무 잎사귀 사이사이 몇 알의 감이 불그레 물들어 가고 석류도 많이 붉어졌다.

어쩌다 잡초에 섞여 제멋대로 살아온 과꽃 두 그루가 제법 이 가을을 장식하고 있었다. 운이 좋아 그이의 손에 뽑히지 않은 모양인데 저렇게 예쁜 빛깔의 꽃을 피워주다니.

우리 집 작은 공간을 석류와 몇 알의 감과 두 그루의 과꽃이 그런대로 가을의 향기를 풍기며 내 눈과 마음을 즐겁게 해주고 있다.

　　대공원 비둘기들이 찾아와 고추를 흩트려 놓으며 씨를 먹느라
똥도 싸고 해서 하루에도 몇 번씩 옥상엘 오르면 저녁쯤에는 다리가
등산이라도 다녀온 듯 아프지만 오르락내리락할 때마다 익어가는
감과 석류와 과꽃을 바라보면 내 마음이 너무 즐겁다.

1987년 10월 6일
황금연휴 (추석 명절) / 440,700원

그야말로 황금연휴! 도시에 사는 사람들이 이번에 몽땅 고향을 찾는 모양이다. 예전에는 산업도로는 별로 막히지 않았는데 이번엔 구로공단에서 오산까지 오는 데 무려 3시간이 넘은 듯했다.

오산에서 그이를 만나 같이 시장을 보고 택시도 잡을 수 없어서 짐은 막내 시동생이 오토바이로 나르고 우린 아이들을 데리고 걸어 가기로 했다. 고속도로를 타고 오던 차들이 국도로 빠져 나오느라 4km 떨어진 시골집에 도착하도록 차량의 행렬이 줄을 이었다.

돈도 없고 만들 시간도 없어 대충 흥정을 해왔건만 워낙 늦게 시작을 하고 보니 거의 새벽 2시에 음식 장만이 끝나고 3시경에야 자리에 들었다. 그 시간에도 여전히 동리 앞 시골길에 차들이 지나가고 있다. 고향 가기 정말 힘이 드는구나! 안쓰럽고 딱했다. 저렇게 밀리는 행렬 속에 언제쯤에나 고향에 도착들 할는지?

충청도 간다는 사람이 오산에서 역으로(서울 방향) 우리 마을 앞 길로 들어서질 않나, 국도로 내려온 사람들이 고속도로를 찾느라 무조건 앞차 빠지는 곳으로 쫓아오는 모양이었다.

고속도로로 타고 오던 차들은 다른 길 찾느라 큰길, 작은 길 할 것 없이 그야말로 아수라장이다.

오늘따라 우리 고향은 멀지 않은 거리에 있다는 것이 아주 다행이라고 새삼 느껴졌다.

1987년 10월 10일
시집 식구들의 야속함

어제 시골에서 있었던 일들이 생각할수록 어이없고 분하고 속이 상했다. 내가 잘못했다고는 생각되지 않고 오해를 하였는지 모르나 소견머리 없어 보였던 w g 엄마(시누이)의 행동과 생각 외로 흥분하시던 어머니의 처사가 생각할수록 밉고 섭섭했다. 어느 자식이 그토록 속을 썩여 드려 보았을까?

왜 그리 분해하시며 펄펄 뛰셨는지 도대체 이해되지 않는다.

당신 따님들, 늘 친정 자주 오고 명절에 꼭 챙기고 이웃에서만 보아도 명절에 딸들이 친정에 오는 것 늘 보시면서 당신 며느리는 친정 부모 없고 올케, 오빠 시원치 않아 늘 찾아갈 곳 없이 시집에서만 보내는 것 딱하게 생각도 되지 않는지…. 같은 여자로서 너무 이해 못하는 것 같아 보이기만 했다.

그이가 오산 친정집 가기 싫어하는 이유 누구보다 난 잘 알고 있지만 그날은 너무 생각이 적었다. 남들은 모두 친정집 오는 데 5일 씩이나 놀 수 있는 연휴에 가야 할 집 없이 시집 손님 치닥꺼리만 하는 것이 왠지 속이 상했다. 내색을 하지 않았어도 자주자주 겪는 내 심정이다. 나는 무언가 싶기도 하고 어쩌다 난 이렇게 외로운 사람일까 싶기도 하고 매우 한심스럽다.

남편도 아이들도 친하게 지내던 시집 식구 모두도 역시 어느 날 문득문득 멀게 느껴지고 내 마음이 허전해짐은 웬일인지 모르겠다.

그 무심한 내 오빠와 올케, 친정 조카들을 보며 계속 속상해하는 내 마음을 나도 내가 모르겠다. 고향을 잃은 허전함 같은 것이 늘 마음속에 잠재하고 있어서 명절이라든지 시집 형제 집안들이 모두 모이는 그런 때에는 더욱더 허전해지곤 했다. 그래도 내색하지 않으려 노력했고 좋은 며느리라고 남들에게 칭찬 받으며 시집살이 잘해 왔는데 내 마음 헤아려주지 못하는 그이가 오늘따라 더욱 미웁기만 하다.

1987년 10월 16일
선진 의술 따라 미국행

새벽 2시에 전화벨이 요란하게 울려 잠을 깼다. 어느 술 취한 사람이 잘못 걸어온 전화려니 생각하고 수화기를 드니 지난 일요일 미국에 간 ㅈ선 아저씨한테서 온 전화였다. 그 중환자가 희망을 갖고 미국에 가겠다고 나섰을 때 참 애처롭게 보였다. 공항에서 난 자꾸 눈시울이 뜨거워졌다. 비행기 속에서 죽을 것만 같이 야윈 몸이었으나 정신력으로 버티어 내는 듯 보이는 그 모습이 아주 장하게 보였다.

남편이 떠난 후 남모르게 흐느끼는 ㅅ혁 엄마의 눈물 때문에 공항에 나온 집안 식구들이 모두 참았던 눈물을 흘리고 말았다.

잘 갔나 몹시 궁금했다. ㄱ세 엄마한테서 어제 잘 도착했다는 소식을 들었는데 오늘 새벽 미국에서 전화가 왔다. 목소리가 무척 밝고 힘 있게 들렸다. 사람은 기분이 무척 건강을 좌우하는 모양이다. 정신력이 강해서일까. 마음이 대담해서일까. 대소변 모두 옆구리로 빼내는 그런 끔찍한 수술을 몇 번씩 받고서도 태연하게 보이려는 그의 표정에서 오히려 안쓰러움을 느낀다.

어차피 조물주가 만들어 놓은 순리대로 이루어져 있지는 않고 변형이 되었으나 그런 강인한 정신력과 밝게 마음만 먹으면 사는 날까지 큰 고통 느끼지 않으며 살아갈 수 있지 않을까 생각된다.

건강한 육체 건전한 정신을 모두 갖춘 이들은 그야말로 축복받은 사람들이라 새삼 생각이 든다.

1987년 12월 16일
대통령 후보들 / 871,085원

치열했던 대통령 후보들의 유세도 어제로 끝이 나고 드디어 선거일이 되었다. 그이와 난 김ㅇㅅ 씨에게 한 표를 보냈다. 과연 누구에게 맡겨야 되는 것이며 정치가 어떤 것인가를 난 모른다. 그저 정권이 바뀌어 보는 것이 당연할 것 같아 야당 후보를 지지했으나 이 사람도 저 사람도 모두 썩 마음에 들진 않는다. 믿을 만한 후보가 하나도 없다. 구렁이 같은 사람, 도둑 같은 사람, 뻔뻔한 사람, 허나 우리 국민이 오랜만에 우리의 권리를 찾은 듯하다. 국민이 직접 잘 생각하고 또 생각해서 신중하게 뽑은 대통령일 테니 누가 되든 국민들은 잘 따르고 협조해서 더 이상 사회를 혼란케 만들어선 안 되겠다는 생각뿐이다.

12월 17일 어제 늦도록 개표 방송을 보느라 몹시 피곤하다. 예상했던 대로 여당 후보 노태우 씨가 대통령이 되고 말았다. 뒷덜미를 맞은 듯한 기분일 국민이 무척이나 많으리라. 나도 무척 속이 상했다. 김ㅇ삼 김ㄷ중 두 위인이 얄미웁도록 밉다. 국민들이 그렇게 단일화하길 원했건만 끝내 버티더니 그들도 국민들에게 뒤통수 얻어맞고 닭 쫓던 개 지붕 쳐다보는 격이 되고 말았다.

정치하는 사람들의 속은 통 알 수가 없다. 이 세상 누구누구 할 것 없이 모두가 도둑들 뿐인 것 같다. 민주화를 부르짖다 먼저 세상을 등진 꽃다운 나이의 젊은 학생들! 기성세대의 죗값을 대신 지고 간 전경들! 그들의 죽음이 억울할 뿐이다.

1988년 2월 6일 토요일
남편의 생신 / 536,130원

섣달엔 행사도 많았다. 남편 친목계원들 접대부터, 증조할아버지 제사 남편 생신. 수원 작은 대고모 할머니, 악골 큰 대고모 할머니, 외삼촌 생신 등, 오늘은 남편 생신이라 좁은 집이 들썩이었다.

어머니는 며칠 묵으시며 어찌나 화투를 치시는지 아파 아파하시면서도 노인들 근력도 좋다는 생각이 들었다. 오늘 큰손님을 또 치렀다. 주현네, 은영네, 현정네까지 모두 모여 방 안이 꽉 차고 내년 생일은 큰집으로 이사 가서 해야 하겠다 하며 웃었다.

내가 생각해도 난 맏며느리 팔자며 버둥거리며 살아야 하는 팔자인지 집에 사람 모이는 것이 그렇게 싫지 않고 즐겁다.

경제적으로 여유만 있다면 새로운 음식 마련해놓고 가끔 이렇게 불러서 놀아보았으면 싶었다. 수원 대고모 할머닌 또 오늘이 막냇사위 생일인지라 아침에 따님네로 가셨는데 밤에 다시 오시라고 했더니 그렇게 하신다고 했다.

재미있는 할머니시다. 오래오래 사시면서 우리들에게 옛날이야기 전해주셔야 할 텐데. 주현네. 은영네. 현정네는 밤에 다들 돌아갔다. 수원 대고모 할머니 좋아하시는 고스톱이나 치며 자고 가라 했더니 제집이 편한지 그냥들 갔다.

다시 오시지 않는 줄 알았더니 11시가 다 되어 사돈댁 가셨던 대고모 할머니께서 또 오셨다. 오붓한 일꾼만 남아 새벽 2시까지 화투를 쳤다. 남편도 오늘 돌상 받은 아이마냥 좋은가 보다. 동생들이 넥타이 사 오고, 후라이팬 그릇도 사 오고 고모님은 주발대접 두 벌 사 오시고… 손님 치르느라 힘은 들었어도 이런 게 다 사람이 사는 재미려니 절실하게 느껴졌다.

어른들께나 동기간에나 계속 진실하게 우애 있게 대하여 내 집을 종종 찾아오도록 하는 것이 맏며느리로서의 책임이 아닌가 싶다.

2월 7일 일요일, 오늘 형부, 언니까지 다녀가셔서 남편의 생신은 끝이 났다. 요즈음 몇해 동안 해마다 내 생일이면 남편한테 선물을 받았는데 난 한 번도 선물을 준 적이 없어 퍽이나 미안했다. 생일 선물 핑계 삼아 스웨터를 하나 사 줄까 했으나 이달에도 너무 적자를 내서 그냥 넘어가기로 했다. "쪼들리면서 형식 차리면 무엇 하나!" 싶기도 해서이다.

1988년 3월 23일
우리 아들 동아일보 기자 / 984,670원

수요일 날씨 맑음. 지난번 임원 선거에서 탈락된 후 은근히 섭섭해하던 병찬이에게 오늘 큰 기쁨이 왔다.

며칠 전 5학년 1반에서 저 혼자 동아일보 기자로 추천되어 4반 교실에 가서 말하자면 논문시험이라 할 수 있을까? 5학년 각 반에서 한 명씩 모여 시험을 보았다는 말을 들었다. 그때 난 학급에서 뽑힌 것만으로도 기특하고 대견했다.

5학년 대표로 뽑힐 것은 기대도 안 했는데…. 드디어 합격이 되었다는 기쁨을 내게 안겨 주었다. 병찬이는 공부 잘하고 똑똑하고 글 잘 쓰는 아이가 그런 자격이 있는 거라며 무척 좋아했다.

어찌 되었든 그 애가 신이 나서 좋아하는 걸 보니 내 즐거움은 더욱 컸다. 소년동아일보 23일자에 서울 시내 국민학교 60여 학교에서 각 4명씩 10여 개 중학교에서 한두 명씩의 명단이 발표되었는데 그중 구의국민학교 5학년 임병찬 이름이 있었다. 아무튼 명예나 감투가 평범함보다는 이렇게 좋은 것인가?

이것이 계기가 되어 언론인이 우리 집에서도 나올 지도 모르는 일이 아닌가? 아무쪼록 자랑스러운 사람 되기만을 빌어 본다.

1988년 4월 1일
소녀 같은 꿈을 꾸고 있다 / 500,870원

새해가 밝았나 하던 날이 어제 같은데 또 벌써 4월이 되었다. 어제도 오늘도 크게 하는 것 없이 세월은 유수와도 같이 흘러 공연히 나를 초조하게 만든다.

봄! 4월! 개나리의 노란 꽃망울들이 봉긋봉긋 벌어지고 소담스런 목련도 그 청초하고 고고한 자태를 자랑하려고 찬란한 모습을 드러내려는 4월! 봄은 여인의 모습에서부터 오는 것일까?

길가의 여인네들 옷차림이 이제 완연하게 밝아지고 화사하다. 봄은 여인의 마음을 들뜨게 만드는가 보다. 오늘따라 나도 스커트를 입어보았다. 화사한 봄옷 한 벌 해 입고 어디 꽃구경이나 한번 다녀왔으면… 소녀 같은 꿈을 때때로 꾸고 있다. 항상 아쉽고 만족해하지 못하는 나에게 그런 꿈을 꿀 수 있는 마음의 여유가 남아 있다는 것이 그저 좋을 뿐이다.

항상 쪼들려온 생활이지만 변해가는 계절 속에서 순리대로 적응해가면서 묵묵히 말없는 나무들을 보며 늘 인간은 부족함을 느꼈고 그런대로 마음의 여유와 가식 없는 꿈을 꾸어 볼 수 있었던 것 같다.

가끔은 너무 잔재미 없이 듬직하기만 한 남편에게 투정도 부려 보았으나 남편 역시 나무를 닮아 말없이 묵묵히 순리대로 나에게 사랑을 전해 주는 것이라 믿어야겠다.

1988년 4월 5일
생활 이야기들 (공휴일이 된 식목일)

남편이 농고에 계실 때는 학생들 데리고 나무 심으러 다니기 더 바쁜 날이었는데 중학교에 계신 후부터는 그야말로 공휴일이었다.

하루 종일 집에 있는 화초 분갈이도 해주고 선반도 마당에 짜놓고는 일부 화분을 얹어 놓았다. 조금이라도 햇빛 더 잘 받게 하기 위해서였다. 미관상도 더 그럴싸하게 앞마당이 멋있어졌다. 대문 옥상에 개나리 늘어져 있는 것이 정말 예쁘다.

우리 집 화초들은 완연히 초여름을 연상하리만치 잎들이 무성하게 나왔다. 실내에서 자란 잎들이라서 아직은 강한 햇빛에 견디기 어려워 한낮에는 신문으로 덮어 그늘을 만들어 주곤 한다.

서서히 적응해 갈 때까지 대부분 많은 사람들이 겨울 동안 화초를 많이들 죽이기 쉽지만 항상 사랑으로 키워주는 그이 덕분에 우리 집 화초들은 겨울도 항상 거뜬히 잘 넘기고 해서 푸른 잎도 남의 집보다 훨씬 먼저 보여준다.

올해는 실내가 훈훈했기 때문에 나무들이 너무 일찍 새싹이 돋아 감나무는 벌써 꽃눈까지 나왔으니 열매가 제대로 열리게 될는지 걱정이다.

감나무, 석류나무 올해도 성실하게 많은 열매를 맺어 우리들뿐만 아니라 우리 집 앞을 오가는 모든 사람에게 많은 사랑 받아야 할 텐데.

1988년 5월 14일
시아버님의 생신날 / 603,440원

오늘은 돌아가신 아버님 생신이라서(음력 3월 29일) 아이들을 모두 데리고 시골집 할아버지 산소엘 갔다. 음식은 전 한 접시 부치고 쇠고기 적, 북어포, 약주와 과일을 간단히 준비해갖고 내려갔더니 어머님은 떡을 해놓으셨다. 준비한 음식을 정성껏 소쿠리에 담아 남편과 시동생과 산에 올라 아버님 묘소 앞에 차려놓고 간단한 인사를 하고 내려왔다.

아이들과 함께 오산에 도착했을무렵 한 줄기 소낙비가 쏟아져 옆집으로 피신을 했었고 하늘이 개인 틈을 타서 산에 갔더니 다시 하늘이 흐려지기 시작해 또다시 바쁘게 내려왔다.

영혼이 정말 있을까? 쓸데없는 짓 같기도 했지만 한편으로는 조상님을 항상 머릿속에 모시며 살아계신 분께나 돌아가신 그분의 영혼을 정성으로 모실 줄 아는 마음가짐을 갖는 것에 의미가 있지 않나 싶다.

우리 아이들에게 나 혼자가 아닌 우리! 내 뒤에는 나를 지켜주는 조상님들이 계시다고 믿으며 그런 후손이 되게 함에도 큰 교육적 효과가 있으리라 믿는다.

1988년 6월 6일
시어머님 생신

어제 어머님 생신이라서 온 가족이 모두 시골집에 모였다. 넉넉히 차려 동네 아주머니들을 모두 모셔서 후하게 대접하면 좋겠으나 음식 장만한 것이 넉넉지 않아 이번엔 취소할까 혼자 생각했었다. 다행히 작은 시누이가 갈비를 사갖고 와서 그런대로 고기는 넉넉해 아침에 동리 어른 열댓 분 초대했다. 어머님 연세도 있으시고 해서 식구끼리 단촐하게 지내기엔 좀 미안한 감도 있고 해서다.(그 시절은 동리 어른들 생신은 으레 초대하여 아침을 대접을 하던 시절임)

1988년 8월 6일
지리산 종주 (천왕봉)

아침부터 마음이 설레었다.

드디어 시집온 지 15년 만에 처음으로 맞는 여행, 우린 피서를 가는 것이었다.

남편 친구 김ㄱ동 씨 내외를 비롯해 그의 동료 부부 세 팀과 우리 부부, 아이들 셋 모두 열두 명이 지리산으로 등반을 가기로 했다. 오늘 입는다고 우리 새옷 장만하느라 옷값도 꽤 들었다. 이왕이면 예쁘게 입고 처음 만나는 대원들을 만나고 싶었다. 갖고 갈 음식은 갓 버무린 열무김치에 쌀 두 말, 오징어, 새우볶음, 김, 고추장, 된장을 준비했다.

저녁을 간단히 먹은 후 남편은 침낭과 텐트, 쌀과 반찬 등이 들어 있는 무거운 배낭을, 난 옷이 든 가방을, 병찬이는 저 덮을 카시미론 이불과 깔개가 들어 있는 가벼운 배낭을 하나씩 짊어지고 집을 나섰다. 영등포역에서 밤 10시 기차를 타기로 했다. 영등포역에 도착하니 8시 30분이었다.

9시까지 대원들이 만나기로 했다는데 우리가 좀 일찍 온 셈이었다. 영등포역까지 오는 동안에도 남편은 배낭이 무거워 쩔쩔맸다. 역에서 모두 모여 짐을 다시 분배해서 지기로 했단다.

얼마 후 대원들을 모두 만났다. 각자 짐하고 김ㄱ동 씨가 준비한 짐하고 누구네 이삿짐만큼이나 됐다. 저 짐을 누가 다 짊어지고 그 높은 산을 오를 것인지 난 앞이 캄캄했다. 남편 쌀 보따리를 누구에게 덜어 줘야 하나 싶어 은근히 걱정이 되었다.

어쨌든 이리저리 더 담고 들고 해서 드디어 기차를 탔다.

아이들은 4학년짜리와 6학년짜리 우리 병찬이(5학년) 비슷비슷한 놈들끼리 만나서 진주 가는 동안 사귀어 기차에서 밤새껏 잠도 자지 않고 재잘거렸다.

실로 오랜만에 타 보는 기차였다. 기차에서 남자분 다섯이 나란히 앉아 내가 준비해 간 새우볶음을 안주로 술을 하셨고 우리 여자들도 맥주 한 잔씩을 했다. 여고 시절 수학여행 가던 기분만큼이나 설레고 즐겁다. 내일 산 오르려면 힘이 들 테니 좀 눈을 붙이라고 남자분들이 말씀하셨으나 왠지 잠이 오지 않았다. 눈을 감고 의자에 기대어 조금이라도 자 보려고 잠을 청했다.

다음날 새벽 5시 20분 드디어 경상도 땅 진주에 도착했다. 기차에서 이내 잠을 못 잤으니 눈이 뻑뻑하고 아팠다.

역 광장에는 불을 피워 놓고 침낭을 펴고 자는 무리도 두어 군데 눈에 띄었다. 저들은 어느 곳으로 행차를 할 사람들인지 우리 일행은 봉고차를 대절해 40km쯤 달려오니 드디어 그 유명한 지리산 국립공원 푯말이 붙은 곳까지 갈 수 있었다. 이제 거기부터는 등산로였다. 중산리에서 법계사 가는 쪽을 향해 얼마쯤 오르다 짐도 줄일 겸 계곡 가까운 곳에서 첫 아침밥을 지어 먹었다. 그런대로 한술 먹어 두었다. 세수하는데 계곡물이 어찌나 보드라운지 얼굴에 비누기가 영 지워지지 않는 듯했다.

한 끼 식량이 줄어들어 짐이 좀 가벼워졌겠지, 싶으나 여전히 끄떡없이 무겁다고 남자분들이 절절맸다. 남편 짐이 너무 무거워 남편 배낭에 있던 쌀을 여러 봉지에 나누어 각자가 나누어 짊어졌다.

아침 식사를 마치고 우린 법계사를 향해 올랐다. 어찌하면 좋을지. 산 오르는 길이 어쩜 초입부터 이리도 험할 줄이야! 남자들은 짐도 무겁고 너무너무 힘 들어 했다. 여자들이야 가벼운 짐이지만 모두 벗어 버리고 빈 몸으로 올라가라 해도 힘들 지경이었다.

그래도 아이들은 신이 나서 힘도 안 들어 했고, 저만치 앞장서 멀리서 목소리도 들을 수 없었다. 여간해서 땀이 흐르지 않는 나도 티셔츠가 땀에 촉촉이 젖어왔다. 원래 땀이 잘 나는 그이는 땀에 뒤범벅이 된 모습이 애처롭기까지 했다. 짐이라도 모두 내버리고 갔으면… 한 4시간쯤 걸었을까? 드디어 법계사까지 갔다. 그곳에서 점심을 해 먹었다. 그곳엔 어찌 그리 물이 귀한지 간신히 조금 구한 물로 밥을 지었다.

그곳은 어찌 악취가 풍기던지 입맛, 밥맛 다 떨어지고 등산객들이 더럽혀 놓은 주위 오물에만 신경이 쓰였다. 가뜩이나 비위가 약한 나로서는 영 기분이 나지 않았다.

향긋한 풀냄새 나무 냄새 대신 인간의 발길에 더럽혀져 악취를 풍겨야만 했던 안타까움에 속이 상하도록 마음이 아프고 자연에 대한 죄스러움을 감출 수 없었다. 우린 그곳을 떠나 정상을 향해 돌진했다. 지리산이 이렇게 험할 줄을 알았으면 오지 않았다고… 여자들과 아이들을 데리고 가는 거니까 설마 그렇게 험한 등반을 하겠냐고 나도 ㅅ석이 엄마도 막내 ㅊ헌이 엄마도 모두 그렇게 생각들 했었다. 제일 나이 어린 ㅊ헌이 엄마가 제일 못 따라왔다.

이렇게 너무 힘들이다 내일 그대로 하행하게 될 것 같은 생각도 들었다.

힘들여 올라가노라면 오르고 내려오는 이들의 한결같이 "수고하십니다.", "애쓰십니다.", "이제 거의 다 왔습니다." 한마디 짤막한 말들이 그렇게 힘이 될 수 없었다. 세상살이가 산에서처럼 이렇게 서로서로 신경 써주며 위로해 주고 용기와 희망을 주면서 살아갈 수만 있다면 얼마나 평화로울까? 산에서는 모두가 좋은 사람들뿐이다. 난 숨을 헉헉거리며 오르면서도 계속 노래를 흥얼거리기도 했다. 정상에 가까워지니 말없이 반겨주는 자연의 오묘함에 완전히 취해 버린 듯 환호가 절로 나왔다. 아, 바로 이 기분을 맛보기 위해 우린 그렇게 힘들여 오르고 있는 것이구나. 드디어 1,915m 정상 천왕봉! 구름이 안개처럼 좌~악 깔린 시야를 바라보며 우리는 너무도 흐뭇했다. 금세 구름이 몰려와 안개 속처럼 뿌옇다가도 어느새 확 걷히고 초를 다투어 순간순간 변하는 정상에서 영원히 간직될 순간을 간신히 잡아 사진 촬영도 했다.

냉동실 온도만큼이나 시원한 정상에서 우린 또다시 행군을 시작했다. 능선을 따라 우린 며칠을 이렇게 걸을 것이다. 또 얼마를 걸었을까?

드디어 하룻밤을 보낼 장터목산장에 도착했다. 바람은 심하게 불었고 물이 귀해서 한 군데뿐인 샘터엔 밥 짓는 이들의 행렬로 하루 종일 땀을 흘려 끈끈한 몸을 씻을 엄두도 낼 수 없었다.

남자분들만 텐트를 치셨고, 우리 여자들과 아이들은 산장에서 자기로 했다.

물도 귀하고 바람은 불어 흙먼지를 날리는 속에서 그래도 어떻게 밥을 지었는지 밥 먹으라고 깨우는 바람에 다 귀찮아 그냥 잠이나 자고 싶었지만 밥 해 놓은 아빠들 성의를 생각해 가서 먹었다.

우리가 텐트 안에서 밥을 먹고 있는 동안 남자분들은 밖에서 덜덜 떨고 계시는 것 같아 빨리 먹자니 더 목이 메인다.

그야 말로 고생을 사서 하는 재미인가?

8월 8일 월요일, 참으로 신기했다. 어제 그리 힘든 강행군을 했는데 아침에 몸이 별로 아픈 곳도 없이 다리도 멀쩡했다.

다리에 알도 배기고 몸이 천근만근 무거울 줄 알았는데 나이 많으신 철산리 주공아파트에 사신다는 김ㅇ호 씨 부인도 ㄱ동 씨 부인도 나도 제일 힘들어 했던 ㅊ헌이 엄마도 모두 거뜬하다고 하며 우리들은 참으로 신기해했다.

우린 천만다행이라 생각했다. 텐트에서 주무신 남자들이 아침 일찍 한 분 두 분 오셔서는 어떠냐고 문안을 오셨다. 마누라 새끼 편히 잘 잤는지 찾아오는 모습이 참 보기 좋았다.

우리 신랑은 왜 문안을 오지 않느냐고 농담을 했더니 남편은 지금 설거지하러 물가에 가서서 못 오신다고 해서 우린 또 웃었다. ㄱ동 씨는 오늘 행군이 또 염려가 되는지 이왕 여기까지 와서 마음먹은 대로 종주를 꼭 해야 되지 않겠냐고 하여 우리들은 거뜬하다고 대답했다. 그곳은 물이 귀해 간신히 양치질만 하고 밥만 끓여 먹은 후 우린 연하천 산장을 향하여 떠났다. 오늘 코스는 대단히 멀었다. 중간에 세석산장은 물이 어찌나 좋은지 머리 감고 세수하고 빨래까지 했다. 그곳에서 라면을 끓여 먹었는데 난 빨래하느라 좀 늦게 갔더니 라면이 몇 젓가락 밖에 없어서 먹은 둥 마는 둥 했다.

힘이 들어 땀을 뻘뻘 흘리면서도 집에서처럼 그렇게 찐득찐득 더운 느낌이 안 드는 것은 참으로 미처 몰랐었다. 힘들게 몇 m 오르곤 바위에 배낭을 걸치고 쉬노라면 시원한 바람이 쏴~악 등으로 몰리는 듯 금세 땀이 식고 다시 또 힘도 충전되어 거뜬히 얼마 걸으면 다시 또 다리에 힘이 빠져서 우린 헐떡헐떡거리곤 했다. 그런데 오늘은 남편이 유난히 힘들어했다.

기름이 떨어져서라나? 그 기름은 바로 딱 한 잔씩 마시며 올라가는 소주를 말하는 것이었다. 어제는 내 배낭에 끼우고 열심히 갖고 오른 덕분에 그 좋은 술을 참참이 마시곤 했는데 오늘은 김ㅇ호 씨가 들고 가다가는 중간에 잃어 버렸단다. 너무너무 힘들어하면서 어찌나 "딱 한 잔만 마셨으면!" 하며 술 생각을 하던지….

난 또 오늘 낮에 점심을 시원치 않게 먹어서 얼마나 배가 고프던지….

나도 꼴찌 팀과 같이 발을 맞추었다. 남편이 너무 힘들어해서 이내 걱정이 되었다. 나도 배는 고프고 자꾸 쉬다가는 더욱 지칠 것 같아 남편 팀을 뒤로 한 채 얼마를 혼자 계속 걸었다.

우리가 연하천산장에 도착한 것은 밤 9시가 넘었다. 오늘도 텐트 칠 장소가 없어 남자분들만 간신히 하나 치고 우린 산장에서 자기로 했다. 그나마도 조금 일찍 도착한 김ㅇ호 씨 팀이 장소를 하나 잡아 놓았고, 산장도 예약을 해서 다행이었다. 어찌나 사람들이 많은지 밤을 그냥 앉아 새울 뻔했다. 늦어서 텐트를 못 친다고 달래었건만 아이들은 그냥 트집이었다. 계속 산장에서만 잔다고 불만이 많았다.

오늘도 밥을 지어 산장 앞마당까지 날라 와서는 우릴 부르러 온 남자분들이 옆에서 손전등을 들고 서 계셨고 맥주까지 사다 주셔서 우린 한 캔을 나누어 먹었다. 밥을 하도 많이 먹어서 한 캔씩은 먹을 수 없었기 때문이다.

오늘 밤은 세수도 했고 발도 씻었고 옷도 갈아입으니 날아갈 듯 몸이 가볍다. 오늘도 푹 쉬고 내일 또 떠나야지.

8월 9일 화요일, 어제 연하천산장에 오는 도중 어찌나 배가 고팠던지 배낭에 웨하스 1통 있는 것 꺼내 허겁지겁 먹은 것이 탈이 났는지 아님 저녁밥을 너무 먹은 것이 탈이 났는지 어젯밤은 밤새껏 뱃속이 편치 않았다.

또한 아이들이 잠을 어찌나 험히 자던지 이리 채이고 저리 채이고 가뜩이나 좁게 차지한 자리가 새벽녘에 일어나 보니 내가 누웠던 자리가 어딘지 그 녀석들이 가로세로 누워 있었다. 속도 좀 편치 않고 해서 오늘은 일찌감치 일어나 버렸다.

등산 온 친구들은 거의 20대들이었다. 어린이가 있는 팀은 우리들뿐이고 40대인 사람들도 별로 눈에 뜨이지 않았다. 한창 젊음이 왕성한 그런 친구들이었다. 오늘은 우리 일행이 좀 일찍 그곳을 출발했다. 그런데 얼마 못 가서 남편의 다리에 발동이 걸리고 말았다. 슬쩍 삐끗했었나 생각했는데 무척 괴로워 보였다.

지팡이에 의지한 채 얼마를 간신히 따라갔지만 많이 힘들어 했다. 송 형사가 준비해 간 파스를 발라주고 압축 붕대를 감아 주고 했어도 아빠의 걸음걸이는 여전히 쩔뚝쩔뚝한다. 길은 계속 험했다.

저만치 앞서서 가던 김ㅇ호 씨가 되돌아와서 남편의 배낭 위에 얹혀 있던 45kg이나 되는 배낭을 받아 메었고 김ㄱ동 씨도 나도 남편의 짐을 덜어 메고 남편의 짐은 아주 가볍게 만들어 주었다. 병찬이와 나를 염려했었는데 남편이 오히려 발병이 나고 말았다.

몇 년 전 다쳤던 다리가 회복이 안 되었음을 완연히 알 수 있었다. 그 후 평소에 산을 좀 다녔어야 했는데, 하고 난 속이 아주 상했다. 모두들 끄떡없이 잘 버텨 왔는데 갈 날 하루 앞두고 남편이 발병이 나서 속이 아주 많이 상했다.

우린 더 이상 오르는 것은 무리가 돼 노고단으로 가려 했던 코스를 취소했다.

뱀사골 계곡으로 내려왔다. 이제껏 힘이 들면서도 콧노래도 부르며 주워들은 노래를 모두 흥얼거리며 기분 좋게 남편과 농담도 해서 일행을 웃기기도 하면서 올라 갔었는데 오늘은 기분이 폭삭 죽어 버렸다.

그래도 다행히 오늘 거리는 그리 멀지 않았고 내리막길이 많아서 남편한테는 다행이었다. 계곡을 끼고 얼마를 내려가다 조용한 장소에 우리 일행은 텐트를 치고 오늘 밤을 보내기로 했다. 남자분들이 저녁 준비를 하는 동안에 여자들은 빨래하고 목욕했다. 어찌나 물이 차고 매끄럽고 좋던지….

물속에 발 담그고 이대로 며칠 있었으면 좋겠단 생각이 들었다. 남편이 이름 지어놓은 선녀탕이란 곳에서 쏟아지는 물줄기에 등을 대고 앉아 목욕을 하는 기분은 정녕 내가 선녀라도 된 듯한 그런 기분이었다. 이토록 좁은 땅 한국에 이렇게 아름다운 절경들이 수없이 많다는데….

많은 사람이 거쳐 간 발길 흔적이 군데군데 쓰레기로 변해 남아 있건만 그래도 자연은 말없이 계속 그 오묘함을 우리 인간에게 보여주고 있었다.

남편은 분위기 찾느라 각기 텐트 속에 자러 들어간 사람들을 모두 불러내 노래자랑을 열었다 생각지도 않은 예정에 없던 멋진 밤이 되었다. 영원히 잊지 못할 이 밤이여, 아쉬움을 남긴 채 내일은 또 돌아가야만 하는가.

8월 10일, 어젯밤 즉석으로 일어난 일! 잠자리에서 벌인 텐트 대항 노래 이어나가기, 우리가 어제 술에 취했었나!

개구쟁이 아이들인 양 남자들이 부르고 여자들이 부르고 텐트 안에서 남자팀 텐트 향해 목청 돋우며 부르던 노래, 한참을 지지 않고 이어나가다가는 결국은 남자팀 자장가 노래 소리에 끝을 냈지만 아침에 일어나 얼굴을 대하니 어찌나 쑥스러운지 몰랐다. 돌아가는 도중에 남원 시내 구경하려고 우린 일찍 그곳을 떠났다.

어제 계곡물에 빨아서 줄줄이 널어놓은 젖은 빨래들을 그냥 싸 넣었더니 배낭이 도로 무거워졌다. 젖은 옷을 입었더니 더 시원했다.

산을 다 내려오도록 계속 계곡을 끼고 걷는 것이어서 한결 힘도 안 드는 것 같았고 너무너무 경치가 좋았다.군데군데 무척이나 깊고 넓은 그런 곳도 있었고, 그야말로 하늘에서 떨어지는 물인 양 정말로 발길 안 가는 그런 곳에서 쏟아져 내리는 약수터도 있었다.

이렇게 물이 흔한데 엊그제 천왕봉 오를 때 그 귀하던 물 생각을 하니 오늘 이 계곡에서 내려가고 싶지 않은 생각이 들었다. 그야말로 옥 같이 맑은 그 물속에 다시 한번 풍덩 뛰어들고 싶었으나 우리 일행은 갈 길을 재촉해 계속 걸었다.

남원 시내에 나와 광한루도 들렀고, 터미널 앞 기사식당에서 먹은 비빔밥! 며칠을 그럭저럭 먹고 살아서 그랬는지 그곳 비빔밥이 정말 맛있어 그야말로 꿀맛! 게 눈 감추듯 우린 먹어 치웠다. 며칠간 아무 잡념 없이 그냥 좋은 기분으로 지내서인가 소화도 잘되었다.

실로 15년 만에 처음 갖는 이 즐거움! 앞으로 이런 일이 또 몇 번이나 있게 될지. 남편이 끝내 발병이 나긴 했어도 우린 남한 육지에선 제일 높은 봉우리를 정복했다는 만족감에 자랑스러워 절로 웃음이 맴돈다.

#8월 16일 화요일
그럭저럭 방학도 끝나가고 있다.

병곤이, 현경이는 크게 공부하는 것도 없는데 그들 나름대로 바쁜 하루를 보낸 듯싶다. 난 올여름 방학을 영원히 못 잊을 것 같다. 힘들게 지리산 등반도 했고 좋은 추억이 될 것이다.

아이들 학원 관계로 이젠 방학 내내 시골에 내려가 있기도 어렵게 되었다. 지난 연휴에 내려가 어제 또 올라왔다. 이번엔 작은 시누이네도 내려와서 얼결에 저녁 늦게 민곳 시외삼촌 댁이랑 다루지 시이모님 댁도 갔었다. 자가용으로 다녀오는 것이니까 갑자기 늦게라도 갔다 올 수 있었지 그렇지 않으면 쉽지 않았을 것이다. 돌아가시는 줄 알았던 시외숙모님이 여전히 그대로 버텨나가시는 정신력에 난 많은 것을 느꼈다.

요즘 젊은이들은 너무도 강인함이 부족함을 그분 앞에 서면 더욱 절실하게 느껴진다. 부모님 모시고 성실히 살고 있는 막내 외사촌 동서가 참으로 우러러 보인다. 힘든 일 잘 견디며 여하튼 착한 사람이다.

그 동서가 내놓은 수박을 맛있게 먹고 바로 일어나 시이모님 댁엘 갔다. 시집와서 시이모님 댁은 처음이다.

오랜만에 한옥집을 대하고 앞마당과 뒤뜰을 보게 되니 새삼 옛 친정집이 떠오르는 것이 고향에 온 듯한 소일 집에서도 느낄 수 없는 그런 소박함과 운치를 느낄 수 있었다. 시이모님이 맛있게 저녁을 지어 주셔서 아주 많이 먹었다. 너무 늦지 않게 오려고 다시 서둘러 나왔다. 시이모님 주특기인 주고 싶어 하는 마음! 오늘도 찹쌀이니 오이지니 우리가 저녁 먹는 동안 뒤뜰에 나가 뜯으신 나물들이랑 차에 싣고 오면서… 나름 나름대로 열심히들 사시는 어른들을 뵈며 마음이 흐뭇했다.

1988년 9월 17일
대망의 88올림픽 / 1,023,520원

드디어 올림픽 개막식! 우리네 같은 서민들이야 그 화려하고 웅장한 개막식.폐막식 구경 간다는 것은 감히 생각도 못하고 몇 시간을 TV에 붙어 앉아 중계방송을 보았다. TV로도 못 보는 사람들이 많을 거라며 그래도 내 스스로 위안을 하면서 지금 같아선 모든 매스컴들이 올림픽이 끝나면 할 일이 없어질 듯싶어 걱정이 된다. 88올림픽 개최국으로 선정된 이후 정부도 국민들도 오직 올림픽만을 위하여 살아온 것 같은 생각이 들어 막상 오늘 막이 오르니 막이 내린 후의 모든 것이 어떻게 변할지 갑자기 궁금해져 온다.

10월 2일 일요일, 온 국민이 하나같이 열광하고 기대했던 올림픽이 성공적으로 치러져 내일이면 막을 내린다. 요즈음은 하루 종일 중계되는 경기 보느라 너나 할 것 없이 정신이 없다. 새삼 우리 대한민국이 언제 이리도 많이 컸나. 우리 선수들 참으로 장하다는 찬사가 계속 마음으로부터 터져 나왔다. 운동뿐 아니라 그야말로 우리 문화를 온 세계에 알리는 문화올림픽도 된다. 오색찬란한 우리의 의상, 깊은 뜻이 담겨져 있는 모든 민속놀이들, 금메달 획득 후 애국가에 맞추어 시상대에 오르는 우리의 아름다운 태극기! 이 모두가 최고인 듯싶다. 모두가 금메달감인 듯싶다. 언제 또다시 이런 큰일을 대한민국에서 또 치를 수 있을지. 아이들 데리고 현장에서 응원하며 구경해보지 못한 아쉬움이 매우 컸다. 온 세계인이 모두 하나같이 관심을 모으고 있는 88서울 올림픽 개최지 이 작은 나라 한국의 수도 서울에 내가 살고 있다는 것에 새삼 자부심을 느껴본다. 내일이면 끝이 난다. 갑자기 초조해졌다.

아이들에게도 그냥 지나치기엔 너무 섭섭해 은영이네(큰고모) 식구와 만나 올림픽 공원이라도 가서 아무 경기라도 하나 보여주기로 했다. 고모부가 가시는 줄 알았다가 은영 엄마와 은영이, 기한이만 오니까 남편도 갑자기 귀찮아졌는지 "그냥 집에서 TV나 보자. 오늘 사람도 많을 터인데." 하며 주저앉으려 하는 것을 정성껏 마련한 김밥이 아까워서라도 가자고 내가 우겼다.

그런데 경기 티켓을 살 수 없어 공원에 들어가는 입장권만 간신히 사서 공원 구경만 하니 아이들이 지루한 모양이다. 아무 때 와도 올 수 있는 가까이에 있는 공원이지만 세계인이 모여드는 이 기간에 많은 인파도 구경하면서 올림픽을 실감하려고 했는데 그저 지루해하고 놀 것, 볼 것 없어 하는 아이들에게 난 실망이 컸다.

왜 오늘 엄마가 올림픽공원엘 데리고 왔는지 내 깊은 뜻을 그 애들은 모르는 것 같았다.

1988년 10월 10일
소박한 마음의 표현

은영네(큰시누이) 소파가 가죽으로 바뀌는 바람에 헌 것이 우리 집으로 오늘 밤 오게 되었다.

지난번 은영 엄마 따라 소파 구경 다니며 많이도 내 눈이 놀랐었다. 너무도 엄청난 가격에… 나하곤 아무 상관 없는…. 죽는 날까지 인연이 없을… 그런 것들이라며 단념을 해버리니 시새움도 날 것 없고 아무 관심도 가지 않았었다.

내 주제를 알아야지! 소파 바꾸면 헌것이나 달라고 했더니 오늘 그 소파가 드디어 오게 되었다. 헌것이라도 소파가 생겼다는 기쁨에 나도 아이들도 그런대로 좋아했다. 어찌 생각하면 처량한 마음도 없는 것은 아니었다. 돈 많은 이들에게 이미 정을 끊긴 그런 것들이나 갖고 살아야 하는 팔자밖에 못 되나 싶어서다.

남들은 멀쩡한 것 부수고, 고치고, 버리고, 다시 사고 하는데 꼭 있어야 할 것들을 여태껏 갖추지 못하고 살아온 내 생활이 왜 그리 서글퍼졌는지 모른다. 하지만 그런 생각은 잠시뿐, 나름대로 꾸미고 즐기고 나름대로 행복의 기준점은 다르다 생각하니 다시 속이 편안했다.

이 세상엔 나보다 못한 사람이 더 많지, 나보다 나은 사람이 더 많지 않을 거라고 내 스스로 위안하면서.

1988년 11월 11일
언니와의 방생 여행 / 560,810원

언니에게서 지난번에 생일 선물도 못 했는데 여행시켜준다고 오라고 한 날이 오늘이다. 절에서 방생 가는데 함께 가자고 하기에 가을이 가기 전 낙엽도 구경할 겸 그러기로 했다. 새벽같이 일어나 밥을 해놓고 남편에게 말한 뒤 부리 나케 언니가 오라는 장소엘 갔다.

아이들 관광버스 타고 수학여행 가는 기분이었다. 7시30분까지 모이는 거라 해서 새벽부터 서둘러 갔더니 시간 약속 지키지 않는 신도들이 많아 거의 9시가 다 되어서야 차는 출발했다.

처녀 때 엄마 따라 절에 많이 가보았기에 스님을 봬도 그리 어색하진 않았고 버스 안에서 듣던 스님의 염불소린 가슴 깊이 와 닿는 듯했다. 언니 덕분에 졸지에 좋은 여행 하게 되었다. 고선사라는 절의 주지스님이 언니 다니는 절 큰스님 제자이신데 고선사가 오늘 증축을 하여 낙성식을 한다고 했다. 그래서 우린 낙성식에 참가해 그곳에서 점심도 얻어먹고 돌아오는 길에 금강 상류에서 방생을 했다. 난생처음 방생이란 것을 해보았다.

배를 타고 강 가운데로 들어가 갖고 간 고기를 물속에 놓아주는 것이었다. 나는 절에서 준비해간 자라 한 마리를 주어 나도 마음속으로 모든 일 잘되길 기원하며 물속에 사르르 놓아 주었다. 남들이 열심히 기도할 때 나도 마음속으로 열심히 빌었다. 그저 막연히 오늘의 내 기도로서 모두가 잘될 것 같은 그런 생각이 들었다.

오늘은 절에 다니는 분들과 함께 기도 차 온 여행이지만 가끔 부부끼리 훌쩍 집을 떠나 변해가는 사계절 속에 자연의 묘한 섭리를 느껴보는 그런 여유가 있다면 얼마나 좋을까 하는 생각이 들었다.

1989년 3월 9일
내 나이 / 1,200,330원

해마다 이맘때면 꽃샘추위가 있다. 올 꽃샘추위는 그리 심한 것 같지는 않다. 마루에서 겨울을 지낸 진달래가 한 열흘 전에 꽃망울을 터트렸는데 아직도 피어 있다. 배실배실 힘없이 피어있는 모습이 병찬이만큼이나 가냘프게 보인다.

단풍나무도 제법 잎이 많이 나왔다. 사람도 짐승도 아기 땐 미운 것이 없듯이 나무도 이른 봄 야리야리한 잎이 나올 때 그때가 제일 예쁘다. 사람에 비한다면 3~4월엔 유년기, 5~6월은 청년기, 7~8월은 장년기, 9~10월은 노년기; 나름 나름대로 매력이 있지만 이른 봄 유년기 때와 9~10월 노년기 때가 가장 아름답다는 생각이 든다.

노년기 때의 모습은 사람의 나이로는 40대 후반에서 60대(당시 내 나이 40대중반) 정도라 할까? 사람마다 살아온 과정이나 모든 것이 다르듯이 가지각색으로 오색찬란하게 물든 단풍을 보면 우리네 인생살이가 그대로 담겨져 있는듯해 아름답다 못해 황홀하기만 하다.

어느날 무심히 들여다본 나의 손! 벌써부터 탄력도 없고 잔주름이 쪼글쪼글했다. 새삼스럽게 놀라며 팔이며 다리를 들여다본 순간 내 마음이 울적해지며 슬프도록 마음이 아팠다.

나에게 이제 노화가 오는 것이라 생각하니 그렇게 슬플 수가 없었다. 포동포동 피어본 기억도 없이 이대로 늙는 것이구나! 나는 늙어도 아이들 얼른 커서 제 갈 길 모두 잘 가게 되는 것을 볼 수 있다면 늙는 것은 겁이 안 난다 했었는데~~ 순간 내 속마음은 그것이 아닌 것 같았다. 주름은 내 인생의 계급장이라고 생각하면서 추운 겨울 벌거벗은 나목도 아름다움이 있듯이 의미 있는 아름다움을 가꾸며 살겠노라 다짐을 해보았다.

1989년 3월 24일
My Car 시대 (드디어 자가용)

작년부터 자동차를 산다고 남편이 늘 입버릇처럼 말해왔지만 오늘 결국 일을 저지르려나 보다. 개교기념일이라 학교엔 안 가신단다. 천호동 사시는 ㅁ선 아저씨(7촌 재당숙)와 만나기로 약속했다며 전화를 기다리는 눈치였다. 12시가 다 되어 구청 앞이라며 남편을 나오라는 아저씨의 전화가 왔다.

장안평 매매센터에 가는 거라며 나보고도 같이 가자고 했다. 연실 싱글벙글하면서~ 그러나 나는 어제 낮부터 기분이 좀 상해 있어서 따라갈 준비는 하고 있었으면서도 마음에도 없이 안 간다고 했더니 혼자 그냥 나가셨다.

나는 금방 후회가 되었다. 바로 뒤따라 구청 앞으로 가 보았으나 아저씨와 그이는 눈에 띄지 않았다. 집에 들어와 앉아 있자니 도저히 집에 있을 수가 없었다. 자동차를 사 온다는데 내가 안 가보다니~~ 난 다시 뛰어나가 시내버스를 타고 장안평으로 갔다. 막상 그곳에 가니 규모가 너무 커서 신문 한 귀퉁이에 나왔던 상호만 갖고 찾느라 애를 먹었다. 친절하게 상호 이름을 찾아 가르쳐주신 어느 아저씨 덕분에 상호를 알아내 그 사무실을 찾아가 이러이러한 남자 두 분 안

오셨냐고 물으니 지금 마당으로 자동차 고르러 나갔단다. 밖에 나와 마당을 내려다보니 중고차라는 것들이 즐비하게 서 있는데 내가 보기엔 차들이 모두 새 차 같았다.

저쪽 모퉁이에서 비를 맞으며 차를 보고 계시는 남편과 몇 분 아저씨들이 눈에 띄었다. 찾아 내려가니 이 넓은 곳에 어떻게 찾아왔냐며 모두 신기해했다. 이런저런 수속을 마치고 드디어 "Pony 2" 차 번호 3900이 남편의 진땀 나는 운전에 의해 우리 집에까지 오게 되었다.

3월 25일 토요일, 남편은 10여 년 전에 면허를 따놓고 한 번도 운전대 앞에 앉아 보지 않았었다. 오늘 아침 청심환 한 알 잡수시고 마음을 진정하고서 차를 몰고 출근을 하셨다.

무사히 도착했다는 전화 받기까지 얼마나 불안하고 걱정스러웠는지 모른다. 퇴근해서 오셔야 마음이 놓일 텐데~ 오늘 운전 연습도 할 겸 오산에나 간다고 하시더니 2시쯤에 집으로 오셨다. 아주 흡족하고 자랑스러운 표정이다.

조금 자신이 생겼는지 나하고 은영네(서초동 시누이 집)를 또 가자고 했다. 시골엔 내일 아침에 내려가기로 하자 했다. 나는 마루 커튼을 떼고 유리창 청소하다 말고 그 고집에 못 이겨서 따라나섰다. 생각했던 것보다 남편 운전 솜씨가 괜찮게 생각되었다.

그이가 지금 어떤 정신으로 운전하는지 알 수는 없다. 은영네에서도 또 바로 나오려 했다. 운전이 꽤 하고 싶은 것이 느껴졌다.

은영 엄마가 양재동 친구네 꽃가게나 다녀오자고 해서 남편은 우리 둘을 태우고 친구가 운영하는 꽃집이 있는 양재동으로 달렸다.

은영 엄마가 "오빠 수원도 갈 수 있겠는데?" 하며 운전 실력을 인정해주고 격려도 해주었다. 그러니까 그럼 수원엘 갈까? 말까? 가보자, 말자, 실랑이 끝에 휘~익 수원으로 차를 돌려 얼떨결에 우린 주현(작은 시누이 집)네 집엘 가게 되었다. 그이 용기에 나도 놀랐다. 어제 간신히 차 몰고 온 사람이 오늘 수원 갈 엄두를 내다니 옛말에 "지역이 사촌보다 낫다"는 말이 있는데 정말 그렇다.

그런데 차들이 어찌나 정체되었는지 막상 수원엘 도착하니 다시 돌아올 길이 엄두가 나지 않는 모양이다. 주현네서 조금 앉아 있다가 남편은 야간 운전에 자신이 없다며 우리와 함께 그냥 오산으로 내려갔다.

3월 26일, 자가용이 있으니 좋기는 정말 좋았다. 오늘은 철산리를 가야 한다. 내일모레가 시동생 생일인데 오늘 몇 집이 모여 식사를 하기로 했다. 이제는 짐 갖고 다니느라 고생스러웠던 일들이 하나의 추억이 되었다. 이제는 이런 것 저런 것 부담 없이 척척 차 트렁크 속에 싣고 어머니와 나를 태우고 잘 알지도 못하는 길을 찾아 드디어 현정네를 가게 되었다. 초보운전인데다 길도 잘 모르고 은근히 겁도 나고 두려웠었지만 무사히 철산 주공아파트 1302동 앞에 우릴 내려 놓았을 땐 그이가 자랑스럽기까지 했다.

우린 부지런히 서둘러 점심을 먹고 너무 늦지 않게 4시30분경 철 산리를 떠났다. 늘 다니던 길을 택했으면 좋았을 걸 애들 삼촌이 성 산대교 쪽으로 가서 강변 올림픽도로를 타고 가라는 말에 남편은 가 보지 않았던 새로운 길을 또 달리게 되었다. 안내판에 성산대교를 성 수대교로 착각하고 조금 가다 보니 그냥 다리가 나와 버렸으니 꼼짝 없이 강북으로 빠져 초보자가 초행길을 터널도 둘씩 지나고(금화 터 널. 사직터널) 가다 보니 연희동 신촌 광화문, 안국동, 동대문, 신설 동, 마장동 등등 얼떨결에 복잡한 시내를 완전 한 바퀴 돌아서 40분 거리를 1시간 30여 분이나 더 걸려서 드디어 우리 집에 들어올 수 있 었다. 그이가 정말 어떤 정신을 갖고 그런 모험을 하고 다녔는지 아 찔했다. 그 겁 없는 운전이…

1989년 3월 27일 월요일
통일의 염원 / 1,200,330원

통일을 앞당기게 하기 위한 희생양이 되어 가게 되었다는 문익환 목사의 예고 없는 평양 방문으로 계속 라디오 방송과 TV 방송 뉴스 시간에 놀라움에 떠드느라 온 세상이 들썩대는 듯했다. 현대그룹 정주영 회장 북한 초청 방문과는 각도가 다른 모양이다. 난 잘 모르겠다. 여하튼 통일을 위해 그런다지만 귀국하면 곧바로 사법 조치에 의해 그냥 둘 수 없다고 높으신 양반들 난리가 났다. 그분이 김일성을 만나 "존경하는 김일성 동지!"라는 발언을 했단다. 평화통일을 위한 목적인지 적화통일이라도 통일만 되면 국민의 소망이 이루어진다는 것인지 그분의 속마음을 나 같은 사람이 어찌 알까, 정주영 회장이 북한 다녀온 후로 금강산개발이니 뭐니 하며 통일이 눈앞에 닥쳐온 듯 장벽을 반쯤 헌 듯한 기분으로 온 세상이 떠들썩했었는데 아직도 역시 남북 간의 문제는 오랜 시간 두고 해결해야 할 영원한 숙제인 듯했다.

1989년 3월 29일 수요일 맑음
자가용 위용

요즘 내 기분이 하늘에 뜬 것 같다. 우리가 자가용을 굴리다니! 사실 자동차 값이 문제가 아니다. 웬만하면 마음만 먹으면 몇백만 원짜리 자동차는 살 수가 있다. 집 앞에 자가용이 세워있는 집을 보면 괜히 부티가 나 보이고 부러웠었다. 지난가을부터 자동차 사겠다는 그이의 말도 도대체 실감 나지 않았었다. 우리 가족은 당연히 시내버스, 지하철, 짐 들고 힘들게 타고 다녔던 시외버스. 그런 것들이 어울리는 것 같았다. 그러나 나도 이제 편하게 시골에도 가고 할 수 있는 자가용 있는 집의 사모님이 되었다. 나에게도 이런 날이 올 줄은… 그리고 오산 집에도 자주 갈 수 있으니….

4월 5일, 남편과 둘이서 아버님 산소에 다녀왔다. 남편이 차 산 이후 두어 번 오산을 다녀왔지만 아버님께 보고를 못 드려서 왠지 마음이 계속 걸렸다. 내일 한식이고 해서 오늘 미리 다녀왔다.

아버님 덕분에 우리가 잘 지내고 있다며 진심으로 감사드리고 아버님께 문안드리니 여느 때보다 더더욱 가슴이 찡하도록 부모님의 사랑이 마음 깊이 와 닿으며 눈물이 핑 돌았다.

산소 옆에는 진달래꽃이 한창 만발해 있었다. 산 구석에서 몇 가지 꺾어다가 어머니 방에 꽂아드리고 왔다.

1989년 8월 11일
우리 가족 첫 가족 여행 / 822,050원

어제 그이가 갑작스레 정하는 바람에 한참 바쁘게 서둘렀다. 은영이네 가서 등산 장비 용품 몇 개 빌려오랴, 며칠 동안 간단하나마 먹을 반찬 준비하랴, 언니네 다녀오느라 밤늦게까지 갖고 갈 음식 장만하랴.

고생을 사서 하는 것이 바로 이런 것이구나, 실감이 났다. 드디어 오늘 아침 6시에 우리 가족은 처음으로 "피서"라는 걸 떠나게 되었다.

해마다 오산 집 가는 것밖에 모르던 우리 가족이 중고차 일지언정 남편이 자가용을 산 덕택에 설악산으로, 해수욕장으로 동해안 돌고 오기로 하고 우리는 즐거운 피서 길에 올랐다.

나서면 돈! 돈! 경제적으로도 그렇고 아이들 비싼 돈 들여 과외 시키는데 하루라도 거르기가 좀 그렇고 해서 그냥저냥 올여름도 넘기자 했는데 남편이 갑자기 서두는 바람에 얼떨결에 우린 즐거운 여행길에 나서게 되었다.

에라 모르겠다… 일단 나선 바에야 즐겁게 보내며 집구석에서 한 달 내내… 여름 내내… 더위와 씨름하느라 지쳐있는 몸과 마음의 모든 피로를 풀고 오자고 마음먹었다. 누구보다 공부에 지쳐 있는 병곤이 현경이가 즐거워하길 바라면서… 새벽 공기를 가르며 달리는 차창 밖으로 보이는 먼 산과 들이며 모든 것이 새롭게 보였다. 가까이에 때론 멀리 물도 만나고 산들도 지나간다. 우린 아침밥 먹을 시간이 훨씬 지나 배는 고파도 기분이 좋아 콧노래가 절로 나왔다.

살다 보니 우리도 이렇게 피서를 떠날 때도 있구나! 운전하는 남편을 보니 마냥 흐뭇하기만 했다. 가는 도중에 휴게소에서 아침을 간단히 사 먹고 또다시 출발!

인제 가면 언제 오나 원통해서 못 산다는 인제군도 들러 "소양강 처녀"라는 유행가로도 유명한 소양강을 끼고 굽이 돌아 한계령 정상에 도착하여 휴게소에서 잠깐 내려 사진 촬영도 했다. 그곳은 완연히 초가을 날씨처럼 날씨가 싸늘했다. 굽이굽이 몇 고개를 세다가 잃어버리도록 수없이 꼬불꼬불 고갯길을 돌아 한계령고개도 넘어서 얼마를 더 가니 드디어 그 유명한 설악산! 남편은 그곳을 학생들을 인솔하여 여섯 번쯤 다녀갔다지만 나와 아이들에겐 처음이다.

우람하면서도 오밀조밀 예쁘고 아기자기한 것 같으면서도 대담해 보이는 설악산. 단풍이 물든 가을이나 흰 눈이 내려 있는 겨울에 보면 얼마나 더욱더 찬란할까? 상상만 해보아도 눈이 부셔오는 듯하다.

작년 지리산 등반 때처럼 정상을 정복할 수는 없고 이번엔 흔들바위를 지나 울산바위에만 올라갔다 오기로 하고 자동차는 주차장에 세워놓고 우린 가벼운 빈 몸으로 오르기 시작했다. 아침을 시원치 않게 먹어서인지 몹시 허기가 지는 것 같아 힘이 나질 않았다.

첫날부터 식구들이 기운 빠지면 안 되겠기에 오르는 도중 음식점에서 감자부침이랑 비빔밥을 사 먹었다. 막걸리도 한 병 사서 나누어 먹었다. 그런 곳에서 사 먹는 것은 모두가 비싸서 돈이 아까웠지만 그곳까지 가서 특유의 음식 맛을 보는 것도 재미스러웠다.

울산바위! "울산바위" 그렇게 거대한 것일 줄은 정말 몰랐다. 바윗덩어리를 돌고 돌아 난간을 오르는 사람들의 모습이 밑에서 올려다보니 까마득했다. 저길 어떻게 오르나? 쳐다보기만 해도 다리가 후들댔다.

현경인 아예 안 올라가겠다고 하는 걸 남이라고 다들 오르는데 하며 뭐 그러냐며 억지로 오르게 했다. 거의 울상으로 현경이 병찬인 무서워 절절매는 모습이 정말 가관이었다. 내려다보면 아찔해서 위만 보고 올랐다. 바로 이것이 극기 훈련이라며, 억지로 데리고 올라갔다. 마음과 몸이 모두 약하기만 한 요즘 아이들이다.

우리 병곤, 현경, 병찬이가 정복할 수 있도록 뒤에서 계속 힘을 주었지만 그러는 나도 무섭기는 이만저만 겁 나는 게 아니었다. 어떤 사람들은 다리가 후들거려 못 오르겠다며 다시 내려오는 이들도 있었다. 울산바위 정상에만 올라도 내 심장이며 다리 건강에 이상 없음을 확인받을 수 있는 건강진단 합격증서를 받는 것 같을 것이란 생각도 들었다. 드디어 정상에 다 오르니 꼭대기는 한 두어 평 되는 정상에 먼저 오른 사람들이 정복했다는 쾌감과 즐거운 표정으로 까마득히 먼 아래를 내려다보고들 있었다.

그 바위가 동양에서 제일 큰 한 개 덩어리로 된 바위란다.

그 웅장함과 오묘함에 감탄 안 할 수 없다. 다시 한번 자연의 위대함에 놀라면서 우린 하강했다. 오를 수 있었기에 내려오는 길은 쉬웠나 보다.

또 다른 목적지를 향해 내려오며 설악에서 가까이 있다고 할 수 있는 하조대 해수욕장으로와 오늘 밤 거처를 정하고 그곳에서 첫 번째 집을(텐트) 짓고 우린 머물렀다. 바다가 있고 흰 모래 속에 해송이 빽빽한 이곳!

참으로 사람도 많다. 서울에 있는 사람이 모두 내려온 것 같다.

하조대에서 저녁밥을 지어 먹고 잠깐 백사장을 거닐어 보았다. 바닷물이 철~썩 하고 내 발등을 간질였다. 고등학교 수학여행 때 해운대에서 백사장 거닐며 파도 따라 장난치던 그 시절이 불현듯 떠올랐다. 발아래 밟히는 헤아릴 수도 없이 많은 모래알의 부드러운 감촉을 느끼며 멀리 수평선을 바라보았다.

8월 12일, 비로 동해안을 끼고 주~욱 내려와 울진까지 가는 동안 계속 내 입에서는 "아이 좋다!", "정말 좋다!" 감탄에 감탄을 했다. 너무너무 운치가 있었다. 동해안은 거의 다 해수욕장이라 해도 과언이 아니다.

부담 없이 아무 때고 아무 곳에서나 해수욕을 할 수 있는 장소이건만 38선이 가까운(그 당시 해안선 전역이 철책선임) 곳이라 그런지 철조망이 쳐져 있어 아무 곳으로나 쉽게 바다에 들어갈 수는 없게 되어있는 것이 다시 한번 갈라진 남북의 비극을 보는 것 같아 마음이 아팠다.

어촌에 들러 해산물도 사고 남편 좋아하는 회도 좀 사 먹고 했으면 좋으련만 모두 넘겨버리고 울진까지 달려왔다. 성류굴을 보러 이곳까지 쉬지도 않고 달려온 것이다. 그런데 성류굴 출입 시간이 지나 출구가 닫혀 버렸다.

그래서 오늘 밤은 이곳에서 또 한 채 집을 짓는다. 어딜 가나 산 좋고 물 좋고. 그러니까 사람들이 모여드는 것이겠지만…. 이곳은 주위가 더 깨끗하다는 생각이 들었다. 야영할 수 있는 넓은 장소가 있어 그곳에다 우린 또 집을 지었다.

마침 어느 회사 직원들이 버스로 두 대나 야유회를 와서 우리 옆에서 밤새껏 기분 내고 노는 바람에 우리도 함께 흥이 나는 것 같았다.

아빠와 나는 둘이 그곳의 명동(?)으로 나가 시외 전화 몇 통 하고 다시 와보니 자고 있을 줄 알았던 아이들이 저쪽 회사 팀 아저씨, 누나들한테 지지 않을세라 나름대로 기분 내면서 놀고 있었다. 오늘 밤도 추억에 남을 즐거운 밤이 되었을 거다.

8월 13일, 아침을 일찍 먹고 성류굴을 관람하려고 짐을 쌌다.

그 옛날 보현태자가 이곳에서 수도를 했다고 하여 성인이 유하였다는 뜻으로 성류굴이라 했고 역사는 2억 년쯤 되었다니 우리 인간이 세상에 태어났다가 가는 기간이 덧없이 순간에 지나지 않는 짧은 기록임을 새삼 느껴보았다.

자연으로 이루어진 그 가지각색의 모양들을 보며 반복되는 놀라움에 입이 다물어지질 않았다. 어쩜 그렇게 묘하게 만들어졌을까?

우린 또 단양에 있는 고수동굴을 보려고 서둘러 영주로 해서 단양으로 향했다. 어딜 가나 경치가 너무너무 좋았다.

중간에 만난 불영계곡은 너무도 길고 멋이 있어 계속 달리는 동안 길이 한산해서 우린 여유 있는 마음으로 천천히 바깥 경치를 구경하면서 달렸다. 우리 식구만 보는 것이 퍽 아까웠다. 내년쯤에 우리 다섯 남매 가족들 어디 어디 할 것 없이 이 계곡에 와서 며칠 놀다 갔으면 좋겠다는 생각이 불현듯 났다. 가끔 군데군데 세워진 자가용이 눈에 띄었다.

우리처럼 요즘은 자가용을 이용해 피서를 가니까 가다가 좋은 곳 있으면 내려서 쉬어가고 교통에 부담 없이 쉽게 다니는 피서객들이 꽤 많은 것 같았다. 굽이굽이 고갯길도 좋고 계곡도 좋고 산도 좋고 바위도 좋고 하늘, 바람 모두가 아름다운 우리 강산! 다른 나라 구경은 그만두고 우리 강산 좋은 곳 1년에 한 번씩 찾아다녀 보는 것만으로도 나 죽는 날까지 모자랄 것 같다.

죽령고개를 지나 소백산고개도 넘었다. 소백산도 지리산처럼 아무런 꾸밈없이 크고 높고 웅장했다. 오늘 밤은 소백산 계곡에 텐트를 치기로 했다. 화양계곡으로 갈까 하다 이곳 물이 너무 좋아서 그냥 우린 주저앉았다. 소백산 국립공원 관광지를 단양 쪽에다 더 만드느라 불도저 소리며 어수선하게 공사가 벌어져 있는 곳이라 사람도 별로 없고 너무너무 물이 좋아 우린 짐을 풀 새도 없이 물속에 들어가

더위를 식혔다. 우린 물이 너무 좋아 며칠 그곳에 머무르고만 싶었다.

8월 14일, 집 떠난 지 3박 4일째 되는 날이다. 오늘은 서울로 올라갈 참이다. 남편은 소백산을 오르자고 했으나 계곡물이 아까워 난 내키지 않았다. 해수욕장에서 등이 타서 따가워 쩔쩔매던 아이들도 찬물이 시원해 좋은 모양이다. 아무런 잡념 없이 선녀라도 되어서 선녀탕에서 목욕하는 그런 기분을 맛보았다. 우린 그곳이 아쉽지만 떠나야 했다. 돌아오는 길은 제천~원주로 오며 여주에 들러 여주에서는 제자 집에서 생선회도 얻어먹었고 이ㅎ열 선생 댁에서 수석 몇 개도 얻고 소식을 듣고 몰려온 아빠 옛 제자들이 불고깃집으로 모시고 가 대접하는 바람에 며칠 동안 영양 보충 못한 우리 식구들 포식을 하게 되었다. 이번 여행은 끝마무리도 너무 좋았다. 존경하는 선생님! 사랑하는 제자들을 만나 허심탄회하게 주고받는 이야기를 옆에서 들으며 돈 벌기와는 거리가 멀지만 역시 선생님이란 좋은 직업인 것 같았다.

내 마음도 아주 흐뭇했다. 진실로 제자 사랑하는 마음을 갖고 진심으로 스승을 존경할 줄 아는 그런 제자들만 있다면 우리의 미래는 희망이 있고 서광이 있으리라 생각해 보았다 남편처럼 우직하고 가식 없고 진실한 선생님들이 많이 나오고 오늘 만난 제자들처럼 순수하고 진실하게 살아가는 건실한 제자들이 많이 나오길 바라는 마음 간절하다. 여주에서 오는 길은 차량이 밀려 고속도로가 복잡했으나 마음은 너무 흐뭇하고 뿌듯함에 지루함도 잊을 수 있었다.

1990 ~ 1999

1990년 2월 20일
중학생 된 막내아들 / 822,730원

병찬이가 반 편성 배치고사 보러 중학교에 갔다. 키도 몸도 모두 애기 같기만한 병찬이가 이제는 어엿한 중학생이 되었다.

방학 동안에 배치고사 문제집 몇 권 풀어보게 하기는 했지만 오늘 과연 어떻게 될는지 궁금하다. 어떻게 공부를 시켜야 반에서 일등이니 전교에서 몇 등이니 하는 말이 나오게 되는 걸까?

이제 막내까지 중학생이 되니 내 어깨가 더욱 무겁기만 하다. 병찬이한테 걸어보는 기대 은근히 크지만 지금 같아선 그 녀석 공부에 열의가 그리 많지 않은 것같이 보여 너무 걱정된다.

1990년 2월 28일
시이모부님 회갑연

평택 시이모부님 회갑이라서 다녀왔다. 우리 어머님과 작은외삼촌의 합작으로 외삼촌 사위네 양복점에서 이모부 양복을 한 벌 맞추어 드렸단다. 그 이모는 동기간이라면 아까운 것 없이 모두 주려 하는데 동기간에게 받은 것이라고는 없는 것이 이내 안 되어서 이번 기회에 한번 베풀어보자고 어머님이 외삼촌께 건의하셔서 그렇게 의견이 맞으신 모양이었다.

어머니 형제분들의 우애에 다시 한번 부럽다는 생각이 들었다. 우리 형부 회갑에 오빠와 내가 그렇게 할 수 있을까 싶어서였다.

큰일 치르자면 여자들 정신이 반쯤은 나가는 모양이다. 오늘 이 모님도 정신은 나가고 몸만 있으신 분처럼 너무너무 음식 장만하시랴 애를 쓰셔서 그런지 얼떨떨해 계신 것 같았다.

도시 사람들은 집 좁고 일할 사람 없다는 핑계로 음식점에 나가 큰일 치르기 때문에 주인이 할 일이라곤 없어 모양내고 손님 접대 인사나 치르면 되는데 시골 사람들은 이래저래 고생이 많다고 새삼 느꼈다.

1990년 3월 1일
측근에서 본 연예인들 / 1,277,980원

악골 대고모님네 막내아들의 큰아들이 오늘 장가를 갔다. 아들이 공부를 잘해서 법무관이 되어 육군회관에서 결혼식을 성대하게 치렀다.

신부가 조그맣고 그렇게 예쁘진 않았지만 부잣집 딸인지 축하 화환도 많이 들어와 있었고 신부 작은아버지가 연예계에 종사하는 분인지 임성훈 씨가 사회를 보고 가수 현미 씨가 축가를 불러주어 아주 호화롭게 돋보였다.

신랑 아버지에 고귀한 풍채는 호걸로 생긴 외모와 그분의 언변은 누가 보아도 고생하며 사실 것 같지 않게 보였지만 재복과는 무관한 것 같다. 신은 공평해서 대신에 똑똑한 자식을 주셨으니 그까짓 재물이 자식보다 더 부러울까?

1990년 3월 2일
막내아들 병찬이가 중학생이 되다

드디어 우리 병찬이가 정말 광진 중학생이 되는 입학식을 치렀다. "1학년 8반 8번 "비록 작아서 맨 앞줄에 앉았으나 아주 대견스럽다.

병곤이 담임도 만나보았다. 공교롭게도 병곤이 담임이 임시 담임을 맡았기 때문이다. 병찬이는 공부도 잘할 것 같다는 말씀에 기분이 좋았다.

내 욕심에는 못 미쳐도 우수한 성적으로 들어왔다니 앞으로 힘써 가르치면 되겠지 혼자 위안을 했다. 열심히 해서 수석 졸업을 했으면, 그런 야무진 꿈도 꾸어 보았다.

1990년 8월 23일
편철이 불량한 국정교과서 / 903,440원

아이들 셋을 키우고 있었지만 이번 병찬이 영어, 수학 교과서 같이 교과서가 올올이 낱장으로 뜯어져 보기는 처음인 것 같다. 한두 장 정도 떨어져 나갈 때는 호치키스로 찍어서도 쓰고 했는데 그동안 책이 자꾸만 뜯어져 아주 불편을 겪는 것 같았다. 교보문고에 교과서가 있으면 새로 구입해 주려고 알아보니 없다고 했다 지난번에 교과서 만든 회사에 전화해 개학날에 다시 반환해 주겠다는 약속을 받았었는데 개학한 지 며칠이 지나도록 소식이 없었다.

오늘 마침 영어, 수학 두 과목 시간이 안 들어 집에 교과서가 있기에 회사 위치를 물어 간신히 찾아가 새 책으로 받아왔다.

교과서 값이 싸서 그렇다니 그런 말이 어디 있는가? 워낙 많은 양을 겨울에 급히 만들다 보니 제대로 풀칠이 안 돼서 간혹 그런 불량품이 나온다는 말을 솔직하게 해주는 사람도 있었다.

아무튼 학생들이 하루에도 몇 번씩 펼쳐보는 교과서를 제대로 잘 만들어야지! 반년도 못 배우고 올올이 뜯어져 나가는 것이 말이 되나? 몇 시간 내에 다 읽어버릴 수 있는 일간지도 그렇게는 만들 수 없을 것이다.

1990년 9월 12일
홍수 범람 / 1,356,940원

올여름이 끈질기게 오래가긴 했으나 장마는 얌전히 지나갔다고 했더니 어제, 그제, 오늘 한시도 쉬지 않고 계속 쏟아진 폭우로 한강 물이 무섭게 불어났고 드디어 여기저기 침수가 되고 행주대교 부근 한강 둑이 붕괴되어 고양군 일대 많은 집과 가축들, 농토가 물속에 휩쓸려 수많은 수재민과 재산 피해를 보게 했다.

장마철이면 늘 침수가 잦아 몇 해 물 때문에 신경을 쓰게 했던 우리 동네(구의동)와 자양동은 올해엔 아무런 탈 없이 잘 넘겼으나 강 건너 풍납동 성내동 안양천 일대와 강원도 지역, 충주댐 근처, 중부 지방 곳곳에서 이번 수해로 인명 피해도 많았고 그야말로 난리였다.

곳곳에서 단전 단수에 가옥이 침수되어 배를 타고 동리를 빠져나오는 모습들을 안방에 앉아서 TV 화면으로 접하게 되니 송구한 생각도 들었다. "천재인지! 인재인지!" 해마다 수해로 큰 피해를 보고 또 그것을 복구하느라 엄청난 비용이 들고…. 한강 둑이 무너져 큰 피해를 본 사람들은 사전에 정부가 미리미리 점검하고 수방 대책을 철저히 세우고 방지했더라면 그런 엄청난 재난은 당하지 않았으리란 생각을 해보았다.

뚝섬 근처에서도 한강 둑이 붕괴할 뻔한 것을 다행히 빨리 발견해서 군인 잠수부대원들이 막았다고 했다. 우리 성동구(현재는 광진구로 분구)도 물속에 잠길 뻔한 아찔한 위기를 모면한 것이다.

1990년 9월 27일
살아온 연륜

가을이 되면 얼굴이 땅겨서 기분이 아주 좋지 않다. 기름기도 없는 데다가 난 원래 땀이 없어 항상 피부가 말라 있는 상태여서 그런가 보다. 내가 빨리 늙는 이유를 이제야 알 것 같다. 피부가 그냥 주름이 지는 것이라는 걸… 누구나 늙는 것은 다들 싫어한다.

그러나 살아온 연륜의 표적인 것을 누군들 막을 수 있을까? 그러나 나는 나이에 비해 많이 늙었다. 남보다 고생을 더 많이 해서도 아닐 터이고 남보다 신경을 더 많이 써서 쉬 늙은 것도 아닐 게다.

어떤 사람은 고생스럽게 살면서도 별로 늙지 않고 젊음을 오래 간직하는 사람들이 많기 때문이었다. 내가 쉬 늙는 이유는 성격상 조바심을 많이 하고 땀이 너무 없는 그 이유가 확실한 것 같다.

오늘은 사과 맛사지를 해보았다. 내 평생에 한두 번 해보았을 맛사지란 걸 예뻐지려면 부지런해야 한다. 얼굴에 처덕처덕 바르고 30~40분 영양이 피부에 스며들도록 누워 있는 것도 아무나 못 할 노릇인 것 같다.

아무런 걱정 없이 오직 제 얼굴에나 신경 쓰는 그런 여자들이 할 짓인 것 같기 때문이다.

확실히 집과 여자는 가꾸기 나름이지만 모양도 아무나 내는 것은 아니란 생각도 들었다. 허지만 세수하고 쓱쓱 로션 몇 방울 찍어 바를 때보다 정성껏 두들기고 문질러 바르고 크림을 흠뻑 발랐더니 한결 얼굴이 덜 땅기는 것 같았다.

큰돈 안 들이고 하는 범위 안에서 젊게 살 수 있는 노력은 이제부터 열심히 해볼 참이다. 우선 마음부터 편해야 하는데 아이들 문제, 경제적 문제 그런 큰 문제를 어떻게 현명하게 대처하며 살 수 있을는지….

1991년 5월 24일
옛 스승님 소식 / 1,248,650원

그렇게 소식이 알고 싶었던 초등학교 때 4~5학년 두 해 동안 담임을 맡으셨던 채ㄷ희 선생님을 내일모래 동창회 모임에 모실 수 있게 되었다는 소식을 듣고 난 몹시도 설레었다.

이제야 그 선생님 소식을 알게 되다니 남자 교제도 못 해보았고 연애라는 것을 못 해보아서 데이트 신청받았을 때의 기분은 알 수는 없지만 아마 지금의 내 심정이 그와 같을 것이다. 가슴이 설레며 빨리 뵙고 싶어진다.

이 친구 저 친구 모두 내려가 함께 선생님을 뵙자고 했으나 많은 친구가 동창회 참석이 힘들다고 걱정들을 했다. 다 못 가도 나만은 꼭 가서 선생님 두 분을 꼭 뵙고 올 것이다.

6학년 때 담임이셨던 오ㅂ무 선생님도 오신다나.

1991년 6월 26일 일요일
옛 스승님과의 재회

아침부터 비가 내렸다. 선생님이 혹시라도 오늘 못 오시면 어쩌나 오늘 우리 가족이 모두 오산엘 내려갔다.

나를 직접 동창회 장소까지 남편이 태워다 주고 소일 집으로 들어가셨다. 생각보다 늙지 않으신 두 선생님 모습을 뵈니 무어라 형언할 수 없는 감동이 왔다. 우리는 이렇게 중년으로 변하여 많이 늙은 것 같은데 선생님 두 분은 옛날 그대로이신 것 같다.

오ㅂ무 선생님께서는 계속 교직에 계시다 정년 퇴임하신 지 한 5년 되셨다고 했다. 채ㄷ희 선생님은 성호학교에서 교직을 떠나신 후 사업으로 크게 성공하신 듯했다. 며칠 전 채ㄷ희 선생님과 통화를 했었다.

선생님 덕분으로 지금까지 일기를 쓰고 있다는 말씀을 드렸더니 아주 흐뭇해하시며 공부도 잘하고 예뻤던 영애라서 잊히지 않는다고 말씀하셨다. 오늘 모임 인사 말씀 중에도 그 말씀이 또 있었다. "누구라고 말할 수는 없어도 옛날 나의 지도를 잘 따라 지금까지 일기를 쓰고 있다는 제자가 있어 참 고맙습니다." 그 순간 난 또 한 번 찡하도록 감동을 느꼈다.

선생님은 역시 나에게 힘과 용기를 주시는 분임을 오늘도 확인하면서…. 아무리 늙고 생활에 찌들더라도 그때 그 순수했던 생각을 하며 선생님 기억 속에 참하고 예뻤던 그 모습을 영원히 남기리라.

1991년 8월 29일
서울 보금자리 (우리 집 짓기) / 1,122,760원

남의 집 다 짓도록 구경만 하다가 갑자기 집 짓는 발동이 걸려 우리도 올가을에 집을 지어볼까 마음먹었다.

이웃들이 새로 집을 지으니 우리 집이 더욱 초라해보였다. 여기저기 고쳐야 할 곳도 많고 여름엔 덥고 겨울엔 너무 춥고 불편한 점이 너무 많다.

우선 집이 안정되지 않으니 마음에 정리가 되지 않는 것은 사실이었다. 아이들 고등학교 마칠 때까지 타 지역으로 이사는 못 갈 터이고 이리저리 궁리를 해보아도 이 집터에 새로운 집을 다시 짓는 수밖에 없었다.

시골 땅 팔아다 보태서 큰집 사서 이사 가기는 쉬운 일이 아닐 테고…. 전세금 이용하여 내 돈 없이 집을 지을 수 있으니까 어렵게 마음먹고 집을 짓기로 결심했다.

평수가 작아서 마음에 흡족하지는 못하지만 한 석 달 고생해서 새집에서 살 수 있다니 한번 저질러 보고자 마음먹었다. 싱크대 집을 운영하는 친구 소개로 (중곡동 거주하는 백사장) 우리 집 지을 분을 결정하였다.

마침 이웃 복덕방 할아버지네 빈방이 있어 3개월에 105만 원 월세로 임시 이사 갈 집도 계약을 햇고 9월 8일에 이사를 하기로 했다. 방까지 얻어 놓았으니 이제 반은 시작이 된 셈이다.

9월 6일, 9월 1일부터 집 이사 준비가 시작되어 시골로 화분들을 보내고 차근차근 이사 준비에 필요한 여러 가지 일들이 시작되었다.

집짓기에 필요한 구비서류가 꽤 되는가 보다. 특히 집이 시동생 명의로 되어 있어서 서류 뗄 일이 있으면 거리가 멀어 그것이 불편했다. 오늘도 인감 증명을 12통이나 떼었다. 앞으로 더 필요치는 않을 것 같다.

설계사무실 드나드는 일. 세무 관계 알아보느라 세무사 만나는 일 구청 볼일 요즘 아주 바빴다. 집 다 짓도록 남편보다 내가 더 바쁠 것 같다.

\# 1991년 9월 7일
황당 소식 / 1,449,560원

이삿짐은 거의 다 싸놓았고 오후에 싱크대 떼어다 이사할 집에 달아준다고 해서 점심을 부지런히 해서 막 먹으려는데 설계사무실에서 사람이 왔다. 백 사장과 연락이 안 돼서 급히 왔다며 집을 못 짓게 되었다는 똥딴지같은 말을 한다.

정부에서 과열된 건설 붐으로 인력난, 자재난 여러 어려운 문제로 인해 내년 6월까지 건축허가를 내어주지 않는다는 이유였다. 공문도 몇 장 갖고 와서는 정부 지시사항을 보여주며 말을 했다. 우린 모두 넋이 빠졌다. 안 되는 놈은 자빠져도 코가 깨진다고 하필 오늘 걸렸담. 설계비도 어제 다 지불했고 설계 도면도 다 나온 것으로 아는데 하루 사이에 접수를 못 해 못 짓게 되어 너무 속이 상했다.

그동안 차근차근히 짐도 다 싸서 마루에 수북이 쌓아 놓았고 이사할 집에 월세금도 어제 다 주었다. 애당초 마음먹지 않았으면 모르거늘 힘들게 결심한 일인데 수포가 되었으니 낙심할 수밖에 없었다.

하려고 마음먹었던 집이고 보니 오늘따라 더욱더 구질구질하고 지저분하여 이 집에서 다시 살 생각을 하니 망막하기만 했다.

한 김에 도배 장판 목욕탕 물 새는 곳과 병곤이 방과 보일러나 고쳐 다시 사는 수밖에 없었다. 보일러공을 불러다 살펴보니 방도 뜯고 배관 시공도 다시 해야 하는 집 전체를 건드리게 될 판이다. 이럴 때 심정은….

9월 10일, 성질 급한 탓에 보따리를 일부 다시 풀었고 어제 도배

까지 다시 할 뻔했다가 오늘 다행히 임시 집으로 이사를 했다.

내일부터 집을 헐고 공사가 시작되기 때문이다. 며칠 전 찾아갔던 연희동 점장이는 집을 못 짓게 되었던 것이 하늘이 날 살렸다며 청와대에 대고 절을 하랬다. 집을 새로 지으면 내가 죽는단다. 정말로 기분 안 좋은 말이다.

언니랑 다시 성보사 스님을 찾아갔다. 스님은 정반대의 말씀을 했다. 우리에게 집 지을 운이 닿아서 집을 짓든 이사를 하든 올가을부터 아무 문제가 없단다. 걱정하지 말고 지으라고 시원스레 대답해주셨다. 난 스님의 말씀을 믿으련다. 단지 식구들 건강에 유의 하면서 조심은 해야 하겠지.

9월 12일, 새벽부터 일꾼들이 와서 와장창 유리 깨는 소리, 때려 부수는 소리 그야말로 난장판이다. 어젯밤 남편과 병곤이는 마지막 밤을 그 헌 집에서 보냈다. 쿠피도(당시 기르던 강아지) 단잠을 자다 기절초풍을 한 모양이다.

그렇게 낡고 추한 집이라고 괄시하며 지내 온 집이지만 7년간 정들은 집이라서 왠지 마음 한구석 허전하게 느껴졌다. 섭섭함과 함께 본때 없이 자랐지만 병풍 노릇 잘해주었던 향나무들과 이제 제법 창가 벽에 무성하게 뻗어 오르던 담쟁이와도 오늘 이별이다.

사람이건 동물이건 식물일지라도 헤어진다는 것은 역시 섭섭하다. 이사하던 날 어머님 말씀 따라 고사떡 해놓고 그동안 잘 살았고 앞으로도 계속 우리 식구 몸 성히 잘 살게 해달라고 난 빌었다.

오늘부터 일은 벌어졌다. 아무쪼록 공사 다 끝나도록 아무 일 없이 잘 마무리 짓게 해달라고 마음속으로 빌었다.

10월 3일, 재미나게 집이 지어지고 있다.

하루하루가 다르게 진전되고 있다. 오산 집을 지을 때는 오래 걸려서 지겨울 지경이었는데 너무 빠르게 진행되니 의심도 갔다.

10월 5일, 3층 쌓기가 시작되었다. 우리가 기거할 방, 부엌, 거실 윤곽이 완전히 드러났다. 생각보다 넓어 보였으며 건물 자체도 점점 커 보이기 시작하였다. 우리 집이 주변 집들보다 더 웅장하고 멋져 보였다.

10월 9일, 어제 느닷없이 오후에 상량식을 한다고 하여 준비가 필요한 것 아닌가 싶어 오늘 오후에 주변 지인들을 모시고 진행하였다.

11월 24일, 오늘 완전히 새집으로 모든 이삿짐을 옮겨 이사 왔다.

12월 17일, 지난달 10일에 석유 2드럼 반 넣은 것인데 오늘 또 3드럼 넣었다. 너무 아끼지 않고 땐 것 같다.

연료비가 한 달에 10만 원이면 너무 비싸다. 연탄이면 넉넉잡고 6~7만 원 조금 더 들었을까? 물론 집 안 전체가 따듯하지는 않았겠지만 몇 만 원 더 들어간 만큼 참 편하고 춥지 않았다.

역시 돈이 들면 이렇게 뭐든지 편해지고 깨끗하고 좋으니 그렇게들 악착같이 돈을 벌려고 할 수밖에….

1991년 12월 18일
나의 꿈 실현 / 1,618,990원

생각했던 것보다 별로 비싸지 않게 오늘 드디어 가구를 들였다. 장롱, 현경이 침대, 책장, 식탁 모두 합해서 3,420,000원이다.

요즘 세일 기간이라서 30% 할인된 가격이니까 사실 싼 것도 아니지만 원래 처음에 하도 비싼 장롱을 구경해서 은근히 어느 것을 사다 놓아야 할까 고민스러웠기 때문에 오늘 들여놓은 노송가구 장롱이 그런대로 흡족하고 마음에 들었다. 몇백이 뉘 집 개 이름인 양 참으로 돈이 가치가 없다.

며칠 있어야 될 줄 알았던 커튼도 오늘 마침 달려고 와서 갑자기

집의 분위기가 잡혔다. 생각 외로 커튼은 거실보다 안방 것이 더 잘 어울리고 예뻤다. 커튼 값은 78만 원, 속 망사 커튼은 마루만 새로 하고 방들은 그전에 사용했던 것 고쳐 달았건만 그렇게 비싸게 들었다.

시집올 때 그때 남편 월급 7개월분 주고 사 온 장롱은 시골집에 처박아두고 한 번도 제대로 써보지 못한 채 장롱! 내 장롱! 노래하며 살아온 지 벌써 18년! 이제야 나도 방다운 방을 꾸미게 되었다. 18년 동안 원해오던 집 꾸며놓고 살고 싶다는 소망이 바로 이런 것이었던가?

지나간 세월이 너무 허무하다. 이 정도는 기본이 아니던가! 모든 것이 새것이니 마음까지도 새롭다.

새로 교체한 안테나 덕분에 TV도 화면이 더 깨끗해져서 새로 구입한 기분이다. 물질의 욕망은 끝이 없는 것이라서 집착하면 안 되는데 나는 아무래도 마음이 텅 빈 사람인 모양이다.

1992년 2월 4일
차례 못 지낸 명절

명절이자 입춘이다. 올겨울은 참으로 포근하다. 내가 시집온 후 처음으로 명절 차례를 고의 아니게 못 지내게 되었디.

어머님 시집오신 후로도 처음이라 하셨다. 잔칫날 받아놓으면 제사를 안 지낸다는 설이 있어 지난번 증조부 제사도 못 지냈고 오늘 초하루 차례도 새신랑 되는 막내 시동생 덕분에 여자들이 아주 편한 명절을 지내게 되었다.

1992년 2월 22일
석사 된 우리 남편 / 1,340,830원

내일이 막내 시동생 결혼식인데 공교롭게도 오늘 남편 대학원 졸업식 날이다. 남편은 오늘따라 얼굴이 더 꺼칠하셨다. 그럴 수밖에. 어제도 잔치 흥정하러 가락동시장 따라다니느라 애쓰셨고 동서차와 두 대로 잔치 준비 흥정을 싣고 오산 내려왔다가 밤에 또 서울로 가서 아이들 데려오고 막냇동생 장가보내랴, 대학원 졸업시키랴, 정말 죽을 지경이었다.

졸업식장에는 막냇삼촌 내외하고 어머님과 나랑 아이들이 간신히 5분 전에 식장에 가서 5분간 사진 몇 장 찍고 급히 아이들만 놓아두고 나는 돌아와야 했다.

모르는 사람들은 아마 남편이 홀아비인 줄 알 것 같다. 2년 반 5학기 동안을 일주일에 두 번씩 야간에 학교 다니느라 고생 많이 하셨다.

나도 오늘 졸업식에 석사학위기 한구석에 김영애 이름이 들어가야 마땅했다. 없는 돈에 학비 대랴, 가끔 과제물도 대필하며 수많은 일들을 해드리느라 생고생 많이 했었다.

오늘처럼 기쁜 날 우리 가족이 느긋하게 졸업식장도 구경하고 여유 있게 보냈으면 더욱 좋았을 걸…. 아무튼 너무도 아쉬움이 컸다.

1992년 2월 23일
막내 시동생 장가간 날

34세의 나이로 막내 시동생이 드디어 오늘 장가를 갔다.

음식도 잘 차려서 하객들께 정성껏 푸짐하게 대접도 했고 그런대로 행사를 잘 치러 냈다. 큰사람으로서 마음이 아주 흐뭇했다. 그동안 걱정도 많았으나 음식이 맛있어서 잘 먹었다는 인사도 많이 받았고 폐백 받을 때 신랑이 나에게 술 한잔 따라 주며 "형수님, 애쓰셨어요." 하는데 가슴이 찡해왔다.

몸이 고달프고 힘들어도 베풀고 살다 보면 역시 보람이 오는 법이다. 은행 빚을 지고라도 푸짐하게 음식 차려서 낯부끄럽지 않게 넉넉하게 일을 치르니 마음이 후련하다.

평상시에 절약해서 이런 날 쓰자고 사는 것이 아닌가?

그런데 오늘 신랑 부모 좌석에 어머님과 형님이 동석한 모습을 보니 막내가 측은하고 딱해 보였다. 이번 잔치는 아버님이 안 계셔서 더 나에겐 책임감이 느껴졌다. 더 잘 치러 내야 한다는 마음과 함께… 이제는 한결 마음이 가볍다. 아무쪼록 시동생이 새 가정 이루어 즐겁고 행복하기만….

나는 새사람 막내동서 잘 이끌어 갈 일만 남았다.

1992년 3월 7일
넋두리 / 1,550,580원

광주 종고팀 모임이라고 밀린 회비까지 4개월분 80,000원을 가져가는 바람에 적자 구멍이 더 커졌다.

날이 갈수록 청첩장도 많이 오고 남편 모임도 매주 있는 것 같고 아이들은 하루도 돈 이야기 안 하는 날이 없고… 그저 나만 죽을 지경이다.

그동안 무엇을 했는지 모아 둔 돈은 없고 쓸 일은 계속 나오고.

예쁜 옷 입고 싶은 마음은 나이 들수록 점점 더해 가는데 나한테 써볼 돈은 한 푼도 없다.

새로 집 짓고 어지간히 물건도 산 것 같지만 오디오 비디오 소파 수족관 등 모두 해놓고 싶으니….

아이들 공부시킬 걱정도 이만저만이 아닌데 언제나 내 마음이 좀 편해질까? 언제쯤이면 물질에 대한 내 욕망도 없어질까?

1992년 4월 4일
제자 쌍둥이 아들 돌날 / 1,419,800원

아빠의 제자 쌍둥이 아들들 돌이라고 초대를 해서 가야 했다.

입고 나설 옷도 마땅하지 않아 나는 그만둘까 하다가 이왕 남편 혼자 가느니 함께 가기로 했다.

학교로 가서 남편과 만나 성남 쇼핑센터에 가서 금반지 두 개를 샀다. 그 제자는 학생 때 우리 집에 가끔 놀러 오면 그 애가 괜찮은 것 같아서 시동생 색시 삼으려고 혼자 마음먹어 보기도 했었다. 지난해에 친정엄마까지 돌아가셔서 친정 부모가 없는 ㄱ자를 보니 옛날 내 생각이 더 났다.

ㄱ자는 적극적이라서 본인 스스로 노력해 광주농협에 취직해서 직장 생활하다 시집가서 쌍둥이 낳는 바람에 직장을 포기했다고 했다.

현관 앞에 "환영합니다"라고 리본을 매달아 꽃꽂이한 장식을 ㄱ자가 직접 한 것이란다. 아래층은 시어머님이 쓰시고 2층은 ㄱ자네가 쓰는 모양이다. 호화롭게 꾸민 것은 아니지만 이곳저곳 들여다보니 깔끔하게 살림하는 흔적을 엿볼 수 있었다.

햇병아리 주부한테 오히려 내가 부끄러운 점이 많이 있었다. ㄱ자는 선생님을 참 많이 좋아한단다. 그야말로 아버지라고 할 정도로.

정성껏 마련해준 음식을 잘 먹고 봉숭까지도 받아왔다. 남편의 사랑하는 제자가 성실하게 열심히 잘 살고 있는 모습을 보니 나도 마음이 흐뭇했다.

1992년 4월 16일
더욱 편해진 생활

오늘도 석유 3드럼을 넣었다. 11월 초부터 이제까지 9드럼을 태웠다. 한 달에 2드럼씩 연료비로 80,000원씩 들어간 셈이다.

연탄비도 가장 추울 때는 네 아궁이에 12장씩 들어갔었다. 힘 안 들이고 편하고 이렇게 좋은 것을…. 한겨울에 1,500여 장씩 갈고 그 연탄재를 또 내다 버리고 참으로 힘 드는 일이 연탄 가는 일이었는데 이제는 옛이야기가 되어 버렸다.

편해지면 자꾸 게을러지고 "말 타면 종 부리고 싶다"는 옛말처럼 욕심도 끝이 없고 편한 것도 끝없는 것 같다. 요즘은 날이 춥지 않아서 하루 종일 불을 틀지 않아도 살만했다. 아침에 더운물 쓰느라 한두 시간 켜고 자기 전에 잠깐 켜면 온도가 딱 맞는다.

앞으로 날씨가 점점 포근해질 테니 이제 석유는 더 사 넣지 않아도 봄여름은 충분할 것 같다. 미래에는 더욱더 편한 세상이 될 텐데 우리 인간들은 어떻게 또 변할는지.

1992년 4월 28일
고향을 느껴보는 향수 (전원일기)

MBC 드라마 사상 최장수 프로라는 "전원일기" 화요일은 전원일기 본다는 기대감으로 하루가 즐겁다. 으리으리 차려진 도시 생활을 배경으로 찍은 그런 드라마보다 꾸밈없는 농부들 모습과 허름한 농촌집과 그 풍경을 대하노라면 왠지 모를 향수에 젖어 마음이 평화롭고 거기서 작은 위안을 얻기도 했다.

소박한 시골 생활의 이야기들도 정겹고, 김 회장 댁 식구들을 보노라면 꼭 우리 집과 비슷한 점이 많아 더욱 친근감이 가는 듯했다.

그런데 요즘 들어 이야기 소재가 조금 시시해진 느낌도 들었다. 쓸 소재 이야깃거리가 이제 바닥이 난 모양이다. 그래도 도시 무대를 배경으로 하여 거창하게 꾸며진 집들이 나오는 드라마보다는 전원일기가 더 기다려진다.

마음들이 평온함으로 그곳에서는 삼각관계, 사랑싸움의 이야기는 없다. 기교를 부리는 말씨도 없고 농촌은 그렇게 솔직하고 우직한 사람만이 모여 사는 곳이란다.

심은 대로 거두고 땀 흘린 만큼 보람을 찾는 그렇게 솔직하고 소박하며 순수한 곳이다. 자연은 언제나 순리대로 이루어지기 때문이 아닐까?

1992년 5월 10일
어머니 고희연 준비 / 1,312,180원

어머니 고희잔치 건으로 그간 고민도 많이 했다. 막내 시동생 결혼 잔치 후 몇 달 만에 또 청첩을 하고 잔치를 벌여야 하나, 말아야 하나, 형제간에도 여론이 많았다.

그러나 결국 그이와 나의 뜻대로 잔치를 치르기로 정하고 오늘 식장에 가서 계약을 했다. 어머님 칠순을 그냥저냥 보내고 나면 왠지 마음에 평생토록 걸릴 것 같은 생각이 들었다.

이다음 우리가 늙어서는 이런저런 의식도 많이 바뀌어 어찌 보면 허례허식 같고 친척 친지들에게 폐가 되는 잔치도 많이 없어지겠지만 아직 우리 부모님들께는 우리 의식대로 살 수는 없다는 생각이 들어서다. 어머님을 하루 즐겁게 해드리고 싶은 마음에서 일을 벌였으니 어머니 마음 불편하지 않게 화목한 분위기에서 일을 잘 치러 내는 일만 남았다.

1992년 5월 23일
법의 한계

뒤쪽 베란다 건으로 지난번 법원에서 출석요구장이 날아와 법원엘 가서 이런저런 자세한 사항을 진술하고 왔었다.

건축법상으로는 북쪽 베란다를 못 짓는 게 원칙이지만 건축업자나 설계사무실 말로는 이웃과 상호 양해만 구하면 괜찮다고 했다.

어찌 되었든 간에 우리 집은 준공도 떨어졌다. 그래서 아무런 생각도 안 하고 있었는데 느닷없이 지금 와서 어쩌고저쩌고하니 참 별일이다.

구청에서 준공은 어찌 내어 주었는지… 그러나 결국 오늘 벌금 30만 원을 내고 왔다.

제일 작은 액수로 나온 거란다. 집집마다 뒤 베란다 안 지은 집이 없는 것 같던데 무슨 일이든 올바르게 행해져서 국민이 되고 안 됨을 정확하게 알고 생활할 수 있는 세상이 되었으면 좋겠다.

1992년 5월 26일
정에 오고 가는 마음

어머니 고희연 행사에 사회를 보아주시느라 너무 수고해주신 황ㄷ기 선생님 댁에 오늘 다녀왔다. 우리도 무언가 답례를 하는 것이 마땅하여 식기건조기를 하나 사다 드리고 왔다.

마침 두 분이 성당엘 가시고 집에 안 계셔서 그냥 바로 왔다. 그런데 밤늦게 전화가 왔다. 미안하게 왜 그런 짓을 했냐며 난리 치셨다. 우리들의 작은 성의이니 아무 말 마시고 받아 달라고 말씀드렸다. 한 것도 없이 오히려 미안하다며 그분들은 야단이시다.

우린 너무너무 고마웠는데 오히려 그러신다. 그분들은 축의금까지 거금을 내주셔서 우리가 미안함은 이루 말할 수 없었다.

어제는 고희연에 축의금을 내주신 학교 선생님들 열댓 분을 동네 갈빗집에서 저녁 대접을 했다. 우리가 장사를 한 것도 아니고 배보다 배꼽이 더 크게 나갔을는지 모르나 우리 인생살이 그런 것이 다 오가는 정이 아니겠는가.

돈 액수가 문제가 아니라 친지의 큰일 챙겨주는 마음이 얼마나 고마운 일이던가! 받은 만큼 다 나가는 것이 도리고 정상이다.

내 집 잔치에 돈 벌자는 욕심이 아니고서야, 하여튼 큰사람 역할이 참 힘들다. 집 안에서의 모든 일이 잘되고 못되고의 책임이 큰아들 큰며느리의 임무인 것 같은 생각이 이번 일에서 더 크게 든다.

1992년 6월 16일
황홀한 화초 양귀비 (귀양 간 화초 양귀비) / 1,548,930원

생각지도 못했던 양귀비 사건으로 집안에 커다란 걱정거리가 생겼다. 어제는 어머니 혼자서 수원 검찰청에 불려가 심문을 받고 오셨다.

동리 사람들은 우리보다 양이 적긴 했지만 오늘 몇 시간 심문하고 돌려보낸 듯했는데 또 다른 몇 집은 우리처럼 조금 힘든 듯했다.

우리한테는 유달리 물고 늘어지며 사건을 만들려는 눈치였다. 오늘 또 막내 시동생 내외와 어머니가 불려갔다. 현장 조사 왔을 때 하필 막내 시동생이 점심 먹던 중 진술서를 쓰고 그 이름으로 처리가 되어 아주 곤란한 상황이 되었다. 막내 시동생이 어제 출석 안 했다고 다짜고짜 두어 대 맞은 모양이다.

흰 양귀비도 아니고 화초 꽃양귀비로 꽃이 너무 예뻐서 생각 없이 두고 본 결과가 너무도 황당하게 일이 컸다.

오늘도 역시 쉽게 끝낼 기미는 보이지 않았는가 보다. 결국 변호사를 써서 그들 장난에 우린 돈이나 대주어야 끝날 것 같다. 변호사 비용이 1,000만 원이란다. 법조계에도 그런 도둑놈들이 있다. 끼리끼리 해 먹는 돈이란다.

6월 18일, 오늘 또 법정엘 나가는 날이다. 어머니 시동생 식구들 모두가 죽을 지경이다. 남편이 알아볼 만한 사람들한테 수시로 알아보았지만 별 도움이 못 되었다. 지인 한 분은 변호사 살 건은 아니라 했다. 그러나 동리 사람들은 모두 변호사를 사서 처리해야 한다는 이

런저런 움직임에 우리도 막내 시동생한테 불이익이 생길까 겁이 나
서 어쩔 수 없이 변호사를 선임하기로 했다. 집에 있자니 답답하고
궁금하여 수원법원엘 갔다. 남편도 오늘 연가를 내고 일찍 가셨었다.
그러나 출두 명령받은 사람만 들어갈 수 있다 하여 들어가지도 못하
고 근처에서 기다리고 있었다. 법원엘 가니 안내원 아저씨들까지도
꼴값하고 따따거린다. 한참 후에 세 사람이 나오셨다. 오늘도 끝을
내지 못한 모양이다. 토요일에 다시 오란다고 했다. 어머니 얼굴이
무척 홀쭉하셨다. 우환 중에 우환이 겹친다는데 식구들 건강이나 잃
지 말아야 할 터인데. 조바심하며 오르락내리락 다니시는 남편도 걱
정되고 하루 몇 시간씩 힘들게 취조받으시는 어머니 걱정이 더욱 크
다. 그이나 나나 재수 참 없는 사람들이다. 복도 지지리 못 타고 난 모
양이다. 이래저래 쪼들리며 살라는 팔자인가 보다.

천하일색 양귀비가 나라도 망하게 했다더니 우리 집 화단에 양
귀비는 우리 집을 망하게까지 한 것은 아니지만 큰 손해를 보게 해주
었다.

해마다 봄이면 너무도 아름다운 양귀비꽃을 보며 감탄사를 보내
곤 했었는데 앞으로는 영원히 다시는 우리 집 화단에서 그 고운 자태
와 황홀했던 양귀비꽃의 모습은 볼 수 없을 것이다.

1992년 6월 29일
골목 환경미화원

청소원이 수고비를 받으러 왔다. 늘 주던 액수 3,000원을 주었더니 이번에 휴가를 간다고 보너스 좀 더 주십사 한다. 지저분한 쓰레기와 늘 생활하니 휴가도 좀 가야지. 다시 들어와 간신히 2,000원을 더 지갑에서 찾아다 주었다. 물론 그 사람들 월급은 받지만 주민들이 조금씩 도와주면 그들에게는 큰 보너스가 될 것이다.

참으로 소중한 일 어려운 일을 하는, 더러운 것을 깨끗하게 치워주는 사람들인데⋯ 그전에 우리 한집 살 때도 3,000원씩 주었었는데 지금도 3,000원은 사실 너무 적다.

다음 달부터는 한 5,000원씩 주어야 하겠다. 5,000원이라야 아이들 한 번에 먹어 치우는 빵값이다. 사람들이 나부터도 청소원 수고비는 벌벌 떨며 듬뿍 주질 못한다.

나 같으면 단 하루도 더럽다고 못 할 일을 그들이 하고 있는데 말이다. 하여튼 고생들이 많은 사람들이다. 더러운 일이라고 모두 피한다면 그 엄청난 쓰레기들을 어떻게 할 것인가 하고 가끔 생각해본다.

1992년 8월 6일
생활을 편하게 만든 전자레인지 / 1,501,870원

올해 들어 처음으로 고구마 맛을 보았다. 현경이가 하도 "고구마! 고구마!" 해서 사다 쪄먹으라 했더니 2,500원에 1kg인데 한 8개나 될까?

전자레인지에 찌니까 굳이 내 손이 안 가도 스스로 쪄서 먹을 수 있으니 참으로 편한 세상이다.

잘못 쪄서 질게 될 염려도 태울 염려도 할 필요 없이 유리 볼에 넣어 뚜껑 덮어 20~30분 돌리면 저절로 맛있게 익은 고구마가 된다. 감자도 마찬가지…. 전자레인지가 없을 때는 솥에 안쳐 찌는 것이 귀찮아서 쉽게 쪄 먹지 않았었는데 지금은 전자레인지가 아주 쉽게 익혀주니까 몇 알씩도 쪄 먹기 좋아 아주 더 편해졌다.

요즈음 생활은 점점 편해지면서 사람의 손길이 많이 한가해졌고 시간도 절약되었지만 그로 인해 사람들은 점점 게을러지면서 시간 걸리는 일은 하기 싫어하고 참을성도 없어지는 것 같은 세상이 되고 있다. 정신적으로는 쓸데없는 공상만 하면서 오늘 쉽게 고구마를 먹으며 스치는 생각이다.

군불 속에서 토속적인 향수를 느낄 수 있는 고구마와 오늘 전자레인지에서 나온 고구마! 참 어울리지 않는 관계인 것 같은데 우리 집에서도 이들과 점점 가까워지고 있다.

따끈한 고구마와 커피 한잔도 묘하게 어울리는 궁합인데….

1992년 8월 31일
홍은동에서 오신 외삼촌과 어머님

어제 외할머니 기일이라서 작은 외삼촌과 어머님이 올라오셨다더니 오늘 우리 집에 오신다고 새벽에 전화가 왔다. 아침을 잡수시고 한 10시쯤 떠나오시면 점심 준비나 해드려야지 생각하고 아침을 그럭저럭 반찬도 없이 평상시대로 해 먹고 아이들은 모두 학교에 가고 아침 설거지를 정신없이 하고 있는데 두 분이 들이닥치셔서 깜짝 놀랐다.

그 집에서는 아침 얻어 잡수시기가 편치 않았는지 외삼촌을 서둘러 모시고 우리 집으로 모시고 오셨다며 "아침밥 있니?" 하셨다. 아침밥은 항상 여유가 없다.

도시락 4개 푸고 나면 누룽지만 조금 남는다. 새로 빨리해드린다고 했더니 대충 있는 대로 서둘러 차려라, 하셨다.

제사 음식 놓아두고 반찬 없이 대충 잡수셔도 우리 집이 편안하셨나 보다. 외삼촌은 우리 집 지은 후 처음 오신 것이다.

점심은 제대로 챙겨서 해드렸다.

외삼촌한테 어머님이 목욕하라고 하니까 동생 말도 잘 들으시며 목욕탕으로 들어가신다.

양복바지 속에 고쟁이를 입으셨는데 너무너무 후락해 볼 수가 없었다. 홀아비 티가 정말 나셨다.

요즘 나도 너무너무 돈이 쪼들렸지만 외삼촌 속바지 하나쯤은 꼭 사드려야 할 것 같았다. 부지런히 메리야스 집에 가서 모시메리 속옷 한 벌 사다 드렸다.

두 분이 계속 화투만 치고 계시다가 가신다고 나서기에 이왕 오랜만에 오셨는데 아범 퇴근하면 보고 가시라고 했더니 두 분이 다시 앉으셨다.

그이가 퇴근한 후 조금 후에 이젠 내려가시겠다며 서둘러 나서신다. 전철로 가시겠다고 하시는데 두 분이 계단을 오르락내리락하며 힘들어하실 것 같아 그이보고 남부터미널까지 모셔다드리자 했다.

러시아워 교통 체증으로 골목골목까지도 길이 아닌 주차장 같았다. 터미널까지 2시간이 훨씬 넘게 걸렸다. 그이는 아주 진땀을 뺐다.

전철로 가시게 그냥 가만히 있을 걸 하며 아주 피곤해했다. 그 시간이면 오산 왕복도 할 시간이다.

조금 정 있게 신경 쓰며 산다는 것이 참으로 힘든 일인 것 같다.

어른 모시는 일이나 동기간에도 서로 챙기며 사는 것을 참으로 어려운 일이다. 터미널에서는 차 세울 곳도 마땅치 않아 두 분 내려드리고 곧바로 돌아오느라 얼결에 차비도 못 드렸다.

1992년 10월 25일 일요일 날씨 맑음
해야 할 일이 왜 많은지? / 1,731,250원

그이도 나도 참 너무 바쁘다. 올가을엔 가까운 산으로 단풍 구경이나 가볼까 했더니 연이어 결혼이니 회갑이니 초상이니 보러 다니기 시간을 낼 수가 없다.

오늘은 또 충청도 청원을 가야 한다고 남편은 서두른다. 같은 과 직원 여선생 부친 회갑이라서 그이가 학교 대표로 가게 되었단다. 설상가상으로 자동차가 고장이 나서 급하게 카센터에 부탁해 고친 후 우린 청원 회갑연 장소로 떠났다.

고속도로 주변도 이제는 완연한 가을 산이다. 모든 것이 "일체유심조"라 했다. 생각하기 나름이라는 뜻이다. 이것이 단풍 구경 나온 것이지, 별도로 다른 곳에 꼭 가지 않으면 어쩌랴, 그이와 단둘이 카 데이트하는 것이다.

생각하면 또 얼마나 멋있는 일인가? 축의금 계속 나가서 가계부에 적자가 더 커져도 여하튼 오늘 멋진 드라이브를 했다.

멀리까지 찾아와주어서 고맙다는 인사도 극진히 받았다. 오는 길에 오산 집에 또 들러 아이들을 데리고 올라갔다.

콩이며, 배추며, 무며, 자동차에 가득 싣고….

1992년 12월 13일
큰 시누이네 이민 준비 / 1,749,410원

이민 떠나기 전 아이들이라도 한 번 더 만나보게 하려고 은영이 넬 갔었다. 짐은 거의 모두 정리되었고 그야말로 이사 갈 집 실감이 나게 휑하니 쓸쓸했다. 올해는 묘하게 찜찜한 관계가 되어 자주 연락도 없이 지내다 막상 이민을 떠난다니 마음이 좋지 않다.

그동안 사소한 일로 부질없었던 관계가 서로 뉘우칠 날이 올 게고 그리워질 날도 올 게다. 집에 돌아오면서 난 자꾸 눈시울이 뜨거워졌다.

12월 14일, 큰시누이 가족이 이민을 간다는데 마음만 있지 무얼 어떻게 해 주어야 할지 그냥 막막하기만 하다.

큰시동생네랑 두 집에서 백만 원씩 해주기로 했다. 매달 엄청난 적자 살림을 하고 있는 우리 형편에 여윳돈이 있을 리 없다.

그러나 그렇게라도 하니 마음이 조금 편했다. 여유 없이 항상 쪼들리게 살다 보니 동생들한테 마음만 있지 제대로 해준 것도 없다.

12월 16일, 드디어 은영네가 오늘 호주로 떠난다. 난 어제 그제 오늘 계속 김밥이다.

어제 그제는 아이들 여행으로 김밥을 쌌고 오늘은 떠나기 전 간단히 먹을 점심으로 은영이네 김밥을 싸 가지고 갔다.

나는 어제저녁엔 언니네 집에서 모임이 있어 못 갔는데 어머니를 비롯해 형제들이 모두 모였었다.

내가 갖고 간 김밥으로 간단히 점심 요기를 하고 3시경 모두 함께 공항으로 떠났다. 이미 그곳에는 은영이 작은엄마와 고모 내외 등 친척분들이 모두 나와 기다리고 계셨었다.

잘 참더니만 은영 엄마도 눈물을 흘렸고, 가족들 모두가 눈시울이 벌게져 있었으며 나도 눈물을 참을 수가 없었다. 드디어 5시30분쯤 은영네 가족은 우리를 남긴 채 출구를 통해 모습을 감추었다.

서로의 마음을 잠시 이해 못했었으니 서로가 마음이 더욱 아플 것이다. 섭섭함이 있었더라도 넓은 마음으로 이해해 달라고 은영 엄마 손을 꼬~옥 한번 잡아 보았다. 어머니께서도 무척이나 섭섭하실 터인데 그래도 잘 참으시는 듯했다.

이민 가서 한동안은 어려움이 많을 터인데 마음먹은 대로 모든 일이 잘 이루어지기만을 이곳에 남은 가족들은 빌어 주어야 할 것이다.

1992년 12월 21일
동지 팥죽

동짓날이라서 저녁으로 팥죽을 쑤었다. 찹쌀 새알심도 만들어 넣었다.

아이들이 커가면서 왠지 옛 풍습이나 민속적인 음식 등을 가르쳐 주며 사는 것이 교육상으로도 좋을 듯하며 그러한 생각이 든다.

옛날부터 동짓날에 팥떡이나 팥죽을 해 먹으면 모든 잡귀가 물러간다고 전해오는 설이 있다. 지금 세상에 귀신이 어쩌고저쩌고하는 것이 우습기도 하겠지만 옛날 어른들이 일 년 열두 달 이런저런 이야기를 만들어 음식도 만들어 먹고 했던 일들은 부족했던 영양 보충을 하기 위한 일들이었다.

참으로 우리 선조들은 멋있고 현명하고 운치 있으며 여유 있는 삶에 지혜를 갖고 살아왔음을 새삼 알 수 있다.

1993년 4월 5일
할아버지와 할머니 산소 이장 / 1,801,660원

할아버지 할머니 산소 이장을 했다. 고매리에 있는 산이 팔리면서 이번에 금곡리 우리 산으로 할아버지. 할머니도 모셔 오게 되었다.

남아있는 유골을 모셔다가 초상 치르듯 산소를 또 만들고 제사를 지낸 큰 행사였다.

영혼이 정말 있다면 아드님 가까이로 오셔서 좋으실까? 돌아가신 아버님도 오랜만에 부모님과 같이 계시게 되어 기뻐하셨을까? 생각해보면 부질없는 일인 듯하기도 했고… 산소 관리가 보통 일이 아니다.

벌초하랴, 살아계신 부모님 찾아뵙듯 가끔 가서 관리해야지 그렇게 못한다면 산소를 해놓으면 안 되는 것이다.

우리가 세상을 떠난 후에는 우리 애들이 어찌하든지 그 애들이 알아서 하겠지! 우리들의 마음가짐은 항상 조상님을 받드는 마음으로 잘되면 내 탓이고 잘 안되면 조상 탓이 아닌 " 잘되면 조상님 덕" 안 되는 것은 내 탓으로 여기며 정성으로 모셔야 하겠지.

1993년 4월 6일 시골 다녀온 후 너무 피곤해서 하루 종일 잠만 잤다. 나는 이렇게 집에서 잠이라도 잘 수 있지만 남편은 몹시 피곤하실 거다. 대를 이어가기 위해 아들은 꼭 필요하다는 생각이 들었다.

어제 산소 이전하는 일 돕느라고 수고하는 남편과 시동생들을 보면서 아들 없는 큰 시동생이 왠지 쓸쓸하게 보였다.

내 생각이겠지만… 죽어서 무얼 알 수 있을까? 살아 있는 동안 행복하게 살면 되지! 하면서도 한편으론 허전함은 있지 않을까? 딸들은 시집가서 남의 식구가 되고 내 집안의 대를 이어 나간다는 소중함 때문에 어쩔 수 없이 아들은 있어야 하나 보다.

1993년 4월 30일
막내둥이 3학년 1년간 수학 평균 점수 99점

현경이는 오늘 시험이 끝났고 병찬이는 내일 끝난다.

병찬이가 오늘 수학 시험이 있었는데 그런대로 잘 보았는지 기분이 좋아 보였다. 다른 아이들은 지난 방학 때 모두 배우고 왔을 텐데 저만 예습을 못 해서 잘못 풀 것 같은 걱정을 하더니 문제들이 교과서 위주로 나온 모양이었다. 교과서에 나온 문제들은 이해가 되는데 그 밖의 어려운 문제들은 풀기 힘들 다고 걱정했었다.

학원엘 또 보내야 하는 건지 나도 무척 걱정스럽다. 중3 때는 수학 1년 평균이 99점이었다. 틱장애로 고개 흔들랴 팔 흔들랴 병원 다니며 마음고생 몸 고생도 많았는데 수학 성적이 좋아 얼마나 기특하고 고맙기까지 했다. 수학만큼은 계속 뒤지지 말아야 할 터인데 공부를 많이 하라고 다그칠 수도 없고 그냥 내버려둘 수도 없고…

병찬이는 성적이 떨어지면 오히려 스트레스를 받아 더 안 좋을 것 같다. 공부하기 힘들어도 웬만큼 성적이 유지돼야 그 애는 스트레스를 덜 받을 거다.

내일 마지막 시험 잘 봐야 한다며 나름대로 열심히 공부하면서 몸은 계속 흔든다. 저도 참아보려 하는 것 같은데 참아지지 않는 모양이다.

1993년 5월 3일
우린 똑같다

병찬이 뇌파검사를 했다. 어제 신경과에서 하라는 검사는 오늘로 다 끝났다. 14일에 가서 결과만 보면 된다.

검사받고 오는 길에 핑크빛 남방을 하나 사주었다. 내일 수학여행 떠나는 날이라 오늘 기분도 맞추어 줄 겸 사주었다. 5월 4일 경주로 병찬이가 여행을 떠난다. 새벽에 일어나 김밥도 싸주고 용돈도 넉넉히 주었다.

남편이 주무시기에 만 원은 남편이 주라고 어제저녁에 주셨다며 내가 주고 엄마는 오천 원만 줄게 하면서 모두 만 오천 원을 주었더니 싱글벙글 좋아했다. 신발 신고 문 열고 나가려는데 남편이 일어나시더니 "병찬이 용돈 좀 줘야지." 하시며 만 원을 들고 나오셨다.

병찬이가 어리둥절하더니 조금 후에 빙긋이 웃으며 이건 엄마가 모두 준 거구나 했다. 남편은 영문도 모르고 굳이 주겠다는 걸 됐다고 방으로 남편을 밀었다.

아빠는 내가 그 몫까지 만 원을 더 준 사실을 모르니 그럴 수밖에. 막내아들 여행 간다는데 쿨쿨 주무시기만 하기에 대신 생색 좀 내주려다 병찬이한테 들통만 났네.

1993년 5월 14일
봉투니 뭐니 / 1,650,890원

내일 스승의 날에 담임선생님께 선물한다고 돈 받아 가더니 구천 원짜리 루즈 하나 사다가 예쁘게 포장하고 엽서도 쓰고 현경이가 바쁘다. 병곤이 병찬이는 남자애들이라 그런지 아무 소리가 없다. 그래서 지난번 남편이 성남 학교에서 떠나실 때(동두천 종고로 전근) 여선생님들의 선물로 받아왔던 양말 세트가 두어 개 있어 한 세트씩 그 애들한테 주었다.

올 스승의 날에는 남편 말씀으로는 아이들에게 꽃도 받지 말라는 교육부 윗분들한테서 연신 공문이 내려온단다.

참으로 서글픈 일이다. 일부 극성 엄마들이 잘못 길들여 놓은 선생님들 때문에 돈 봉투니 뭐니 연신 구설수에 모든 선생님이 오르내리고 정화 운동한다고 지나친 통제는 박봉으로 고생 많으면서도 묵묵히 사도의 길을 걸어오시며 후세들의 교육만을 위해 살아오신 위대한 선생님들!

앞으로도 그렇게 곧게 걸어가실 선량한 선생님들께 큰 슬픔을 안겨드릴 것 같은 생각이 들었다. 몸조심하시느라 요즘 많은 고생이 있는 듯하다. 교사의 아내이자 세 아이의 엄마로서 너무 선생님들께 항상 미안했고 할 노릇 못해 왔다고 생각하는 사람이다. 1년에 한두 번 음료수 한 상자 사다 드린 것밖에 없는데 그나마도 선생님들은 오해를 만들까 봐서 신경이 쓰이는 모양이다.

1993년 6월 25일
6·25를 회상해보며 스치는 생각 / 2,140,060원

43주년이 되는 6·25! 나도 전쟁 세대라고는 하지만 전쟁이 나던 해 세 살배기로 칭얼대며 엄마 젖이나 먹던 어린아이였으니 나도 크게 실감은 나지 않는데 우리 아이들이야 까마득히 먼 옛날 호랑이 담배 피던 시절쯤으로 생각되겠지! 그래도 나는 멍석을 깔고 공부해야만 했던 국민학교에도 2년간이나 다녀보았고 어렵게 고생하시며 사시던 엄마들의 모습도 지척에서 보아왔다.

오늘 점심은 우연히 보리밥에 풋고추를 고추장에 찍어 먹으며 옛날 생각이 새로웠다. 오늘 풋고추는 내가 직접 옥상에서 키웠다고 대견한 마음으로 맛보다는 흐뭇함이 더 컸지만 우리 어머니들 시대는 시장이라곤 일 년에 몇 번 가는 것 외에는 밭에 나가서 오이 따고 고추 따서 보리고추장 찍어 먹고 살던 시절이었다. 그것도 밥이 없어 못 먹던 그 시절! 밥 달라 조르지 않는다고 그걸 칭찬해주던 그 시절! 그랬던 시절이 엊그제 같은데 언제 이렇게 물질이 풍부해졌고 모두들 펑펑 잘 먹고 잘 입고 잘 쓰면서 살게 되었는지…

그 옛날 우리 어머니들처럼 살림살이한다면 나도 매달 적자 내면서 살진 않을 텐데… 돈이 정말 없어서 학비도 내기 힘들었던 그 시절 간식은커녕 세끼 밥도 제대로 먹이지 못하던 그 시절!

어느 때는 오히려 그때가 그리울 때도 있다. 그래도 그때는 사치스런 욕심과 허영심은 없었을 터이니까.

#1993년 8월 20일
한 해에 2회 보는 수능 시험 / 1,698,610원

새벽부터 일어나 도시락으로 김밥을 준비했다. 아침도 몇 개씩 먹는 둥 마는 둥 했는데 점심도 조금만 싸라고 해서 열서너 개씩만 넣었다.

얼마나 불안하겠는가? 불안하면서도 여름에 수능 보는 것이 실감 나지 않는 듯했다. 하긴 나도 그렇다.

1년에 두 번 보는 이 시험과 내신성적으로 대학의 당락이 결정되는 것인데 처음 시도하는 해라서인지는 몰라도 아이들이 불안하면서도 뭐가 뭔지 오늘 기분이 덤덤한 듯했다.

2회 중 좋은 점수로 반영한다는 올 수학능력시험! 어찌 되었던 아이들은 오늘 시험이 끝이 아니니 11월에 보는 2회 때까지는 여전히 마음이 불안할 테지! 불쌍한 입시생들! 청소년들이 기를 펴고 활기차게 뛰어 놀며 아름다운 꿈도 꾸면서 살 수 있을 날들이 우리 대한민국에도 올까?

그 황금 같은 청소년기를 오직 학교와 학원 독서실만 오가며 달달 대학입시 준비만 하면서 지내야 하다니. 그러니까 정작 공부를 해야 되는 대학은 "가기만 하면 끝이다" 하며 놀기만 할 수밖에.

요즈음 대학가에는 서점이나 공부 관련된 곳보다는 유흥가로 변하는 듯해서 안타까울 뿐이다.

1993년 9월 22일
대학교 입학금 준비 (저축의 기쁨) / 2,107,160원

현경이 고등학교 입학하면서 5만 원씩 붓기 시작한 적금이 30개월 만기가 되어 오늘 드디어 탔다. 연체되었던 달들이 있어서 그렇다며 2만 원이 줄었다.

생활비가 모자랄 때 한두 달 밀려 또 목돈이 되고 하기에 그냥 해약할까 하다가 서비스 대출 받아 여러 달 치를 한 번에 불입한 때도 있었다. 그렇게 해서라도 불입하다 보면 나중에 목돈이 되어 아이들 대학갈 때 등록금이라도 하게 될 것 같아서였었다.

그렇게 하길 잘했다. 오늘 돈을 타고 보니 5만 원씩이 아니라 불입액을 더 늘릴 것을 하는 욕심이 생겼다. 그 돈을 다시 현경이 통장을 만들어 대학 갈 때 보태려고 저금해 두었다. 요즘 억억하는 소리가 사방에서 나는데 2백만 원을 임현경 통장에 넣으니 2억이나 넣은 듯 기분이 너무 좋았다.

1993년 9월 26일
제자 주례

그이가 오늘 주례를 서시러 광주에 다녀오셨다. 제자 주례를 보신 것이 두 번째이다. 참으로 흐뭇한 일이긴 하나 그이가 제자들 주례를 설 나이가 벌써 되었는가 한편으론 서글프기도 하다.

내가 집에 없을 때 며칠 전 신랑 신부가 찾아와서 그이가 저녁 사주고 오늘 축의금 내고 가서 보니 또 다른 제자가 오늘 그곳에서 결혼식이 있는 것을 알게 되어 그 제자에게도 축의금을 내주었단다.

제자들 주례 서 주느라 오히려 깔끔한 양복까지 사 입어야 했던 때도 있었고 오늘은 두 집이나 축의금 거금이 나갔다. 그러나 어찌 수고비 받는 전문 주례자와 비할 수가 있는가.

자기를 가르쳐준 수많은 은사들도 있으련만 그래도 제일 존경한다는 그이한테 주례를 부탁했다는 그 마음이 그이에겐 얼마나 보람 있는 일인가?

그런 보람이 있어 이 땅의 많은 선생님들은 열심히 교단을 지키며 오늘도 열심히 제자들을 가르치고 계시겠지.

1993년 10월 18일
딸 친구 엄마 장례식 / 1,731,280원

며칠 전 갑자기 엄마가 돌아가신 ㅁ경이는 어떻게 지내고 있는지!

어제 장례 치르고 삼우제나 끝나야 학교에 갈 테이지! 현경이와 친한 친구 중 한 명이기에 더욱 마음이 아프다.

한 번도 보지 못한 ㅁ경이 엄마였지만 담임선생님과 친구들 몇 명과 영안실에 다녀온 현경이를 또다시 데리고 밤에 나도 다녀왔다.

지금부터 엄마를 잃고 앞으로 엄마 그리워하면서 살게 될 ㅁ경이가 어찌나 측은하고 가엽던지….

스물 한두 살 되어 보이는 오빠와 둘이 문상객을 맞고 있었다. ㅁ경이의 하얀 얼굴이 더욱 파리하도록 창백했다.

손을 꼬~옥 잡아주면서 앞으로 나를 엄마처럼 생각하고 자주 놀러 오너라 했지만 ㅁ경이에게 무슨 큰 위로가 되겠는가? 그렇지 않아도 가엾은 고3 입시생인데 엄마까지 잃은 그 슬픔을 어찌하면 좋을까!

1993년 12월 22일
입시지옥 바쁜 내 마음 / 2,367,410원

내 정신이 요즘 어디가 있는지 나 자신도 모르겠고 만사가 귀찮아 신경 쓰고 싶지 않은데 오늘 오후에 시어머님과 이모님 그리고 시외삼촌까지 세 분이 우리 집에 오신단다. 어제 외사촌 시누이네서 어머님이 전화를 하셔서 알았다.

이모님이 서두르시어 서울 조카들 집 두루두루 다니자며 세 분이 올라오신 모양이다.

오후에나 오신다기에 나는 한참 망설이다 예정대로 절에 다녀오기로 했다. 입시생을 둘이나 둔 엄마가 백일기도는 못 드릴지언정 오늘 마음먹고 소원 빌어야 할 동지 행사에도 안 가면 내 마음이 불편해서였다. 오늘 내일 원서도 각 학교를 찾아다니며 사러 다녀야 하는데… 손님들까지 오신다니 마음이 더 바빴다.

절에서 팥죽을 한 그릇 먹은 후 나간 김에 교보문고로 입학원서를 사러 갔더니 기다리는 줄이 말할 수 없이 길게 늘어져 있어 입시지옥을 그곳에서도 더욱 실감 나게 느낄 수 있었다.

간신히 두 학교 원서만 사가지고 오는데 이제껏 춥지 않았던 날씨는 어제 오늘 왜 그리 춥던지…. 부지런히 집에 오니 세 분은 이미 오시어 거실에서 화투판을 벌이고 즐겁게 놀고들 계셨다. 자식 노릇 하기도 힘들고 부모 노릇 하긴 더욱 힘들다.

12월 23일, 오랜만에 어머니 삼 남매분이 조카들 집에 가보시겠다고 올라오셔서 첫 번째로 외사촌 시누이네로 가셨다가 두 번째는 우리 집으로 오셨고 세 번째는 우리 시동생 집으로 가실 계획이었는데 오늘 전화를 해보니 동서네 친정 식구들과 설악산엘 갔다고 하니 그럼 그다음엔 어느 집을 가셔야 하나?

그러고 보니 막상 찾아갈 조카집이 없는 듯했다. 외삼촌께서도 큰아들 집도 그렇고 둘째 네는 더욱 그렇고 그러고 보니 우리 집 작은 시누이 집뿐이었다. 우리 이모님은 동기간들에게 쏟는 정이 유별나신데 그 누구도 제대로 보답을 해드리지 못하는 것 같았다.

우리가 아이들 입시문제만 없다면 우리 집에서라도 며칠 더 계시게 했으면 좋으련만 내 사정도 그럴 수가 없었다.

오후에 수원 우리 작은 시누이 집에나 잠깐 들렀다가 오산 집으로 내려가셔서 오산에서 하루 더 주무시고 그냥들 평택 댁으로 가신다고 해서 마침 오늘 남편이 출근을 안 했기에 세 분을 모셔다 드리러 오산에 내려갔다.

오늘이 현경이 생일인데 어른들이 계셔서 생일인 척하지도 못하고 있다가 현경이한테 미안해서 세 분이 가신 후 또 다른 학교 원서도 더 살 겸 둘이는 잠실 롯데로 가서 원서도 사고 생일 선물로 청바지도 하나 사주었다.

병찬이 T셔츠도 하나 샀다. 사랑은 내리사랑이라더니 자식들에게만은 어찌 되든 입히고 먹여 보리라 있는 정성 다 들이지만 어른들께는 그러질 못한다. 오늘 이모님께서도 이것저것 조카들 준다고 무거운 짐 챙겨 올라오셨고 우리 집에는 현경이 슈퍼 갈 때 쫓아 나가시더니 세탁비누 한 상자와 아이들 먹이라고 라면 한 박스 그리고 식기세제 두 병까지 한 보따리 사 오셨는데 나는 주머니 사정 살피느라 여비도 조금밖에 못 드렸으니 이내 마음은 편치 않았다.

1994년 1월 13일
임일회 부부 첫나들이 / 2,274,950원

아이들 소풍이라도 가는 듯 마음은 즐겁다. 일단 집을 나선다는 것이 홀가분하다. 동네 흥수갈비집 앞에서 서울 팀이 모여 유성온천을 향했다.

모두 여덟 부부 16명이 갔다. 맹ㄷ호 씨 부부와 최ㅎ묵 씨 부부는 좀 늦게 왔고 김ㅅ일 씨 부부는 우리 팀보다 먼저 도착해 우리들을 기다리고 있었다.

이상한 것이 남편들 대학교 동기 동창들 모임인 임일회(임업과 1기생들 모임)는 몇 번 만나보지 않았어도 금방 친밀감이 가고 부인들끼리도 쉽게 정이 드는 것 같았다.

성격들이 모두 원만하고 좋아서인가 보다. 참으로 입시생 때문에 여행이란 걸 생각도 못한 일인데 남자분들 덕분에 훌훌 털어버리고 1박2일 여정이지만 오랜만에 몸과 마음이 상쾌하다.

집 생각이며 아이들 생각은 잠시라도 뚝 끊어버리고 싶다. 아이들 때나 어른이 된 지금이나 친구들과 여행을 한다는 것은 역시 즐겁고 재미있는 일이다. 수ㅈ 아빠, 맹ㄷ호 씨, 홍ㅅ호 씨 모두모두 노골적으로 웃겨주는 재미있는 분들이라서 더 쉽게 정이 가는 것만 같았다. 가식보다는 솔직함에서 사람들은 역시 정이 쉽게 드는가 보다.

1월 14일, 우린 모처럼 온천엘 왔는데 예정에 없이 나는 불청객이 찾아오는 바람에 어제까지도 목욕을 할 수 없어 욕탕엘 못 들어갔었다. 오늘은 손님이 간 것 같아 아침 일찍 몇이서 목욕탕엘 다녀왔다.

남자들은 17층에 방을 하나 더 얻었고 우리 여자들이 묵은 방은 홍ㅅ호 씨 리조텔 방이라서 어젯밤에 나가 침구류를 더 구입해 왔다.

오늘은 산행을 하기로 했다. 정상까지는 못 올라갔지만 은선폭포까지 다녀왔다. 오늘 하루 더 있다 가자는 사람도 있었으나 예정대로 오늘 오후 늦게 모두들 올라왔다.

1박2일의 짧은 여행이었지만 정말 재미있었다. 오늘 산행을 하면서 모두들 체력을 키우기 위해 이런 기회를 자주 갖기로 하자는 다짐을 했다.

1994년 5월 7일
선친 고희연 제사 / 1,427,940원

내일은 어버이 날이자 돌아가신 아버님 고희연 생신날이다. 어머님이 여러 가지 준비를 해 놓으셔서 나는 과일이랑 제수 준비만 해서 내려갔다.

어버이날이기도 해서 오랜만에 어머니 선물로 바지랑 브라우스도 샀다.

아이들도 데리고 내려가느라 밤늦게 내려가는데 시골의 밤공기가 상큼하게 느껴졌다.

늦은 밤 집에 도착해 자리에 누웠는데 고요한 어둠 속에서 적막을 깨듯 사방에서 울어대는 개구리 울음소리에 나는 유혹되어 앞뜰로 나갔다.

깊은 밤! 모두 잠든 늦은 밤! 한참을 개구리와 벗 삼아 아버님과의 지난날들을 회상해 보았다.

5월 8일, 아침에 준비한 음식을 챙겨 어머님과 우리 삼 형제 내외 및 이웃 친척들과 아버님 산소엘 갔다.

아버님 살아 계셨다면 오늘 고희잔치 치른다고 요란했을 터인데 산에서 단촐하게 고희 생신 제사를 지내고 차린 음식을 식구들이 둘러 앉아 먹은 후 어머님은 아버님 분상의 잡초를 뽑고 계셨는데 그 표정이 왠지 쓸쓸해 보였다.

아버님 생각하시며 눈물이라도 흘리실 것 같았는데 평소대로 담담하셨다. 참으로 마음이 강하신 듯했다. 아버님이 너무 일찍 가셔서 아쉬운 마음에 가끔은 슬퍼하실 것 같은데 잘 참고 사시는 것 같았다.

하긴 예전에 우리 친정엄마도 40대 젊은 나이에 혼자 되셨지만 난 우리 엄마가 찔끔찔끔 우신다던가 우울해하는 모습을 한 번도 보지 못했다.

어려운 살림 이끌어 가시느라 아버지 생각하실 마음의 여유도 없었겠지만. 여하튼 우리 친정엄마도 참으로 강하고 위대하셨던 분이셨다.

여자는 약하지만 엄마들은 역시 강하다고 새삼 또 느꼈다. 오늘따라 돌아가신 우리 엄마도 보고 싶었다.

몇 년에 한 번씩이라도 돌아가신 분들과 만날 수 있는 날이 있다면 얼마나 좋을까…. 이루어질 수 없는 생각을 하면서 아버님을 뒤로 한 채 산을 내려왔다.

1994년 5월 14일
움 이모님 (새 이모)

갈곶 이모님 댁 ㅈ욱이 결혼식이라고 며칠 전 ㅎ숙이한테서 연락이 왔다. 내가 13살 때인가 이모님이 노산으로 아기 낳다 돌아가셨다며 어머님께서 무척 슬퍼하시며 통곡하셨던 때가 어언 30년이 넘었다. 그 후 새로 들어오신 이모님이 남매를 또 낳아 지난해 딸도 시집보내고 올해 아들 장가를 보내신다니 참으로 지난 세월이 길었는가 보다.

새삼 시집살이만 무섭게 하시다가 아들 하나 딸 다섯 두고 떠나신 이모님이 생각이 더 난다. 이종사촌 오빠는 때마다 잊지 않고 우리 엄마를 뵈러 왔을 때 자신의 친모를 만난 듯 엄마를 대하던 모습이 떠올랐고, ㅎ숙이와는 나와 동갑내기로 같이 외갓집도 잘 다니고 친하게 지내며 자랐건만 서로 시집간 후로는 살다 보니 만날 기회도 많지 않았다. 지금 아이들은 고모보다 이모가 더 가까운 것으로 알고들 있는데 나 어릴 때만 해도 여자들은 자유와 권리와 힘이 약할 때이고 보니 엄마 쪽 집안으로는 별로 가보기도 쉽지 않았고 엄마와 이모도 왕래를 자주 못 하셨으니 서로 가까이 살면서도 그냥 먼 친척인 줄로만 알았었다. 이모! 이모란 엄마와 같은 존재였었는데 그때 그 시절엔 참으로 외가엔 힘이 없던 어머니 쪽 식구들이었다.

지금은 여자들의 목소리도 커진 세상이 되고 보니 외가 쪽으로 세력이 크게 더 뻗치고 있는 듯하다.

1994년 6월 12일
남편 대학교 학과 총동문회 / 2,256,010원

광주에 있는 건국대학교 연습림에서 남편의 대학교 임업과 총동문회를 가졌다. 출발 장소인 건국대 도서관 앞으로 가니 동기생 친구 부부들 몇 팀이 먼저 와서 우리를 기다리고 있었다.

우리 팀이 1기생으로 제일 선배들인 것이다.

젊은 후배들은 이이들도 함께 와서 어디 수학여행 가는 기분이 들었다. 선후배 가족들이 함께 타고 가면서 웃고 떠들며 그 시간만으로도 화기애애한 즐거운 시간이 되었다.

야유회 장소에 도착하니 이미 바비큐 구이와 점심이 준비되어 있어서 맛있게 점심을 먹은 후 가족대항 게임 시간도 있었는데 오늘 참석자들 모두에게 다양한 상품을 골고루 나누어 주곤 했다.

우리는 우연히도 분재원 최ㅂ철 친구가 기증한 분재가 뽑혀서 추첨하던 회장 엄ㄱ옥 씨가 어이없는 듯 웃으면서 "분재 많은 댁이라 안 돼요." 하며 다른 상품을 주어 우리 모두는 또 웃었다.

분재 대신 우리는 양식 고급 수저 세트를 받았다. 분재가 더 비싸겠지만 회장님 말처럼 우리도 분재가 제법 있으니 나도 수저세트가 더 좋았다.

수ㅈ네는 비상 구급약 세트를 탔다. 회장님을 비롯해 주최한 분들 그 많은 경품을 스폰 받느라 신경 많이 쓰셨을 것 같았다.

덕분에 우린 고맙고 감사하기만 했다. 출발지였던 서울 건국대로 돌아와 후배들과 아쉽게 헤어진 후 우리 1기 동기들은 엄 회장이 근무하는 학교 농장 사무실에 가서 남겨온 음식들을 먹으면서 괴짜 맹ㄷ호 씨, 홍ㅅ호 씨, 전ㅇ한 씨의 찐한 이야기보따리도 풀어놓았고 학교 근처 칼국수 집 가서 저녁까지 먹었지만 그래도 헤어지길 아쉬워들 했다.

그렇지만 시간이 너무 늦어 갈 길들이 모두 먼 관계로 이번에는 단골집 노래방도 못 가고 헤어져야만 했다.

우리 1기야 평소에도 자주 만나 왔지만 까마득한 후배들까지 모두 모인 선후배 야유회 모임이라서 더 뜻있고 더 흐뭇한 모임인 것 같았다.

1994년 8월 22일 월요일
남편이 모셨던 교장 선생님 정년 퇴임식

20일 날 동탄 갔다가 그곳에서 남편은 오늘 아침 직접 유성으로 가셨다.

오전 9시쯤에 잘 도착했다고 오늘도 어김없이 전화가 왔다. 내일은 연수가 끝나서 아주 오신다고 했다.

나는 오늘 남편 대신 성남 서고등학교에 가서 남편이 평소에 많이 존경하고 숭배했던 김ㅈ철 교장선생님의 정년퇴임식에 참여해야 했다. 남편을 많이 아껴주셨던 분이셨고 그 교장선생님을 모시며 함께 근무하셨던 남편을 비롯한 여러 선생님들이 김ㅈ철 교장선생님을 회장으로 모시고 매달 모이는 성동회라는 모임이 있는데 이번에 성동회에서 축의금을 모아 오늘 기념패와 황금열쇠를 선물로 드렸다.

남편도 오늘 꼭 참석해야 했는데 못 가서 안타까웠을 것 같았다. 교장선생님께는 다음에 남편과 같이 다시 인사드리겠다고 하고 퇴임식을 끝까지 보고 돌아오면서 왠지 마음이 너무 허전했다.

평생을 후세 양성을 위해 몸 바쳐 오신 정열을 이제는 나이가 드셨음에 끝내며 내일부터는 어떤 마음으로 보내실지… 생각하면 오늘의 행사가 서글픈 것이지만 지금까지 이루어 내신 공로가 더 크므로 마땅히 축하해드려야 하는 자리임엔 틀림이 없다고 생각했다.

이다음에 남편에게도 그 교장 선생님처럼 자랑스러운 정년퇴임의 날이 와야 할 텐데…

1994년 11월 22일
시어머님 결혼기념일 / 1,450,140원

오늘이 음력 시월 스무날 (10월 20일) 시어머님 시집오신 날이란다. 그러고 보니 우리 엄마 시집온 날은 언제였더라?

시어머님은 시월 고사떡을 해마다 스무날 꼭 그날 하셨단다. 하기야 이왕 시월상달에 고사를 지내는 것이니 두 가지 행사를 한 번에 치르는 것이다.

그래서 며느리인 나도 시월 스무날 시어머님 시집오신 날은 잊혀질 수가 없다. 매년 그날 고사떡을 했으므로.

그이도 아마 우리 결혼기념일은 잊고 지내도 자기 엄마 시집온 날은 잊지 않을걸! 매번 가을 고사떡 보면 생각이 나겠지! 아침에 전화만 드렸다.

요즘 다리가 많이 아프셔서 침 맞으러 다니신다고 했다.

어머님 말씀대로 이제는 신랑이 안 계셔서인지 근래에는 결혼기념일에 하셨던 고사떡도 잘 안 하시는 것 같았다.

이제는 우리가 그날을 찾아 고사떡도 하면서 기념일을 챙겨 드려야 할 것 같다. 내색은 없으셨지만 오늘도 아버님 생각 많이 하시며 보내실 게다.

1994년11월26일 토요일
힘든 운전면허

병곤이 녀석 운전면허 따더니 연신 어디든 가고 싶어서 난리다.

오늘도 할머니 댁엘 간다니까 신이 나서 또 제가 운전할 거란다. 이젠 어디 갈 데 없나 제가 먼저 서두른다.

그 애하고 나도 학과 시험은 같이 보았는데 그 애는 벌써 면허증 나와서 사방팔방 몇 군데를 신나게 다녔는데 나는 아직 코스 시험도 합격을 못 했으니…. 그런데 아줌마들 이야기를 들어보면 병곤이가 면허 따고 곧바로 운전하듯 그렇게 쉽지는 않다고들 했다.

코스를 몇 번씩 떨어졌다는 사람도 있고 어떤 사람은 필기시험도 그렇게 힘들게들 땄다고 했다.

그러니 나는 1995년 1월 18일이면 필기시험 합격 만료가 다 되어 그 안에 시험 볼 기회도 몇 번 없는데 다음 번엔 꼭 합격해야만 한다.

병곤이가 배울 때만 해도 도봉면허시험장은 1~2주일이면 재응시를 할 수 있었다는데 내년부터 운전면허 따기 더 힘들어질 거라는 말이 있어서인지 요즘은 날이 갈수록 응시생이 많아지는 것 같았다.

주행 연습시간이 하루에 50분씩이라고는 하지만 배우는 사람이 너무 많아 차량 정체로 실제 주행은 잘 해봐야 서너 번 돌면 시간이 끝나니 운전학원만 돈 잘 벌겠다.

1994년 12월 6일
운전 코스시험 합격 / 2,545,630원

왜 이렇게 시험 날은 빨리 오는 것 같은지 지난달 14일에 코스 떨어지고 오늘 또 보는 시험이다. 또 낙방하면 체면이 말이 아닐 터인데 이번엔 꼭 합격해야 한다. 마음을 다잡고 운전대에 올랐다.

굴절 합격! S 코스 합격! 아! 이제 T 코스만 잘 넘기면 나는 해내는 것이다. T코스 진입 직전에서 약간 높아서인지 크러치만으로 차가 오르지 못해 순간 당황했었다.

사전에 아들이 일러준 대로 엑셀을 살짝 밟으니 팍 올라갔다. 조심조심 간격을 맞추며 들어가니 순조롭게 착착 공식대로 맞아 들어갔다.

끝까지 마음을 다잡아 먹고 침착하려고 노력하면서 조심조심 나오니 T 코스도 합격! 컴퓨터 감지선 삐~익 소리를 들으며 뒷바퀴가 통과하는 순간 그렇게 기쁠 수가!

1995년 1월 21일
제주도 여행 / 2,409,400원

아이들 학교 진학문제도 해결되어서 우린 홀가분한 마음으로 오늘 공항엘 나갈 수 있었다.

그이 고등학교 동창모임 회원 부부 15쌍이 1박2일로 제주도에 가는 날! 생전 처음 타보는 비행기! 개나 돼지나 모두 다녀온 제주도! 나는 오늘 처음으로 비행기를 타고 그 제주도엘 간다.

비행기 안에서 내다보는 까마득한 육지가 마을 놀이터만 해 보이는 것을… 그 우람한 아파트 건물이며 빌딩들이 꼭 성냥갑 세워놓은 것 같았다.

끝없는 눈밭 위로 하늘은 새파랗고, 구름 위가 꼭 하얗게 눈 덮인 설원 같았다. 또 다른 세상에 간 듯한 그런 느낌이었다. 구름 사이 파란 하늘은 호수 같기도 하고 긴 강 같기도 했다.

옆 좌석에 젊은 엄마는 대여섯 살 되어 보이는 아이 둘을 데리고 친정에라도 가는 것인지 자연스럽고 익숙한 폼이었다. 나는 50여 년 만에 타 보는 비행기인데 저렇게 어린 애들도 쉽게 타는 것을….

1박2일 여행 일정이 짧으니 대충 몇 군데 가이드 안내에 따라 버스로 다니며 관광을 했다. 어렵게 간 제주도라서 하루 만에 돌아간다는 것이 매우 아쉬웠다.

그 짧은 여정에 가는 곳마다 이것저것들 쇼핑하느라 정신들을 뺐지만 난 아무것도 사질 않았다. 제주도 귤도 서울에 지천이고 옥돔도 가락시장 가면 널려 있는데 무얼 여기서부터 사나 싶어서 안 샀다. 지역 경제를 생각하면 팔아 주기도 해야겠지만…

그렇게 그곳에선 아무것도 사 온 것 없이 와 동네에서 귤을 사려고 알아보니 며칠 사이 귤 값이 엄청 올랐었던 것을 모르고 제주 귤이 비싸다고 안 사 왔더니 그곳이 싸긴 쌌었다.

"에라, 모르겠다." 하고 맨손으로 집에 들어갔더니 애들이 대뜸 그러다 "아빠 엄마는 제주도 갔으면서 귤도 하나 안 사왔어요?" 우리 아이들한테는 너무 미안하긴 했다.

1995년 4월 5일
대책 없는 주행 연습 / 1,398,850원

어제 어머님 모시고 오산에 내려간 김에 오늘은 운전 연습이나 해보겠다고 막내 동서와 어린 조카를 태우고 동리 안길을 겨우 두 바퀴 돌아보고는 큰 사건이 벌어졌다.

커브를 도는 과정에서 앞서가는 노인을 피한다고 핸들을 돌렸는데 너무 속력이 빨랐던 지라 휙 돌면서 핸들을 미처 못 풀어 차가 논으로 향하기에 브레이크를 밟는다는 것이 엑셀을 밟아서 부~웅 하고 차가 논바닥으로 나르듯 미끄러지며 내려갔다.

순간 나는 "아이쿠! 사고가 나는구나!" 했고 뒤에 있던 임산부 동서도 깜짝 놀라 소리를 질렀지만 의외로 우린 어이없는 상항 속에서도 그렇게 놀라운 기분은 아니었다. 바로 옆 밭에서 일을 하고 있던 남편과 시동생이 깜짝 놀라 달려왔다. 그이는 화가 나서 나를 보고 어쩔 줄을 몰라 하며 화를 버럭 냈다. 어린 조카와 임산부인 동서를 태운 상태에서 벌어진 너무도 황당한 일이었으나 뒷좌석에서 잠든 조카는 그대로 잠자고 있었고 산일이 얼마 안 남은 동서 또한 태연했다. 가만히 생각해보니 정말 아찔한 일이었다. 자동차가 뒤집어지지 않고 똑바로 내려갔다는 것도 도저히 있을 수 없는 황당 사건이었다.

1995년 5월 1일
누구의 잘못인지 / 2,031,800원

며칠 전 대구 지하철공사장 가스폭발로 등굣길에 수많은 어린 학생들과 지나던 시민과 차량들이 무참히 죽음을 당한 엄청난 사고가 있었지만 오늘도 어김없이 해는 뜨고 지고 집집마다 담장 너머 줄장미는 흐드러지게 피고 녹음이 짙어만 가는 것이 올봄 유난히도 내 마음을 아리게 물들어 온다.

아직도 그 사건이 TV에서며 신문지상에서 크게 보도되고 있지만 지난해 성수대교 참사며 아현동 가스폭발 사고 때처럼 몇 개월이 지나면 우리는 또 망각의 강으로 그들을 떠내려 보냈는가 했는데… 늘 그러했듯이 또 그런 일이 일어나다니, 너무도 어처구니없다. 억울하게 죽어간 우리 어린 학생들! 누구를 붙잡고 한탄해야만 할까? 그 부모들 마음을 생각해볼 때 너무도 내 마음이 아프다. 눈가림공사, 철저하지 못한 안전 대책, 대충 넘겨보겠다는 안일함, 이러한 일들이 결국 또 그런 엄청난 사고를 만들어낸 것이다.

언제나 안심하고 살 수 있는, 믿을 수 있는 그런 대한민국이 될지 그저 암담한 기분이다. 복합적인 여러 다양한 문제들 과연 언제쯤 잡힐까?

1995년 6월 2일
세대가 교차되는 과정 / 2,487,890원

우리 동네에서 옛날부터 함께 살고 계셨던 아랫집 친척 할머니가 갑자기 돌아가셨다.

내 생각은 갑자기 돌아가신 것 같았지만 알고 보니 몇 해 동안 심장질환으로 괴로워하셨다고 했다. 그러면서도 늘 일하시는 모습을 보아왔고 말없이 지내 오셨으니 우리들은 알 수가 없었다.

우리 어머님과 비슷한 연세로 매번 집안에 큰일이 있을 때면 나에게도 큰 의지가 되셨던 어른이시다. 왠지 마음이 너무 쓸쓸하다.

한 분 한 분 어른들이 자꾸 떠나시고 나와 그이가 어른이 된다는 것이 두렵기만 하다. 언제까지고 어른들이 살아 계실 수는 없는 것인데…. 사람의 한평생이 긴 것 같기도 하지만 너무도 짧은 것 같다.

1995년 6월 5일
어려운 사돈지간

며칠 전에 들여놓은 소파 구경하겠다고 언니와 분당 사는 조카딸과 아이들이 왔다.

언니, 조카딸, 이모 우리 셋은 소파는 핑계고 오랜만에 만나서 한참 왁자지껄 신나게 수다를 떨고 있는데 소리 없이 현관문이 열리더니 생각지도 않았던 시어머님이 막내 아들 내외를 데리고 오셨다.

아니! 어머님이 오셨는데 순간 얼마나 당황하고 놀랐던지… 언니와 조카는 더 놀라는 눈치였다.

참으로 편편치 않은 관계가 사돈 관계의 만남인 것 같다. 오후 8시쯤에 조카사위도 왔다.

우리 시어머님 오신 줄 모르고 퇴근 후 이모네로 와서 함께 가자고 했던 모양이다. 얼떨결에 두 사돈들이 만나니 식사 준비하느라고 나는 정신이 없었다.

알고 보니 어머님이 내일 아침에 설악산으로 여행을 떠나시는데 여행 출발 장소가 서울이라서 갑자기 올라오신 것이다.

1995년 6월 23일
최신형 컴퓨터 맥킨토시

병곤이 컴퓨터를 사주었다. 그림 그리는 사람한테는 꼭 필요한 기종이라 가격이 훨씬 비쌌다.

그 애가 원하는 대로 부품을 모두 갖추려면 400여 만 원 든다고 했는데 아직은 초보라서 지금 단계로도 충분하다며 파는 분도 권장을 안 하셔서 오늘 구입한 가격은 350만 원 들었다.

사장님이 양심적으로 솔직하신 분인 듯했다. 거금 들여 사주었는데 과연 병곤이가 이 컴퓨터로 그림 공부를 얼마나 하게 될는지….

사랑은 내리사랑이라지만 아이들한테 투자는 아까운 줄 모르고 했는데 어머니를 따님이 있는 호주로 보내 드리는 일엔 왜 그리 쉽게 되지 않는지….

1995년 7월 1일
삼풍백화점 붕괴 (어이없는 참사) / 2,507,790원

참으로 어이없는 일이 또 벌어졌다. 며칠 전(6월 29일)에 강남에 있는 삼풍백화점 붕괴사고가 났다.

연일 TV 뉴스에서는 구조 작업 실황 중계를 보여 주었고 그야말로 아수라장 난리판을 안방에서 보며 세상에 이런 일도 있는가? 기가 막혀 말이 나오질 않았다.

어이없게 죽어간 수많은 사람들의 목숨을 하늘의 뜻으로, 운명으로 돌리기엔 너무도 분통 터지는 일이다.

언제쯤이면 이 나라에 질서가 잡히고 모두모두 정직하게 법을 지키면서 부정 없고, 양심에 가책 없이 서로 믿고 살아갈 수 있는 세상이 올는지….

우리는 너무 쉽게 잊어버리는 버릇들이 있다. 무슨 일이 터지면 펄펄뛰면서 어쩌구 저쩌구 금방 무언가 바로잡을 듯 법석을 떨고 있지만 얼마 안 가서 또 흐지부지 도루묵이 되고 만다.

요 몇 년 사이에 그 크나큰 대형 사고를 수차례 치렀으면서 또 이렇게 어마어마한 일을 당해야 하다니…. 설마가 사람 잡는다더니 그 말이 정말 가슴 깊이 와 닿았다.

1995년 8월 13일
남편 친구 모친 팔순연 / 2,181,470원

남편과 아주 친한 친구 김ㄱ동 씨의 어머님 팔순 잔치라 해서 우리 함께 갔다. 가서 보니 동창들이 보이질 않아서 우리 그인 왜 친구들이 안 보이느냐 물으니 폐가 될까 봐 알리지를 않았다고 했다.

즉석에서 그이가 동창 몇몇 분들한테 전화를 했더니 여러 친구가 바로 찾아들 왔다.

그이는 그 친구들과 자리를 같이 했고 나는 몇 년 전 지리산 종주 당시 멤버들과 만나 어울리고 있었다.

요즘은 장수연의 회갑 잔치나 고희연 및 팔, 구순 잔치를 치르지 않는 추세이고 보니 초청도 서로 폐가 된다는 이유로 안 하고들 있지만 그래도 가까운 지인들끼리는 서로 부담 없이 찾아가 축하해 드려야 할 것 같다.

1995년 9월 7일
새로 생긴 명절 효도 보너스 / 2,466,520원

살다 보니 별일도 다 있다. 올 추석엔 효도 보너스란 명목으로 본봉의 50%인 60여 만 원이 더 나왔다. 앞으로는 계속 명절 보너스가 있을 거란다. 오랜만에 본인이 직접 받아 와서는 어머니 드리라고 30만 원, 나에게도 20만 원, 본인은 10만 원씩 분배를 했다. 며칠 전에 그이가 나에게 말했었다. 이번에 추석 보너스가 나오는데 그것은 명절에 쓰라는 효도 보너스이니 전부 어머니 드리자고 했었다.

생각지 않았던 돈 생겼을 때 "그래! 효도 좀 해보자!" 나도 찬성을 했었다. 물론 추석 차리자면 이달애도 난 또 적자를 내야 할 판이지만 웬일로 나에게도 그 돈을 나누어 주니 그동안 마음이 바뀐 모양이다.

하긴 몽땅 어머니에게만 돈을 드렸다면 나는 좀 섭섭했겠지!
선생 마누라 노릇하며 처음 받아보는 보너스인데….

1995년 10월 21일 토요일
우리 가족사진 / 1,371,910원

강남에서 사진관을 하고 있는 남편 제자가 이달까지만 하고 사진관을 넘기니 그 안에 선생님 가족사진 한 장 찍어드린다고 진즉부터 오라고 했었는데 식구들이 모여 나가려니 서로 시간이 맞지 않아서 아직 못 갔었다.

간신히 이번 주로 시간 내어 약속을 잡았다. 사진을 찍으려니 애들 의상도 마땅치 않아 새로 구입했고 나도 신경 좀 쓰다 보니 가족사진 찍는 것도 만만치는 않았다.

아침부터 서둘러 무슨 영화 촬영이라도 하러 가는 듯 부산을 떨고는 집을 나섰다. 하긴 대충 세우고 "찍습니다, 찰칵!" 하는 줄 알았더니 모델 사진 찍듯 이리 보고 저리 보고 한참을 꼼꼼하게 신경 쓰더니 찍었다.

역시 강남 스튜디오라 다른 듯했다. 정성 들여 찍기는 했지만 모델들이 어떨지…. 요즘엔 사진기술이 좋아서 선생님 얼굴 내 얼굴의 잡티들도 모두 없애고 10년은 젊은 모습으로 멋지게 만들어 준다니 큰 기대가 되었다.

1996년 1월 24일
남편 중국 여행 / 2,491,480원

남편이 내일 우리회 팀들과 처음해보는 해외여행, 중국을 가신다. 광주종고에서 함께 근무하셨던 분들의 모임으로 그동안 자주 모이시더니 지난 1년 동안 5만 원씩 여행비를 모아들 오시더니 그 돈에 맞추어서 60만 원으로 2박3일 중국 상해를 향해 떠나시는 것이다.

그동안 여행자금 5만 원씩은 매달 농협에 가서 내가 총무일 보시는 장ㄷ식 선생님께 송금해 드렸었다. 이번 여행 용돈으로 50만 원 드리고 이김에 겉옷이랑 이것저것 샀다. 남편도 제주도 빼고 처음 가보는 해외여행인지라 아마 설레었을 것이다. 다음번에는 더 많이씩 저축해서 부부 동반으로 여행 가면 좋을 텐데….

1996년 5월 12일
임씨 시조 사당 참배 / 2,049,660원

종친회에서 청양 칠갑산 근처에 있는 임씨들 도 시조 사당으로 참배하러들 갔다. 도 시조 사당이 초라해 보일까 봐 어른들이 걱정을 했었는데 너무 길가이긴 했지만 조용하고 한적한 곳이었고 사당 관리도 잘하고 있는 듯해 마음이 놓였다.

지난해에는 임경업 장군 묘소와 그분 사당이 있는 충주엘 갔었다. 금년은 진행 코스 중에 칠갑산 산행 코스도 넣어 다녀오려 했었는데 연로하신 어른들과 어린아이들 때문에 산행은 취소되었고 삽교천을 들렀다. 나는 칠갑산을 간다 해서 좋아했었는데 좀 아쉬웠다. 그 많은 식구들이 삽교천 횟집에서 비싼 회로 저녁 식사를 했으니 종중의 비용도 많이 들었을 것이다.

오늘 조상님 참배 덕분에 즐거운 여행도 했고 비싼 식사도 했지만 돌아오는 길이 어찌나 정체가 되던지 즐거움보다는 매우 짜증스러웠다.

1996년 9월 26일
추석 한번 쇠러 가보았으면 / 3,368,460원

새벽같이 서둘러 내려간다는 것이 아이들이 꿈지럭대는 바람에 오전 6시쯤 떠났는데 연휴가 길어서인지 길이 정체가 너무 심해 오산가는 데도 2시간이나 걸렸다.

오늘 시장 봐서 차리기도 바쁠 판에 혹시나 했더니 역시나로, 송편 재료 떡가루도 안 빻아 놓았으니 정말 난감하다. 이럴 때면 정말 속이 상하다.

어제쯤 미리 빻아 놓았다가 내가 시장 볼 동안 동서들은 집에서 송편을 만들고 있으면 훨씬 일이 빠를 터인데 시장이야 매번 내가 보아왔으니 오전이 되건 오후가 되건 아무 때고 내가 할 일이지만 명절 전날 바쁜 시간대에 줄을 서서 떡쌀 가루 빻기 위해 기다리는 일, 매번 명절 전날 줄을 서서 기다리는 방앗간을 찾을 때면 정말 짜증이 난다. 나도 한복 곱게 차려 입고 준비 다 한 큰댁으로 명절 한번 쇠러 가는 그런 입장 좀 돼 봤으면 좋겠다.

1996년 9월 27일
조카 돌상 / 3,368,460원

오늘은 추석! 오후에는 병욱이 돌상까지 차렸다. 그 녀석 원래 돌날은 30일인데 그날까지 형제들이 모두 있을 수도 없고 해서 오늘 그냥 치르기로 했단다.

외부 손님을 초대하는 것도 아니고 몇 가지 음식 더 장만하고 신경 조금 더 써서 상 차려주고 사진 찍어 주면 되니까. 추석 상차림 경비가 나는 그래서 조금은 더 들었지만 두 가지 일을 하니 큰엄마 생색도 낼 수가 있었다.

올해는 우리 엄마 산소에 성묘나 가볼까도 했었는데 병욱이 상차림 하느라 나설 수가 없게 되었다.

하여튼 내가 나서기는 이런 일 저런 일이 생겨 예나 지금이나 쉽지가 않다. 둘째 동서네는 이번엔 내일 친정엘 갈 모양이었는데 막내 시동생네가 갑자기 서둘러 오늘 처가엘 갔다. 오후엔 시누이들이 올 텐데… 막내 시동생이 장가 가기 전에는 누나들 오기 전에 작은형 처갓집 가는 것을 달갑게 생각 안 한 듯 했었는데 자기도 막상 장가 가 보니 어쩔 수 없는 모양이다. 부여까지 가는 길도 엄청 막히는 듯하던데 엎드러지면 코 닿을 곳이 차가집인 큰형만 장인, 장모, 돌아가셔서 안 가도 되니 늘 본가에서 연휴를 꼬박 보내고 있다.

1996년 10월 1일
남편 유럽 여행 / 1,426,490원

남편이 오늘 유럽 여행을 떠나셨다. 100만 원 해드렸는데 부족할지, 넉넉할지…. 이번에 함께 여행 가시는 황ㄷ기 선생님 아드님이 두 분을 공항까지 모셔다 드린다며 우리 집을 들러서 가셨다.

올해는 중국 상해도 가셨었고 이번엔 유럽까지, 남편한테는 신나는 해인 것 같다. 지난번 중국 여행 때 사진을 보니 너무 의상이 우중충하고 늙어 보여 이번엔 원색의 T셔츠도 몇 개 사고 그야말로 멋져보이게 꾸며드리고 싶었는데 여의치 않아 마음대로 되지 않았다.

그이나 아이들 멋지게 꾸며줄 때가 내 기분은 제일 좋은데 이번 여행은 좀 더 밝고 경쾌한 기분으로 유럽을 누비고 왔으면….

다음 날 잘 도착했다는 전화를 받았다. 영국에 도착 즉시 그곳에 살고 있는 조카딸애와도 통화를 했더니 밤에 호텔로 이모부 뵈러 부부가 올 것이라 했다. 그런 줄 알았다면 선물을 준비해 보냈으면 좋았을 걸! 이내 마음에 걸렸다. 그곳 날씨가 춥다 해서 걱정했었는데 춥지 않다니 감기가 악화되진 않을 듯해 마음이 놓였다.

10월 4일 그이가 유럽 여행하는 동안 나는 언제인가처럼 구의동 삼총사가 국내 여행 1박2일이라도 했으면 하는 바람이 있었지만 화창 형님네는 집수리에 들어갔고 이래저래 혹시나가 역시나가 되었다.

그래서 반포에 살고 있는 이종사촌 언니한테 우리 언니 집에 놀러 가자고 했다. 친손녀 맞이한 이야기도 들어볼 겸 세 여자가 모여 이런저런 수다 떨다 보니 밤이 깊어 오랜만에 속 편히 언니 네서 그냥 자기로 했다.

언니들은 이제 내일이면 환갑 나이가 되었다고 배짱도 세져서 형부들 눈치도 안 보는 듯했다.

1996년 11월 7일
스카프와 장미 꽃바구니 / 2,114,830원

어제는 내 생일이었다. 시치미 떼고 나는 화창 형님과 관악산엘 갔었다. 낮에 같이 다니면서도 형님도 아무 내색 없었는데 밤에 누가 벨을 눌러 나가니 화창 형님이 장미꽃을 사다 주고는 곧바로 가셨다. 내 생일을 알고 계셨던 듯했다. 그이는 그제서야 내 생일을 안 듯했었다.

남식이 부부가 어제 오려 했다가 내가 없어서 못 왔다고 오늘 을현이와 셋이 왔다. 이모 생일선물로 얼마 전에 결혼한 남식이 처조카

며느리는 스카프와 장미 꽃바구니를 사 왔고 조카딸 을현이는 예쁜 속옷을 사왔다. 조카들 덕분에 이모가 멋쟁이 되었다. 내 생전에 생일날 꽃바구니 선물은 처음이다.

언니가 영국 가고 없어서 애들끼리 지내고 있는데 반찬은 제대로 해먹는지… 불고기 재운 것 조금 싸고 총각김치 등등 조금씩 챙겨서 가는 길에 들려 보내니 마음이 조금 편했다.

이모라고 애들끼리 있는데도 무엇 하나 챙겨주지 못해서 미안했었다. 아이들 가는 모습 배웅하고 집에 들어오니 화창 형님이 주고 간 장미꽃과 조카며느리가 주고 간 장미꽃바구니에서 그윽한 향기가 집 안을 맴돌며 내 코끝에 와 닿는 듯했다.

11월 15일 군대에서 병곤이가 진즉부터 보내 달라고 한 것이 있었는데 이제껏 보내주지 못했다. 그림물감과 붓! 그 녀석 그림 솜씨를 인정받아 군대 홍보물 같은 것을 가끔씩 그리는 듯했다.

제가 좋아하는 일이니 군대에 갔어도 저 좋아 하는 일을 할 수 있어 나는 너무 감사했다. 며칠 전 전화로는 속옷과 장갑, 여드름약도 함께 보내주면 좋겠다고 했었다. 오늘 장갑을 사러 몇 군데를 가도 장갑이 아직 나오지 않았는지 없었다. 자양시장을 돌다가 지난해 팔다 남은 것 있는 집이 있어서 간신히 구입해 집에 와 모두 한꺼번에 포장해 우체국에 가서 소포로 부쳤다. 편지도 함께 넣었다. 올가을엔 동해안 무장공비 침투사건으로 유난히 군인들의 고생이 많았고 긴장의 연속이었을 것이다. 우리 아군의 피해도 컸다니 군대 보낸 부모들 가슴이 얼마나 애가 탔었을까?

우리 병곤이는 잘 지내고 있다니 희생당한 장병들을 생각해서라도 보고 싶은 마음쯤은 참아야 했다.

1996년 12월 22일 일요일
외사촌 회갑연 / 3,012,300원

시어머님 친정 장조카 회갑 잔치에 다녀왔다.

내가 듣기로는 그 시아주버님은 자랄 때 학교도 못 다녔고 결혼 후에도 경제적인 생활이 너무 힘들어서 많은 고생을 하며 살았다는 이야기를 들었다.

설상가상으로 얼마 전부터는 뇌출혈로 몸까지 잘 못 쓰며 힘들게 나날을 보내신다고 했다.

그 와중에도 아이들만큼은 밝고 성실하게 키워 아이들 역시 대학진학은 못 했지만 모두들 똘똘해서 취직도 잘했고 스스로 부모 도움 없이 결혼도 하고 친정 부모도 잘 챙겨 드리면서 오늘 회갑 잔치도 그 아이들이 서둘러 차려 드리는 것이라 했다.

나름대로 행복해 보이는 그 가정을 보면서 세상살이 그래도 참 공평하다는 생각을 잠시 해보았다.

1997년 1월 1일
제야의 종소리 / 3,074,860원

또 새해가 왔다. 왜 이렇게 세월이 빠른지…. 어머니도 호주에서 큰따님과 새해를 맞이하시는군! 꽤나 이곳이 궁금해서 오시고 싶을 텐데….

벌써 가신 지 두 달이 훨씬 넘었다. 국내가 아니라 전화통화도 쉽게 못하니 막막하고 답답함에 지루하실 것이다.

어제 마지막 날을 보내며 TV 화면으로나마 제야의 종소리를 듣는 기분이 늘 허전함과 설렘의 엇갈림이었다.

어제도 막내 녀석은 친구들과 종소리를 직접 듣는다고 보신각엘 나갔었다. 나름대로 느끼는 감정은 다르겠지만 가는 세월, 오는 세월 또 시작되는구나.

1997년 1월 23일
임일회 속초 부부 여행

어제 우린 비행기를 타고 속초로 1박 2일 여행을 갔다.

우린 모이면 항상 즐겁다. 어제 출발지 김포공항에서도 너무 즐거워 웃느라 정신없이 시간을 보내며 비행기에 탑승을 했다.

우리나라 산야는 참 아름답다. 실개천 같은 강줄기와 겹겹이 쌓인 산자락 능선들! 그리고 너무도 오밀조밀한 우리나라 지형들! 구름 한 점 없는 어제 비행은 정말 환상적이었다. 어제오늘은 정말 즐거운 날들이다.

대충 준비해 갔던 우리 집 반찬으로 어제 저녁은 잘 때웠고 강릉인가 어딘가에 사신다는 친구 내외분이 밤에 친구들을 만나본다고 우리 숙소에 찾아오시면서 새우랑, 문어랑 잔뜩 사 오셔서 우리는 생각지도 않았던 포식을 했다.

그 친구를 대학 졸업 후 처음 만나는 분들이 많아 너무너무 반가워하면서 옛이야기들을 나누곤 했다. 밤늦게 그 친구분은 가셨고 아쉬움을 남긴 채 그렇게 하루가 갔다.

오늘 아침도 어제 먹다 남은 반찬에 콩나물국만 끓여 간단히 때우고 대충 해결했으니 두 번 식사비 적어도 30만 원은 절약되었을 것 같다. 모두가 알뜰하고 성실한 사람들이라서 우린 더욱더 뜻이 맞는 편한 모임인 것 같다.

오늘 점심은 대포항 부두에서 회를 사 먹었는데 그 맛이 일품이었다. 기분이 좋으니 맛이 없을리 없지! 이동 구루마에서 트롯트 음악을 크게 틀어놓고 커피 팔던 별난 아저씨도 우리의 흥을 돋는 데 한몫을 했다. 커피 한 잔에 500원 하는 믹스 커피 사 마시며 우리의 흥은 한동안 이어졌다.

우리가 잘 놀아주어 커피 2잔 값 깎아 주었다는 마음이 멋쟁이인 그 아저씨는 알고 보니 그곳 명물이란다. 우리들도 명물인데… 명물과 명물들이 만나 흥을 냈으니 정말 볼만했던 라이브 쇼이었다.

우리 모임은 항상 알뜰하게 다니면서도 즐거움은 더 크게 만드는 재주꾼들이다. 여행은 누구와 다니느냐에 따라서 즐겁기도 하고 오히려 스트레스를 받을 수도 있다는 생각이 들었다.

앞으로도 만나면 즐겁고 헤어지기 싫은 임일회 부부 모임이 영원하길 바라면서 우리는 돌아와 다음을 또 기약하며 헤어졌다.

1997년 1월 29일
언니와 제주 탐방

남편은 남해로, 나는 조카 덕분에 이번에 언니와 제주도로 2박3일 여행을 떠났다. 지난해 조카가 회사에서 실적을 올려 포상으로 제주도 여행권 2장을 받아서 제 엄마와 이모 여행을 보내주는 것이다.

지난해에 남편 고등학교 동창 모임에서 1박2일 갔을 때가 내 평생 처음 비행기도 타보았고 제주도에도 가본 것이다. 그때는 일정이 바쁘다 보니 어디를 갔었고 무엇을 보았는지 기억도 없었다.

이번에는 제대로 구경도 하고 사진도 많이 찍어야지! 하고 마음을 먹었다. 제주에 도착해 우리가 묵을 호텔에 가서 언니와 내가 있을 방을 찾아가니 앞에 바다가 훤히 보이고 전망이 아주 좋아 그냥 감탄사가 연실 나왔다.

오늘은 하늘도 맑고 푸르러 한층 더 바다가 아름답게 보였다. 가끔씩 이런 곳에 와서 쉬었다 갈 수 있는 여유가 있다면 얼마나 좋을까!

오늘은 자유시간이라 해서 방에서 언니와 수다 떨다가 오후 3시쯤 나가서 점심을 사먹고 근처에 있는 시장도 두루두루 다니며 구경했고 간식거리 조금 사갖고 호텔로 돌아왔다. 때가 돼도 밥 걱정 안 해 좋고, 청소 걱정, 안 해도 되니 며칠만이라도 한번 왕비처럼 우아하게 호텔 생활하다 갈 것을 생각하니 그냥 좋았다.

1월 30일엔 아침은 호텔 식당에서 먹고 9시쯤에 렌트카 기사가 와서 다른 장소에 묵고 있던 일행 2팀과 우리 호텔에 3팀 모두 10명이 오붓하게 구경을 다니게 되었다. 초등학교 5학년이라는 딸과 2학년짜리 아들 남매를 데리고 온 40대 젊은 부부와 언니, 형부 연세쯤으로 보이는 60대 부부 우리 또래 부부 그리고 우리 자매! 그렇게 며칠간 함께 행동하게 된 식구들이다.

지난번에 친구 모임에서 갔을 때 미처 보지 못했던 장소를 여러 군데 가보았다. 일회용 카메라로 기념사진도 많이 찍으며 자매가 추억을 만들기에 바빴다. 일기예보에는 오늘 비가 온다 했는데 우리가 구경 다니던 낮 시간은 날씨가 좋더니 호텔로 돌아오는 시간에는 비가 조금씩 뿌렸다. 언니가 나서면 비가 오다가도 그친다니 그 말을 믿어볼 수밖에…

1월 31일, 언니 말이 맞았다. 밤새 비가 많이 왔는지 도로 위에 물이 고인 곳이 있었지만 오늘 날씨는 어제보다도 더 쾌청했다. 하늘도, 길도, 바다도 더 맑고 선명하게 깨끗해진 제주였다. 바람도 없이 따사로운 초봄의 날씨였다.

조금 높은 고지에는 또 눈이 하얗게 뿌려 있었다. 낮은 지대에서 내린 비가 그곳은 눈이 되어 내렸는가 보다. 얼마 되지 않은 거리에서 봄과 겨울을 동시에 만난 기분이다. 올 겨울에는 나무에 내린 눈을 아직 못 보았었는데 제주에서 보았다.

설악산에서도 나뭇가지에 눈은 거의 녹아 있어서 많이 아쉬웠었는데….

군데군데 노랑꽃들이 핀 밭들이 있어서 그것이 유채인가 했더니 그 꽃은 배추꽃이라 했다. 유채는 아직 어렸다. 4월이 돼야 유채꽃이 사방에 만발한다고 했다. 새까만 돌 울타리 속의 노란 꽃이 한 폭의 그림같이 보였다.

아쉽지만 내일은 다시 일상으로 돌아간다.

이번에 남식이 덕분에 제주 구경 골고루 잘했다.

남편은 남해로… 나는 제주로… 요즘 같이만 산다면 살맛 날 듯했다. 한동안 제주의 그림 같았던 풍광들이 눈에 아롱댈 것만 같다.

1997년 2월 8일
세뱃돈 / 2,972,880원

이번 설 명절은 어머님이 호주 가고 안 계시니 세배를 받기만 했다. 어머님께는 아침에 남편이 대표로 문안 전화를 드렸다.

어머니 계실 때는 윗집 꼬마들이 일찌감치 몰려와서 세배 드린다며 이 사람 저 사람한테 세금을 톡톡히 걷어가더니만 이번에는 점심때가 돼도 나타나지 않아 올해는 건너뛰나 보다 했다. 웬걸! 제 엄마 따라왔던 한 녀석한테 남편이 세뱃돈을 주었더니 그길로 달려가

소문을 냈는지 한꺼번에 우루루루 한 열 명이 세배를 한다며 달려왔다. 할머니 안 계시다니까 안 오려 했던 듯한데 세뱃돈 줄 사람 있는 것을 알고는 바쁘게 온 표정들이었다.

며칠 전에 기껏 세뱃돈으로 쓴다고 천 원, 오천 원, 만 원 신권으로 바꾸어다 놓고 깜빡하고 갖고 오지 않아서 오늘 잔돈이 없어 천 원 줄 놈도 오천 원, 오천 원 줄 놈은 만 원, 남편은 절 받기 바쁘고 나는 돈 꺼내 주느라 정신이 없었다. 요즘 애들이 왜 그리 영악해진 것인지…

설날이면 대목이라도 만난 듯 돈 벌 궁리만 하는 것 같다. 돈 없는 사람들은 어디 세뱃돈 무서워 명절 쇠러도 못 갈 것 같다.

우리는 친척이 별로 없으니 얼마 되진 않지만 친가, 처가, 명절에 가려면 가장들 세뱃돈으로 들어갈 체면 유지비만으로도 어깨가 무거울 것 같았다.

2월 9일, 어제는 정작 우리 애들한테는 세뱃돈을 못 주었다.

이번에는 나도 아이들 기분 좀 맞추어 주느라 서랍에 두고 쓰지 않았던 신권을 꺼내서 만 원, 오천 원, 천 원, 세 장씩을 현경이와 병찬이에게 주니 두 녀석 입이 찢어졌다. 신권이라 기분이 두 배로 좋은 모양이다.

1997년 2월 24일
학자금 융자 앞으로 4회면 그것도 끝

엊그제 학자금 4,350,000원을 또 받아다가 현경이 1,917,500원 병찬이 2,459,500원 등록금을 오늘 모두 냈다. 학자금 대출도 총 16번 받을 수 있는 것인데 그동안 병곤이가 4번, 현경이가 5번, 병찬이가 3번 이미 받았으니 이제 그것도 네 번만 받으면 끝이다.

앞으로 아이들 등록금 내려면 세상없어도 미리미리 저축이라도 해두어야 할 터인데 걱정스럽다.

그 녀석들이 장학금 받아올 리는 없을 테고, 졸업 후 2년 뒤부터 갚아나간다지만 결국은 학자금 대출상환도 우리가 갚게 될 것이다.

앞으로 갚을 일도 문제이다. 아이들이 졸업 후 2년 뒤부터는 보너스 달마다 세 녀석 몫이 빠져나갈 텐데 그땐 또 어떻게 생활해야 할런지….

그럴지라도 빚을 져 가면서도 아이들한테 드는 것은 아깝지 않으니 이것이 부모 마음이겠지!

1997년 3월 15일
남편 대학교 은사님 정년퇴임 / 2,904,380원

남편의 대학 은사이신 이○하 교수님 정년퇴임식 날이다. 근래에 그분이 제자들 마음을 섭섭하게 행동하신 일이 있어서 교수님 괘씸죄로 오늘 참석도 모두 안 하겠다고 남편 동기들이 말도 많았었는

데 막상 그럴 수는 없었는지 뜻밖에도 부인들까지 앞세워 부부 동반
으로 참석하여 축하를 해드리기로 뒤늦게 결정을 했던 것이다.

그분의 제자들 임학과 1기생인 남편의 동기들로 엮어진 임일회원
중에는 은사와 같이 머리도 희고 어떤 제자는 은사님보다 더 늙은
제자도 있는데 그렇듯 같이 늙어가는 제자들이 한복까지 곱게 차려
입은 부인들과 함께 부부동반으로 은사님 퇴임식에 나타난 모습을
보고 참 보기 좋은 모습이라고 본인은 물론이고 그 자리에 참석한 사
람들 모두들 생각했을 것 같다.

어떠한 일로 그분이 제자들 마음을 섭섭하게 했는지는 잘 모르
나 어쨌건 그분도 오늘은 많은 생각해 보셨으리라 믿어보고 싶었다.

제자들의 앞날을 스승님이 챙겨 주셨어야 함을 아시고 후배 사
랑도 중요하지만 제자 사랑이 후배 사랑보다 앞서야 된다는 스승의
도리와 책임감도 있다는 것을 느껴보실 수 있는 퇴임의 자리였다면
사제 간의 정도 더욱 돈독한 뜻깊은 자리가 되었을 터인데….

1997년 7월 28일
군대 간 아들과 추억 만들기 / 2,953,020원

병곤이 생일이라서 아침에 미역국을 끓였다. 병곤이 말로는 요즘은 부대에서도 생일을 챙겨 준다고 했다.

남편 군대 이야기 들어보면 지금은 정말 편하고 쉽게 군 생활한다는 생각이 들었다. 내일은 9박10일로 그 애가 휴가를 온다. 휴가 기간 중에 오랜만에 우리 가족 올여름에 놀러가자고 현경이 병찬이와 약속을 했었다.

사실 아이들이 크면 제 친구와 가고 싶지, 아빠 엄마하고 가는 것 좋아하지도 않을 것이다. 그러나 이번엔 의미 있는 추억 여행을 만들어 보고 싶은 생각이다.

7월 30일, 우리 가족이 오늘 가까운 거리에 있는 제부도로 여행을 떠났다. 남들은 가족끼리 해외 여행도 많이 가더구먼…

며칠 전에 남편과 의견이 안 맞아 그나마도 못 갈 뻔했다가 힘들게 나서게 되었다는 것이 너무 속이 상했다.

남편이 어제쯤이라도 기분 좋게 어디로 어떻게 갈 것인가 하며 우리와 함께 의논이라도 해주었다면 이참에 아이스박스도 장만해 제대로 먹거리도 챙겨 가려 했었는데 왜 그런지 시큰둥하고 달갑지 않은 표정을 짓고 있어서 나와 아이들은 "내일 가긴 가는 것인가?" 기분이 상해 머뭇거리다가 결국 아무 준비도 없이 갑자기 오늘 아침에 "가자" 하며 남편이 말해 무조건 떠나게 된 것이다.

된장, 고추장과 밑반찬 두어 가지만 준비해서 가다가 고기나 사

갖고 들어가 구워 먹으려 했더니 가는 도중에는 정육점도 없었고, 슈퍼도 없어 먹거리를 사지 못해 섬에 들어가 우리들 쫄쫄 굶다 오는 것 아닌가 걱정을 했더니 하루 굶어 죽느냐고 오히려 아이들이 화를 내며 나를 안심시키는 것이었다.

썰물시간 맞추어 갔지만 물이 빠지는 동안 1시간 정도 기다려야 했다. 기다리는 동안에 둘러보니 그곳에 조그만 구멍가게가 한 군데 있어서 라면, 생수 참치 통조림을 샀다.

도중에 원두막에서 복숭아 참외 수북하게 쌓아놓고 팔고 있었는데 안 사고 지나쳐 온 것도 후회가 되었다. 뜻이 맞지 않으니 여러 가지로 손해였다. 갈지 말지 하다 떠나느라 준비 없이 가는 바람에 알면서도 어쩔 수 없이 비싸게 물건들을 샀고 그나마도 물건이 없어서 못 샀으니… 일단 속상함은 잊기로 했다. 섬에 들어가 텐트를 치고 갯벌에 나가 조개를 캐며 불그레 물든 석양 노을을 배경으로 사진도 찍었고 병곤이와 함께 우리 가족이 오붓이 모일 수 있는 그 순간을 나는 행복해했다.

과정이야 어찌 되었든지 캐온 바지락을 넣고 된장찌개를 끓이고 간단히 준비해간 밑반찬을 챙겨놓고 저녁식사를 모두들 맛있게 했다. 모기가 많아 텐트 옆엔 모닥불도 피우고, 시간은 밤 12시! 우리는 옹기종기 다섯 식구가 텐트 안에 누워 잠을 청하는데 저만치에는 바닷물이 다시 또 밀려와 우리의 귓전에서 맴돌며 철썩였다.

7월 31일 자리가 비좁아서 불편한지 병곤이와 병찬이는 나가서 자동차에서 잤다. 서울에서는 새벽에도 더워 잠을 못 잤었는데 바닷가라서인지 새벽녘에는 오히려 선선했다.

텐트 밖 아침햇살이 눈부시게 들어와 눈을 떠보니 남편은 언제

일어났는지 바지락 캐러 안 가냐면서 밖에서 재촉을 했다. 벌떡 일어나 오늘은 제대로 양말도 신고 바지락 캐는 삽이랑 비닐봉투도 준비해 갯벌로 나갔다.

이미 부지런한 사람들이 먼저 나가서 사방에서 조개 캐느라 정신들이 없었다. 갯벌은 어찌나 끈끈한지 발이 빠지면 쉽게 나오질 않아 힘을 주어야 했다. 아이들은 얼굴과 온몸에 흙 묻은 모습이 마치 땅강아지 같아 서로 쳐다보곤 웃었다… 오늘 아침엔 우리도 수확이 꽤 좋았다. 어제는 맨발로 다녀서 조개껍질에 베이고 상처도 많이 났어도 손으로 긁적긁적하면 조개가 나오는 신기함에 아픈 줄도 모르고 돌아다녔지만 그것은 장난이었던 것이 오늘은 도구를 갖추니 아침시간에 캔 양만도 한 말은 되었다. 아침식사엔 더 많은 양을 넣고 감자찌개를 해먹었다.

나무 그늘도 없고 뙤약볕이라 텐트 안이 낮에는 좀 뜨거웠으나 바람이 시원하니 그래도 집보다는 덜 더운 것 같았다. 우리가 아침에 조개 캘 때 금방이라도 우리를 덮치러 물이 밀려오는 듯해서 서둘러 나왔는데 오전 11시쯤에서야 완전히 물이 들어왔다.

그곳 서해 물이 완전 진흙물이라서 해수욕을 하려니 동해바다 옥수 같던 물만 생각나서 아이들도 나도 처음엔 들어가고 싶은 마음이 없었다. 돈 들여 진흙 팩도 하는데 몸에 이로울 테지, 하며 현경이와 내가 먼저 들어갔다.

맑은 물이건 진흙물이건 물속에 뛰어드니 역시 시원하고 좋아서 삼부자도 들어오라고 소리쳤더니 마지못해 따라 들어와서는 우리보다 더 좋아하며 계속 놀고 싶어 했다. 오후 3시가 되니 또 물이 빠지기 시작했다.

아쉬움을 남긴 채 우리도 그곳을 떠나왔다. 돌아오는 길은 정체가 심해 갈때 보다 갑절로 시간이 걸렸지만 차 안에서 아이들이 모두 한마디씩 했다.

"아빠, 우리 해마다 이렇게 여행 다니자."

나도 속으로 "방학이면 오산 집만 가지 말고 그렇게 하자고요."라고 거들었다.

8월 1일, 여행에서 돌아온 다음 날인 오늘! 남편은 또 오산에 가셨다. 나는 냉장고 수리를 해야 해서 어쩔 수 없이 못 내려갔다. 놀러 가기 전날 물을 얼려서 가려고 냉동실에 밤새껏 넣어 놓았었는데 아침에 보니 그대로여서 이상하다고 생각만 했었다. 다녀와 보니 냉장고속 김치며 반찬들이 모두 시어 버렸고 냉동실 음식들도 모두 녹아 물이 흥건했다.

잘 놀고 와서 톡톡히 벌을 받는구나 싶었다. 기가 막혀 곧바로 A.S 신청을 했더니 오늘 점검을 나온 것이다. 그러니까 남편도 아들 둘만 데리고 아무 말 없이 가신 것이다. 다행히 냉장고는 13,000원 들여서 잘 고치긴 했지만 음식들을 모두 버리게 되어서 난감했다.

옛날에 냉장고 없던 시절에는 어떻게 먹거리를 보관했을까?

8월 7일, 병곤이가 오늘 귀대를 했다.

이번에는 별로 맛있는 것도 못해 먹였는데 어쩌다 보니 귀대 날이 왔다. 그렇지만 우리 가족 함께 추억 만들기 여행은 다녀왔으니 그것으로 나는 흡족했다. 그 애도 그렇게 생각하리라 믿어보면서… 이제 또 포상 휴가가 있다니 머지않아 다시 나올 것이다. 그 녀석이 포스터 그리기 대회에서 1등을 했고 36사단장님한테 상까지 받았다니 너무너무 기뻤다.

나는 그 애를 믿는다. 그 녀석 그림에 소질 있어 언젠가는 우리에게 큰 기쁨 줄 것이라고. 설령 그렇지 않다 해도 부모는 끝까지 자식을 믿으며 희망이 있기에 그 힘으로 행복해하는 것이다.

1997년 8월 8일
대한항공 괌에서 추락 / 2,517,480원

엊그제 또 대형사고가 났다. 대한항공 비행기가 괌에서 추락해 많은 여행객들이 비명에 가는 가슴 아픈 사고였다.

친지들 모임, 친목 모임, 여름 피서 여행하려다 뜻하지 않게 당한 사고… 사람이 살고 있다는 것이 이렇게 허망할 수 없다.

여유가 있어서 해외 여행 자주 갔던 여행객도 있었겠지만 평생 처음 효도 관광으로 떠났던 알뜰 부모님들의 사연은 너무도 가슴 아픈 일이었다.

그뿐인가, 결혼을 앞두고 약혼 여행으로 떠났다는 예비 신랑, 신부! 사연들이 너무 구구절절해 이루 헤아릴 수 없는 아픔들을 연신 속보 방송으로 보며 안타까움을 어찌할 수가 없었다.

1997년 8월 12일
보리암의 절경

어제 아침 일찍 그 좋다는 남해 보리암을 가기 위해 동리 친구와 그의 이모님과 셋이서 1박 2일로 갔다. 가는 도중에 이곳저곳 들러 보리암에 도착은 늦은 밤이었다.

암자에서 하룻밤을 보내고 다음 날 새벽 2시쯤 되니 방문이 연신 드르렁 드르렁 여닫혔고 부시럭 부시럭 웅성웅성 소란해지기 시작했다. 새벽 3시 예불에 참석하려고 신도님들이 일어나 소란을 피우는데 우리도 끼적끼적 게으름을 피우다 일어나 몸과 마음을 가다듬은 후 예불에 함께 참석했다.

예불이 끝날 무렵 먼동이 트면서 날은 밝았지만 사방이 안개로 자욱해 뭐가 뭔지 하나도 보이지 않았다. 극락전에서 아침 공양을 하던 중에 얼핏 밖을 내다보니 안개가 걷히고 그 순간 보이는 경치란 그야말로 이곳이 천국 아닌가 싶었다. 나도 모르게 입에서 감탄사가 나온다.

공양하느라 바쁜 앞사람에게 그곳을 보라고 할 순간 다시 또 안개가 드리워져 아까 바로 조금 전 모습, 그 광경은 볼 수가 없었다.

오전 6시 공양 마치고 그곳을 떠나야만 하는 것이 얼마나 안타깝던지. 몇 시간 후에만 떠나도 모두들 그 광경을 볼 수 있었을 터인데… 아쉬움을 뒤로 하고 보리암에서 내려오는 길 또한 천상의 길 같았다. 어제 늦은 오후에 비가 부슬부슬 내리던 그 길을 오를 때도 그 어떤 방법으로도 표현할 수 없는 느낌을 받았었는데 오늘 이른 아침 안개 덮힌 산자락을 내려다보며 걷는 느낌은 구름 위를 걷고 있는 듯했다.

안개가 자욱해서 큰 나무들도 보이지 않았고 길옆에 우뚝 자란 풀들과 나지막한 나무만 보이면서 뚫린 산길이 정말 하늘과 땅을 이은 듯 묘한 신비함이 있었다. 보리암 새벽안개 길을 내려와 우린 다시 여수로 달려 돌산대교를 건너 향일암으로 갔다.

이곳은 돌산 갓김치로 유명한 지역이다. 향일암 또한 보리암에 뒤지지 않는 매력적인 암자(절)이었다. 향일암 경내에 들어가려면 한 사람씩 간신히 빠져나갈 수 있는 거대한 양쪽 바위틈으로 한 5미터쯤을 통과해야 했다.

그렇게 해서 대웅전엘 가면 그곳에서 해가 뜨는 절경을 본다고 한다. 참 신기한 일이다. 또한 저 좁은 바위틈 길로 어떻게 절에서 필요한 모든 물건들을 운반해 가는 것인지… 그리고 암반 위의 암자는 또 어떻게 지었을까?

몹시도 궁금해하면서 내려오는데 좀 내려오니 거기엔 다른 넓은 길이 또 있음을 알았다.

이번 여행에서는 차창 밖으로 아름다운 남해 바다의 오밀조밀함을 보았고 볼것이 많아 집 생각을 잊었던 날들이었다.

1997년 10월 12일
모범 동문이 되던 날

어젯밤 아빠친구 수정네서 자고 아침에 같이 서울엘 왔다. 연습림에서 동문회가 있기 때문에…

집에 잠깐 들려 야유회 차림으로 옷을 갈아입고 곧바로 건대로 갔다. 이번엔 많이들 못온것 같다. 10월은 원래 행사들이 많으니까

우리 임자회도 오늘은 빠지려 했었는데 우리부부가 모범 동문부부로 동문패를 받는다니 안갈수도 없고 민망하기도 하고… 사실 상을 받는다는 것은 참으로 부담스러운 일이다.

어쨌든 하루를 즐겁게 보내고 건대로 돌아와 그이가 우리 모두 앞세워 졸지에 우리집에서 뒷풀이를 했다.

어제부터 집을 비웠으니 부엌도 엉망이고 엉겁결에 술상보고 배추국 끓여 저녁을 내고 이런 경우 여자들 참으로 당혹스럽다

처음 대하는 후배부부도 한쌍계셨고 건대에서 집이 가까운 것이 흠이다. 그이같은 경우는 될 수 있으면 집에서 손님을 대접하는 걸 원칙으로 알아서 접대비야 물론 절약되지만 내가 귀찮은 경우가 종종 있다.

오늘도 다른 사람들은 뭐 하러 집엘 또 들어가냐고 하면서 그럼 간단히 칼국수나 먹고 헤어지자 하니까 그이가 막무가내 몰고 왔다.

우리집 근처에서 어떻게 그냥 보내느냐 이거겠지.

1997년 12월 11일
혼자 해본 걱정 / 3,052,410원

우리나라가 어쩌다 이 지경이 되었는지! 속으로 곪아 터지는지 모르고 국민 모두 흥청대며 살았으니! 환율은 자꾸 오르고…

불어나는 외채에 외국에서는 이제 우리나라에 투자하기를 꺼려 한다고 하고… IMF(국제통화기금)에서는 이런저런 협정 아래 돈을 빌려준다지만 빚 갚기도 바쁘고….

나는 내 가정이나 잘 꾸려 가면 된다고 믿어 왔건만 나라 꼴이 이 지경이 되니 죽어나는 것은 우리 국민들! 우리 같은 서민들! 국가를 한 가정으로 볼 때 빚더미에 올라앉아 이제 누가 돈 꾸어주는 것도 끊으려 하는 판에 그래서 집안이 박살 나는 이 판국에 철없는 자식 놈들 여전히 흥청대며 쓰고 다닌다니 나라가 거지이지 개인은 부자 란다.

돈은 모두 땅속에 숨겨두고 흔전만전 써대는 사람들이 있단다.

어디서부터 잘못이 있었을까? 며칠 후엔 대선이 있다. 과연 누구 를 뽑아야 어려운 이 정국을 잘 이끌어 갈는지 보잘 것 없는 주부인 나로서도 참으로 신경 쓰이는 일이 아닐 수 없다. (대선 후보자들: 이 회창. 김대중. 이인제. 김한식 등)

올겨울은 참으로 따뜻했다. 날씨라도 포근했으니 망정이지 IMF 한파에 강추위였다면 우리 국민들 얼마나 꽁꽁 얼어붙었겠는가.

올해는 봄, 여름이 와도 우리의 마음이 시릴 것 같다.

1998년 1월 17일
단출한 생일 / 3,632,540원

어젠 며칠 전부터 남편이 녹음기가 필요하다고 하여 용산 전자 상가엘 갔었다. 강습 중인 선생님들이 강의 내용을 녹음해서 집에 와서도 복습을 한다며 그이도 그렇게 진작부터 했어야 할 걸, 하며 하루가 급하다고 하시기에 병찬이를 데리고 소형 녹음기를 사러 나섰었다.

아이들을 데리고 가야 전자제품을 잘 고르고 바가지 쓰는 일도 없지… 역시 병찬이는 이곳저곳 잘도 찾아다니며 나를 안내했다.

여러 군데를 다니며 비교해보고 드디어 한 집에서 예상했던 가격보다 생각 외로 싸게 구입하여 집에 와 보니 동리에 사는 친구가 족발집으로 그이를 불러내 내일 부부 동반 여행을 함께 하자고 권유를 하였으나 도저히 상황이 떠날 수가 없다고 한듯 했다.

오늘이 그이 생신이자 대학 동기들 부부 동반 2박 3일 여행 떠나는 날이다. 그이는 나 혼자라도 다녀오라 했지만 공부하느라 신경 쓰는 남편! 더욱이 생일날 함께 있기라도 해야지 어떻게 간담, 얼마 전까지도 어지간하면 바람도 쏘일 겸 오늘 같이 떠나지 않을까, 혹시나 기대했건만 역시나가 되었다. 매해 그이 생일이 되면 여행이라도 한 번 갔다 왔으면 나의 희망 사항이었지만 금년엔 친구들과 참 좋은 기회였는데…

얼마 후에 시험이 있다고 밤늦도록 힘들게 공부하시는 남편이 요즈음 너무 안타깝다. 이번이 승진하고 연관된 연수라서 큰 부담을 갖고 공부하는 모습이 옆에서 보는 나로서는 애처롭기까지 하다.

1998년 8월 17일
율곡 동료들 교감 연수 / 2,756,720원

그이가 오늘 양주에 있는 율곡 연수원에서 교육을 받고 있는 동료들을 보러 가는데 같이 가자고 했다. 황ㄷ기 선생님, 주ㅅ자 선생님, 정ㅎ방 선생님, 나도 모두 아는 분들이니 같이 인사차 가도 되지만 이번 수해로 물난리 치르느라 내 꼴이 엉망인데 굳이 같이 가자 해서 어쩔 수 없이 나서게 되었다.

가다 보니 양주 쪽도 이번 수해로 모양새가 험해진 곳이 한두 곳이 아니었다. 올처럼 그렇게 줄기차게 비가 왔던 때가 내 기억으로는 없으니까.

가보니 허ㄷ수 선생님도 교육을 받고 계셨다. 너무 반가웠다. 신혼시절에 여주에서 같이 지냈던 동료분이라 그런지 동기간 만난 듯 편하고 반가웠다. "병곤 엄마도 이제 늙었어." 그럼! 그동안 세월이 얼마나 지났는데….

자기 마누라 젖 얻어먹고 자란 우리 현경이가 시집갈 나이가 되었구먼. 부스스한 차림으로 얼떨결에 따라가서 반가운 사람들도 만났고 세월의 무상함도 느껴본 하루였다.

1998년 9월 30일
제례용 병풍 / 1,998,770원

오늘에서야 드디어 병풍을 구입했다. 신문 갈피에 끼어온 광고지를 들고 어느 것이 그중 싸면서도 좋은지 골라서 병찬이와 같이 병풍 파는 곳을 찾아 나섰다.

이곳저곳 한참을 돌다가 첫 번째 갔던 집에서 그냥 구입을 했다.

오산집 주소로 배달을 시켰으니 늦어도 이번 추석까지는 보내주겠지! 병풍을 구입하니 내 마음이 아주 흐뭇했고 후련했다. 진즉부터 병풍! 병풍! 했었다. 지난해에 도랑 둑에 심었던 목 츄립 나무 두 그루를 누가 사고 싶어 해 팔았더니 30만 원을 주기에 그 돈으로 병풍이나 사자고 의견을 모았었는데 어쩌다 보니 이제껏 못 사서 마음이 불편했었다.

제사 때나 명절 차례 지낼 때 찢어진 병풍이 늘 눈에 거슬렸었는데 그이가 고쳐보느니 어쩌니 해서 이내 기다리고 있다가 결국 추석 명절 앞두고 새로 구입하게 된 것이다.

그이는 뭐 그리 헌 물건 고쳐본다는 소리를 잘 하는지, 병풍 표구를 아무나 그렇게 할 수 있는 일이람! 최고급은 아니어도 새것으로 장만했으니 조상님들께 명절 때때옷 해드린 기분이 들어 더욱 흐뭇했다.

1998년 10월 25일
30분을 지연시킨 예식 / 1,686,140원

새벽부터 서둘러 천호동엘 가서 기다리고 있던 경주행 대절 버스로 그이와 ㅎ정이 결혼식 보러 경주에 다녀왔다.

경주 엑스포 행사 때문에 차가 어찌나 밀리던지 경주 다 들어가서 서 있기 시작하더니 보문단지 내에서 교육 문화회관 예식 장소까지 한 시간도 넘게 걸렸다.

결국 시간을 늦추는 소동을 벌이고 간신히 30분 늦춘 시간에야 하객들은 도달할 수 있었다. 정작 예식이 진행된 시간은 30분이나 되었을까?

부지런히 점심 먹고 커피 한잔 마시고 되돌아왔으니 오늘 무려 14시간 가까이 버스를 탔다.

어쨌건 우린 오늘 예식에 꼭 참석을 해야만 했다. 여주농고에서 근무하며 신혼 생활에 아랫방 옆방 세 들어 함께 살면서 정들여온 백 선생님네 첫 결혼식인데… 아무리 먼 곳이라도 꼭 참석을 해야지.

그 애들이 어느새 커서 시집을 간다니… 얼마 후면 우리 집도 잔치한다고 그들을 초대해야겠지. 옛 추억에 잠시 잠겨 보노라면 아련한 미소가 흐른다.

1998년 12월 9일
은혼식 (25주년 기념일) / 2,099,350원

우리의 결혼기념일! 은혼식이라는 25주년이다. 아무리 쪼들리는 살림이지만 올해만큼은 그냥 넘기가 왠지 섭섭했다.

남들은 여행도 간다는데, 돈 많은 남편들은 보석 선물도 한다는 데….

아무 소리도 안 하고 동리에 사는 친구 부부와 영화라도 한 편 보러 갈까 했더니 그 양반, 남의 속도 모르고 오늘 피곤해서 하루 쉬어야 한다며 다음에 가자 했었다.

그런데 그이가 퇴근해서는 평소에 나도 잘 알고 지내온 정 선생 시어머님 돌아가셔서 삼성의료원에 조문을 함께 가자고 했다.

결혼기념일 그것도 은혼식에 초상집에나 다녀올 수만은 없지. 넌지시 오늘 저녁에 테크노에 영화 보러 가자 했더니 그러자고 왠지 쉽게 대답을 했다.

부지런히 조문을 다녀와 차는 집에 두고 지하철로 테크노에 갔다. "아름다운 시절"을 보고 싶었는데 8시 30분 상영이라 너무 오래 기다려야 할 것 같아 제일 빠른 시간인 일본 영화 "하 나 비"를 예약하고 우린 아래층에 내려가 저녁을 먹었다.

만 원 미만으로 내가 저녁을 사겠다고 했더니 7,000원짜리 쟁반국수를 먹자고 주문해서 둘이 저녁은 7,000원으로 끝내고 마그넷 매장에 내려가 영화 보며 먹을 것 몇 가지 사서 양쪽 주머니에 쑤셔 넣고 올라가니 시간이 거의 맞았다. 영화야 별 재미없었지만 우린 은혼식 기분을 충분히 냈다. "어이구! 참 멋도 없는 양반아!"

우린 상큼한 밤공기를 맡으며 올 때는 호젓한 길을 둘이 걸으며 25년 전 그날을 상기해 보면서 싱긋이 웃었다. 극장비 12,000원, 저녁 밥값 7,000원, 간식비 4,000원. 이것으로 우리의 은혼식을 충분히 즐겼다. "일체유심조" 모든 것은 마음먹기 달린 것 아닐까?

1999년 1월 30일
보험금으로 등록금 납부 / 2,994,560원

남편 친구한테 들었던 보험이 만기가 되어서 오늘 동네 동부화재회사로 남편과 같이 나가서 타왔다.

처음에는 설계사 친구의 끈덕진 권유를 못 이겨서 들긴 했지만 매달 3만 원씩 불입해 3년 만에 100만 원 타서 막내 대학 입학 때 요긴하게 썼고, 재차 권유로 또 가입한 것이 이번에는 불입액이 늘어서 3,360,000원을 탔으니 병찬이 등록금으로 또 요긴하게 쓰일 것 같다. 병찬이가 운이 좋은 것 같다.

학자금 융자도 16회 다 받아 지난해 2학기 때도 현경이 병찬이 450만 원을 어찌 마련하나 까마득했는데 전세금 올려 받은 것이 있어서 우선 해결했었다. 다행히 현경이는 졸업했고 병찬이만 남았으니 요번 학기는 충분하다. 또 이럭저럭 쓰게 될까 봐 당장 병찬이 통장에 300만 원을 입금했다.

친구가 권유할 때 억지로 친구 생각해서 들어 주었던 것인데 결국은 친구가 그 목돈 만들 기회를 주었으니 그 친구에게 고마워해야 하나?

1999년 6월 16일
우리 주변의 양심은 아직도 살아 있었구나 / 2,593,580원

현경이한테서 전화가 왔다. 그 시간이 11시쯤 되었을까? 지갑을 잃어버렸으니 그 속에 들어 있는 국민카드를 은행에 정지 요청해달라고. 며칠 전에 옷을 산다고 국민카드를 빌려 가더니 일단은 카드를 정지시켰다.

지갑 속에 현금은 5만 원 정도이나 티켓이며 이것저것 다 들어 있다.

찾는다는 것은 상상도 못 하고 속상해하고 있는데 12시쯤 병찬이가 희한한 전화를 받았다.

제기동 미도파백화점 앞 공중전화 박스에서 지갑을 주웠다며 전해주려고 전화를 했다는 이모 또래의 아주머니 목소리였다나, 2시에 병찬이를 백화점 앞에서 만나자고 약속을 한 모양이다.

이렇게 고마울 수가! 정중하게 인사라도 드리려고 아들과 함께 나갔다.

현장에 2시가 조금 넘어도 느낌이 가는 아주머니 모습이 보이질 않아 장소를 잘못 알았나 하며 병찬이는 다른 골목으로 아주머니를 찾아 갔는데 느낌에 그 아주머니인 듯한 분이 백화점 앞에서 머뭇머뭇하시기에 다가가서 여쭈어보니 병찬이와 통화하신 분이 맞았다. 연락처를 찾느라 지갑을 여기저기 뒤져보셨다면서 오히려 미안하신 듯 겸손하게 전해 주셨다.

그래 세상에는 이렇게 고마우신 분들이 더 많기에 살아볼 만한 세상이 아니던가. 택시라도 타고 가시라고 차비를 드리려고 하니 지하철로 가면 된다며 한사코 사양하셨다.

너무 억지로 돈을 드린다는 것이 오히려 실례가 될 것 같아 너무 너무 고맙다고 인사만 정중히 한 채 우린 헤어졌다.

현경이한테도 지갑을 찾았다고 전화를 해주었다.

5시쯤 집에 돌아온 현경이가 친구와 영화를 보러 갈 것이라며 찾아온 지갑을 분명히 챙겨 넣고 또 나갔다.

그런데 이게 무슨 일이람! 오후7시쯤 임현경을 찾는 전화를 내가 받았다. 전화를 한 사람은 경희대 학생이라며 테크노 지하 식당가에서 현경이 옆 좌석에서 음식을 먹었었는데 지갑을 놓고 가서 들고 뛰어나가 보니 벌써 어디로 가고 없더라고 하여 처음에 난 지갑 찾았는데요, 하며 이렇게 말을 시작했었다.

듣다 보니 지갑을 또 잃어버렸던 것이다. 어이가 없다고 할까, 기가 막히다고 할까! 그 학생이 핸드폰 번호를 가르쳐 주면서 임현경 씨한테 연락하라고 했다.

그 애는 극장 안에 들어간다고 했으니 연락이 어려울 것 같고 내일이고 언제고 시간 내기도 어려울 것 같아서 내가 만나기로 약속을 했다.

그 여학생은 집이 구리시인 모양인데 과외를 가르치는지 끝나고 만나야 하니까 9시까지 테크노에서 다시 만나기로 했다.

시간 맞추어 쇼핑도 해올 겸 아들 둘과 함께 나갔다.

바쁜 학생 공연히 더 바쁘게 만들어 미안했다.

내가 그곳으로 간다고 할 것을 우리 아들들은 매장으로 내려갔고 나는 입구에서 두리번거리며 기다리니 지하철 입구 쪽에서 청순하고 예쁘장한, 키도 늘씬한 여학생이 청색 현경이 지갑을 들고 내

쪽으로 걸어오고 있었다.

바로 전화를 해준 그 학생이었다. 얼마나 고맙고 예쁘던지 그 학생 역시 극구 사양하는 것을 엄마가 용돈 주는 것으로 생각하라며 택시 값 만 원을 주었다. 넉넉히 못 주어서 너무도 미안했는데 그 여학생은 오히려 내게 고맙다며 마지못해 하며 만 원을 받아서는 다시 지하철 입구 쪽으로 걸어갔다.

정신없이 다니는 현경이가 미워 속상했지만 너무도 아름답고 착하고 양심 바른 아주머니와 귀엽고 예쁜 그 여학생을 만날 수 있어서 정말 많은 것을 생각하게 해준 뜻깊은 하루였다.

1999년 6월 26일
장한 우리 아들 해외 출장 / 2,591,300원

저녁에 동리 사는 대학 동창 친구가 불러 우린 그 댁엘 잠깐 갔었다. 그 친구는 남편과 술 한잔하고 싶어 부른 것이다. 지난 23일 우리 큰아이가 회사 일로 일본에 갔다가 오늘 돌아오는 날이라서 친구 집에 가 있으면서도 계속 신경이 쓰였다.

이번 여행은 회사일로 간 것이지만 어쨌든 해외로 비행기를 타고 출장을 다녀오는 날인 것이다. 집으로 두어 번 전화를 했더니 아직 오지 않았단다.

그 애 떠나기 전에는 작은아들과 함께 문정동에 나가 입고 갈 옷을 찾느라 한참을 헤매다 들어왔고 여행 가방은 병찬이 친구한테 빌려다 주었다.

앞으로 여행용 가방도 하나 장만해 두는 것이 좋을 듯싶다. 그 애가 지금은 월급이 얼마 안 되지만 자신이 좋아하는 일을 하게 되었고, 전역 후 빈둥댈 사이 없이 곧바로 일을 할 수 있게 된 것이 얼마나 다행인지 몰랐다.

밤 10시가 거의 다 되어 형이 왔다는 전화를 받고 우린 부지런히 집으로 왔다. 그동안 일본은 계속 비가 와서 관광은 할 수 없었지만 회사 일은 잘 마무리 짓고 온 듯했다.

관광하러 갔던 것이 아니니 일본의 모습도 별로 본 것은 없겠지만 나름대로 경험도 얻었고 견문을 넓힌 기회였을 것이다.

#1999년 8월 11일
친구네와 야영 / 2,756,720원

어제는 한동네 살고 있는 남편 친구 홍 사장 부부와 제부리로 피서를 가기 위해 새벽 6시에 집을 나섰다. 남편은 지난해 그곳에 다녀오더니 피부가 부드러워졌고 피부에 뭐 생겼던 것도 없어진 것 같다며 매해 여름에는 꼭 한 번쯤 다녀와야겠다며 서해바다 제부리 예찬론자가 되었다.

이야기 끝에 친구네와 그곳을 함께 가게 된 것이다. 가까운 거리라서 부담 없이 다녀올 수 있으니 쉽게 그 친구도 나설 수 있었다. 이번에도 우리는 텐트를 준비했다.

아들 손자 따라온 늙은이들 아니고는 야영하는 사람들 중에는 우리들이 나이가 제일 많은 듯했다. 50이 넘은 중늙은이들이 젊은 애들 하는 짓 다 하고 있으니… 홍 사장님 내외는 텐트 속 야영은 처음 해 본다고 했다.

길바닥에서 잔다는 것이 신기하고 흥미로운 표정을 해서 그 모습이 우린 또 재미있게 느껴졌다. 우리가 바지락 캐러 가자니까 귀찮다며 그냥 텐트에서 쉬고 있겠다고 했다.

지난해 그리도 많았던 바지락이 올해는 아무리 여기저기 헤집어봐도 나오질 않았다. 텐트 치고 하는 야영 처음 해본 그들한테 지난해처럼 바지락 잔뜩 캔 모습도 보여주고 싶었는데 안타까웠다.

호텔이나 팬션 콘도미니엄 등등 우리 나이에 숙소는 그런 곳으로만 알고 다녔던 그들이니 텐트치고 피서하는 재미도 느껴보게 하고 직접 잡은 조개 넣고 끓인 된장국 맛도 알려주고 싶었는데….

낮에는 텐트 안이 조금 덥더니 해가 지고 바닷물이 다시 들어오니 바닷바람이 무척 시원했다. 모래 위에 우린 나란히 누워 오랜만에 하늘에 총총 뜬 별을 헤아리며 철썩이는 파도소리 들으며 많은 이야기꽃 피운 밤이었다.

어제는 바지락이 없다며 못 캐 와서 오늘은 포기하려 했는데 언제 나갔었는지 남편이 혼자 새벽에 또 나가더니 몇 시간 만에 꽤 많은 양을 캐 오셔서 삶아도 먹고 바지락 넣고 된장국도 끓여 맛있게 아침 식사도 했다.

오늘은 또 제법 많았다는데 그럴 줄 알았으면 우리 모두 함께 나갈 것을… 낮에는 갯벌 진흙물 속에 들어가서 해수욕을 했다.

많은 사람들이 모두 들어가서 텀벙대는 것을 보니 아마 그들도 진흙 팩 맛사지 효과를 본 모양이다. 물속에서 노는 모습도 가지가지여서 어떤 이들은 물속에서 끌어안고 텀벙대며 난리를 피우고 좋아 죽는다.

흙물이라서 안 보이니 더 신이 나는 모양이다.

남편도 열심히 해수욕을 즐겼고 진흙 맛사지도 했다. 그곳에서 좀 더 있고 싶었지만 물이 빠졌을 때 섬을 나가야 해서 남은 음식은 저녁까지 알뜰하게 모두 챙겨먹고 아쉬움을 남긴 채 그곳을 빠져나왔다.

역시 돌아올 때는 정체로 지루하게 왔지만 1박 2일 알뜰한 피서로 즐겁게 다녀와 기분이 좋았다.

홍 사장 부부도 평생에 처음 텐트에서 자보았다며 재미있어 했으니 많은 추억꺼리 만들어준 보람도 컸다.

1999년 12월 31일
제자와 함께한 천년 / 2,729,290원

하루만 지나면 2000년! 하루 사이 천년이 넘어간다.

지금 살고 있는 사람들 정말 복 받은 사람들이다. 1000년의 세월이 바뀌는 2000년을 맞이하고 있으니 각종 매스콤에서는 요사이 컴퓨터 오류로 수돗물, 전기가 끊어질 수 있고 뭐 어쩌고저쩌고 떠들며 아우성들이다.

전문가들이 알아서 사람들이 살 수 있도록 잘 하겠지만 나도 비상식량을 좀 준비해 두어야 할 것 같아 엊그제 부탄가스와 라면은 조금 준비해 두었었다. 가스가 끊길 경우 부르스터에 라면이나 끓여 먹으면 되지! 김장김치 있겠다… 밤늦게 남편 제자가 몇 년 만에 오셨다. 요 근래 스승의 날에 늘 부부가 함께 오던 분이 오지 않아 궁금했었는데, 염려했던 대로 IMF로 회사가 부도가 났었고 건강도 잃어 죽을 뻔했었다니 너무 마음이 아팠다.

몇 년 고생 끝에 건강도 되찾고 친구들과 지인들 도움이 있어 다시 일을 시작했다는 말에 우리도 너무 기뻤고 힘들었던 고비를 잘 넘겨준 제자가 자랑스러웠다.

이번에 나온 첫 작품이라면서 내 바지 세 개와 귤 한 상자를 사갖고 오셨다. 밤 11시가 지나서였는데 밥이 먹고 싶다고 해서 급히 밥을 지어 냈더니 아주 맛있게 잡수며 "선생님 댁에서 1000년 동안 밥을 먹고 있네요." 해서 우리 모두는 웃었다.

식사하는 동안 새해가 왔기 때문이다. 대망의 2000년을 사랑하는 제자와 맞이한 뜻깊고 보람 있는 날로 영원히 기억될 밤이었다.

2000 ~ 2008

2000년 2월 18일
딸보다 20만 원 더 받은 월급 / 1,719,150원

38년 근무한 이번 달 남편 월급이 1,719,000원이었다. 아버지 월급이 딸보다 한 20만 원 많은가 보다.

언제인가 현경이가 그랬다. 엄마는 사는 것 보면 참 재주가 좋다고…

옥탑에 방 들이느라 1월에 적금 탄 것까지 소리 소문 없이 다 썼어도 은행에서 써비스 받은 돈 다 갚지 못해 이달에 자동으로 월급에서 빠져나가니 그야말로 몇십만 원 남았다.

밀린 세금이며 이것저것 낼 것만도 100만 원 또 100만 원 서비스 받았다.

늘 여유 있는 생활은 못해 보았지만 이달엔 더 맥이 빠진다.

어디서 돈 나올 구멍이라고는 이제 없으니…

그래도 내일은 보름 명절이니 오늘은 오곡밥 해먹는 날! 은행 다녀오는 길에 나물거리 조금씩 장만하고 땅콩도 한 됫박 사 왔다.

생태는 비싸서 못 사고 동태 두어 마리도 샀다. 집에 있던 재료들과 9가지 나물 만들고 얼큰한 동태찌개 끓이고 식구들 먹이기 위해 열심히 준비했다.

늘 그랬듯이 올해도 화창 친구네가 걸려 친구 딸 편에 오곡밥이랑 몇 가지 나물을 챙겨 보냈더니 좀 마음이 편했다. 많이 먹어 맛인가 오가는 정이지…

친구네가 이사를 안 갔으면 오늘 두 분이 필경 만나서 술 한 잔씩 하셨을 터인데….

2000년 4월 18일
귀중품 보관 / 2,350,820원

언니하고 정미랑 셋이 만나 여의도엘 갔다. 정미가 홍식이 결혼 때 낄 패물을 몇 개 찾으러 간다나. 귀중품 보관해주는 은행이 있다고 말은 들었지만 오늘 처음 그런 곳엘 가보았다. 여의도에 있는 대우증권에다 영국 갈 때 맡겼으니 한 5년 은행 지하보관함에 있은 셈이다.

비싼 패물 돈 들여 해서 마음 편히 쉽게 다루지도 못하고 쓸 일 있으면 찾았다가 또 맡기고 하는 모양이다.

우리 결혼 문화에 있어서 정말 쓸데없는 사치 문화의 일면인 것 같다.

여의도에서 우리 셋이 점심을 먹고 조카는 아이 때문에 곧장 집으로 가고 언니와 나는 홍식이 신혼살림 들여놓은 것 구경하러 그 애가 살고 있는 주안까지 갔었다. 대충 살림은 다 들인 모양이다.

신랑 색시 알뜰하게 머리 써서 정말 검소하게 살림도 장만한 것 같았다. 시집오는 데 큰돈은 들지 않았을 것 같았다. 사실 그것이 정상인데 시집보내는 데 몇천만 원씩 든다니 나도 남의 일 같지 않다.

우리 현경이는 제가 번 돈도 아직 얼마 안 되고, 어떻게 시집을 보내야 할지.

2000년 5월 8일
엄앵란이 벌름 코 / 2,408,840원

현경이가 오늘 일찍 집에 왔다. 요즘 회사일이 바쁘지 않은 모양이다.

그렇지 않아도 나는 오산에나 내려갔다 올까 하는 참이었다.

지난 일요일에도 평택 농장 가느라 집에는 왔소 갔소 하는 꼴이 되어 어머니한테 미안하기도 했고 명색이 오늘이 어버이날인데 하루 종일 혼자 계실 생각을 하니 조금 안 되기도 했고 나는 현경이한테 선물도 미리 받고 했는데… 현경이가 저도 따라갔다 온다며 할머니 모자도 사고 티셔츠도 하나 사곤 했다. 며칠 전 티셔츠를 두 개를 사 주었기에 하나는 할머니 드리자 했더니 다시 하나를 동네 가게에 나가 부지런히 사 왔다.

그 애도 요즘 돈이 없는 것을 아는데 아빠 엄마 선물로 사 온 케익 하나 하고 오산 시장엘 들러 닭 두 마리 사고 딸기 몇 근 사고 해서 들어갔더니 어머님이 은근히 좋아하시는 기색이 역력했다. 현경이가 꽃도 사다 달아 드렸다.

부모님들은 작은 정성이라도 자식들이 표현할 때 그게 즐거우신 게다.

남편도 학교로 전화를 했더니 재까닥 오산으로 퇴근하셨다. 자기 어머니한테 잘하면 그렇게 좋아서 엄앵란 씨 말처럼 코가 벌름거리는 것 같다.

닭도리탕을 해서 함께 저녁 식사를 대접해 드리니 조금은 마음이 편했다.

2000년 5월 19일
남편이 국무총리상 수상

며칠 전 남편이 국무총리상을 타셨다. 5월 15일 스승의 날에 수원 도교육청에서 시상식이 있었다.

정말로 축하 받고 기분 좋아야 할 그날인데 전날 동네 사는 딸 친구 아빠와 인사불성이 되도록 마신 술로 나는 너무너무 속이 상해 시상식장에 참석을 하고 싶지 않았다. 그러나 남편 체면을 생각해서 내가 져주기로 하고 함께 참석했다. 어떤 가족은 꽃다발도 드리고 사진도 찍고 법석을 떨었다.

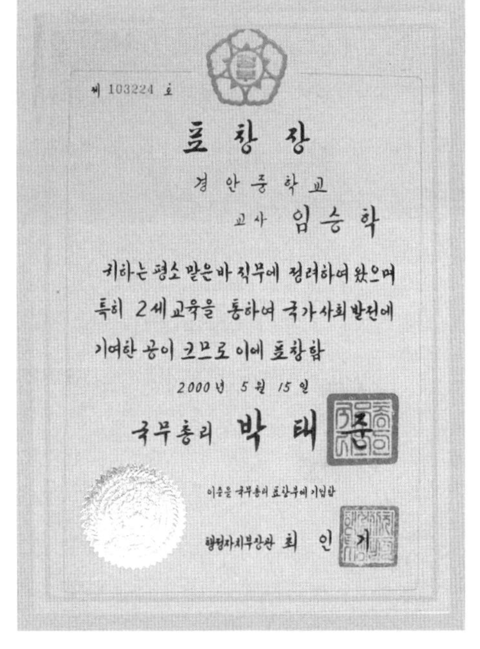

물론 그렇지 않은 표창자들이 더 많았지만 경기도 내에서 국무총리상 받는 선생님 9명 중에 끼셨으니 정말 축하 받을 일이었다.

남편은 집에 오셨다가 또 광주를 가셔야 했다. 오후 7시에 제자들로부터 초대를 받으셨다. 해마다 스승을 챙겨드리는 그 제자분들이 정말 고마웠다.

그 많은 제자분들에게 실망스런 모습 보이지 않고 존경 받는 스승님이 되시길…. 아무튼 남편은 행복한 사람이다.

2000년 7월 17일
교감 연수 / 3,233,260원

드디어 내일부터 남편이 연수원에 들어가시기 때문에 오늘은 이것저것 짐을 챙겼다.

올여름에 교감 강습 잘 받고 내년에는 꼭 교감으로 승진해서 어느 학교든지 발령을 받아야 할 텐데…

요 최근 몇 해 동안은 신학기가 되면 동료들, 후배들, 승진하는 것 보며 더 어깨가 처지는 듯해 보는 내 마음도 늘 아팠다.

제일 중요한 것은 건강이니 승진 따위에 크게 스트레스 받지 마시라 위로의 말을 하곤 했지만 그게 그렇지 않다는 것을 나도 느낄 수 있었다.

그것이 욕심일까? 동료, 후배들이 승진하는 것처럼 아빠도 같은 과정을 밟아갔으면 하는 그런 마음일 뿐….

2000년 7월 18일

대형냉장고

얼마 전에 현경이가 냉장고를 새로 사주겠다며 나도 모르게 몇 군데를 애쓰고 돌아보더니 최신형 문 2개짜리 냉장고라며 결국 계약을 했다며 깜짝쇼를 해 주었었다.

물론 나로서는 최신형이 들어오면 더 좋겠지만 13년 쓴 지금 냉장고가 많이 헐기는 했으나 완전히 고장이 난 것도 아니고….

예나 지금이나 누가 무어라 하는 것도 아닌데 공연히 새살림 들여놓으면 시집 식구 눈치도 보인다.

물론 남편도 고장도 나지 않았는데 왜 바꾸려고 하느냐며 탐탁해하지 않으셨다. 현경이는 큰 선물하고도 오히려 아빠한테 혼날까봐 걱정을 했었다.

그래서 좀 더 있다가 사자고 그냥 취소를 하게 했었다. 몇 달 잠잠하더니 이번에는 정말 결심을 한 모양이다.

적금까지 깨서는 작정을 하니 나도 못 이기는 척 그냥 넘어갔다. 곧바로 백화점에 가서 디오스 최고 대형냉장고로 계약을 했다. 163만 원! 그 가격이 많이 내린 값이라니….

아무리 딸이 사 주었다 해도 여러 가지로 마음이 편치 않았다.

호주에서 돌아온 큰시누이네 전자제품 하나 사준다 해놓고 어쩌다 보니 아직 못 사주었고 시어머니 눈치도 보여 우린 나중에 샀어야 했는데, 싶기도 했지만 엄마 생각하는 우리 딸 마음이 너무 기특해서 나는 기쁘고 흐뭇함을 감출 수 없었다.

7월 20일, 드디어 냉장고가 오늘 배달되었다.

넓은 매장에서는 그렇게 크게 안 보았었는데 작은 집에 갖다 놓으니 얼마나 크던지 가뜩이나 갑갑한 부엌이 냉장고만 보이는 듯했다. 작은 것에 눈이 익숙해서일까? 하긴 오늘 퇴물이 되어 쫓겨난 그 냉장고 들였을 때도 오늘 같은 느낌이었었다.

냉장고가 장롱 만하다며 우리 모두 한마디씩 했었다. 그랬던 것이 근래 들어 용량이 적다며 늘 불만이었으니….

그렇다고 우리가 부자가 되어 수준이 달라진 것도 아니건만 요즘은 집집마다 대형을 놓고 사니까 13년 전에 구매한 우리 것이 작아 보일 수밖에 없다. 오늘 들인 냉장고가 너무 자리를 차지하는 것 같아 어쩔 것인가, 순간 걱정도 되었다. 식탁 위치, 장식장 위치, 바꾸어 놓으며 어찌어찌 배치하다 보니 그런대로 자리가 잡혔다.

몇 시간 후에는 우리 눈이 다시 또 현재 모습에 익숙해진 기분이 들겠지.

2000년 8월 1일
식물세계 캐릭터 / 2,968,590원

지난 일요일부터 병곤이 캐릭터 전시회가 국제무역전시장에서 진행되었다. 병곤이 회사에서는 요번이 처음 시도해보는 것이라 회사는 물론 우리들도 은근히 기대가 크다.

캐릭터 전시물의 반응이 어떨지! 요번 전시회의 모든 것을 하나부터 열까지 아들이 거의 해냈단다.

전시장 구성까지도 모두를 병곤이가 배치하고 특히 병곤이가 만들어낸 "식물세계" 캐릭터들이 많은 인기를 얻고 있다 했고 또한 병곤이가 만든 카다로그를 보니 정말 잘된 작품이라고 자랑하고 싶고 칭찬해주고 싶었었다.

오늘 딸과 우리 막내둥이를 데리고 현장엘 가보니 생각했던 것보다도 병곤이 캐릭터 코너가 제일 눈에 확 띄고 아름답고 예쁘게 정돈된 장소였다.

얼마나 흐뭇한지… 정말 자랑스러운 우리 아들의 작품을 보았다.

각종 식물들의 열매로 꾸며진 앙증스러운 캐릭터들! 그 캐릭터들이 많은 인기를 얻어 유명해졌으면 좋겠다.

이번이 잘 홍보되어야 회사도 발전되고 우리 병곤이도 더 큰 꿈을 펼칠 수 있을 터인데 우리 아들의 기대치보다도 더 크게 성장하길 나는 바랄 뿐이다.

2000년 8월 15일
남북 이산가족 상봉 (1차 이산가족 상봉)

요즘 며칠 동안 매일 TV 앞에서 울고 있느라 눈이 퉁퉁 부었다.

50년 만에 남북이 만나는 그런 가슴 벅차오르는 감격 속에 수도꼭지가 열린 듯 가뜩이나 잘 우는 나로서는 도저히 참을 수가 없었다.

50년! 말로도 엄청난 세월이지만 강산이 다섯 번이나 변하는 동안 부모 형제 헤어져 가슴에 한을 안고 살아온 그들이 코흘리개 아이가 환갑이 다 되었고 새파랗게 젊고 예뻤던 엄마는 호호백발 노인이 되어 자식을 만나는 장면은 가슴이 미어지는 듯해서 볼 수가 없었다.

어쨌건 이제라도 시작이 되었으니 이산 1세대 노인들이 더 이상 한을 품고 돌아가시기 전에 한 가족이라도 더 빨리 만나볼 수 있도록 빨리빨리 남북이 화해해서 평화통일을 이루는 날이 왔으면 좋겠다.

2000년 8월 29일
교사의 아내

방학 내내 교감 강습 받으시느라 남편이 고생이 많으셨다.

방학 동안 하루도 쉬지 못하고 공부하느라 고생 많으셨는데 내년에는 꼭 교감 승진해서 원하는 학교에 발령이 났으면 좋겠다.

황 선생님이 오늘 명예퇴임을 하시는데 남편이 시간이 안 나서 대신 내가 참석을 하고 왔다.

퇴임사에서 그동안 박봉의 살림 꾸려가며 열심히 내조하신 부인에게 고맙다는 사랑의 의사를 표현하신 대목이 있었다. 내 가슴이 너무 뭉클했다.

나도 머지않아 닥칠 남편 퇴임식에서 저런 표현을 해줄 수 있도록 끝까지 내조 잘해서 인정받는 안사람이 되었을 때 그것이 진정한 행복 아닐는지…

오늘 날씨가 무척 더웠다. 학생들이 몇 시간 동안 행사 치르느라 덥기도 하고 힘도 물론 들겠지만 우리가 자랐던 시절과는 너무도 다른 점이 있어 정말 놀랐다.

행사가 빨리 끝났으면 하는 표현들이 너무 솔직해서 떠나시는 선생님을 비롯하여 일선 현장에서 후세교육을 위해 그 시간에도 수고 많으실 모든 선생님들께 대하는 예의가 아닌 듯해 내가 오히려 민망했고 죄송한 마음이 들었다.

요즘 아이들이 참을성 없다는 것을 그곳에서도 확실히 알 수 있었다. 정말 날씨는 따갑게 더웠지만 내 가슴엔 찬바람이 휘잉 도는 듯 쓸쓸했다.

2000년 10월 16일
사모님들 마음 / 3,208,080원

혜혜 엄마, 석석 엄마, 민민 엄마, 나 이렇게 넷이 한 달에 한 번씩 만나온 것이 벌써 7~8년 되는가 싶다.

모두가 가난한 교사 마누라들이라서 비싼 음식집도 못 가보고 칼국수 2,500원짜리로 시작해 음식값 5,000원 이상을 못 넘어 보았다.

하나 같이 알뜰해서인지 통이 작아서인지… 생활이 그렇게 만들었겠지….

근래 몇 년은 송파구청 구내식당에서 만났다. 2,500원짜리 밥 먹고 자판기 커피 뽑아 놓고 마음껏 조용히 이야기 나눌 공간이 잘 되어 있다는 이유로….

우리 나이에 우아하게 커피숍에 앉아 담소를 나누어야 되겠지만 우린 300원짜리 자판기 커피에 더 익숙하다.

오늘은 그래도 분위기 있는 음식점을 고르다 대공원 옆 "단군의 땅"이라는 그야말로 분위기 있는 집에서 만나기로 했다.

그곳은 커피 마시는 장소도 분위기 있는 곳이다. 돌계단 옆에 국화꽃이 즐비하고 지붕엔 박과 수세미도 주렁주렁 열렸고 가을꽃이 여기저기 많았으며 통나무 의자는 더욱더 정겹게 느껴지는 장소였다.

석석이 엄마는 오늘 버버리에 스카프를 늘어트리고 통구두를 신으니 유난히 멋진 교장 사모님다운 모습이었다. 작은 행복을 느껴본 가을날의 하루였다.

2000년 11월 29일
진정성 있는 의사의 말 한마디 / 2,579,770원

나 없는 동안 식구들이 먹을 밑반찬 몇 가지 준비해놓고 어제는 현대 아산 병원에 입원을 해야 했다.

첫날은 어쩔 수 없이 1인실 20만 원짜리 방에서 멀뚱멀뚱 하룻밤 보냈다. 1인실 밖에 없으니 환자 마음대로 하라는데 아픈 사람이 약

자이니 어쩌겠는가!

병현이 입원했을 때처럼 나도 어제는 1인실에 집어넣더니 오늘은 다행히 2인실로 옮겨 주었다.

2인실도 방값이 8만 원인가 그렇다. 참으로 아까운 돈을 병원에 주고 있다.

옆의 환자는 나보다 10년은 젊은 엄마인데 자궁에 혹이 두 개 난소에 하나! 그래서 어쩔 수 없이 한쪽 난소만 살리고 자궁째 드러내는 수술을 했는데 얼굴이 노랗게 질리고 다 죽어가는 모습으로 내 옆자리에 실려와 침대에 눕히는데 수술 시간 한 시간 남짓 기다리고 있는 나로서는 어찌나 두렵고 겁이 났는지 몰랐다.

현경이와 남편한테는 태연한 척했지만 막상 내 순서가 오니 많이 겁이 났다. 깨끗하다는 자궁까지 이참에 떼어내느냐 마느냐 무척이나 망설이다가 마지막 수술실에 들어갔을 때 만난 의사 선생님 말씀을 믿기로 하고 자궁은 놔둔 채 혹이 자라고 있는 난소 한쪽과 혹만 제거하기로 막판에 나는 결정을 하게 되었다. 머지않아 폐경도 될 것이고, 아기도 다 낳았고, 이제는 아무 쓸모없는 존재가 되어 자궁암 예방 차원에서도 이 기회에 떼어내는 것도 괜찮다는 이런저런 의견이 의사들 간에도 서로 주장이 달랐다. 그래서 나를 헷갈리게 했지만 마지막에 수술실에서 만난 선생님은 멀쩡한 것을 미리 암세포 걱정하느라 떼어 없애지 말라는 그 말씀이 나에게 깊게 와 닿았다.

그 선생님은 그러셨다. 우리 몸에 있는 것은 애초에 모두 필요한 것들이니 미리부터 걱정하여 없애지 말고 주기적으로 암 검진이나 받아보면 되는 것이라 했다.

2001년 1월 1일
신사년 새해의 바람 / 4,982,020원

또 한해가 밝았다. 지난해 새천년을 맞았다고 흥분되어 있던 그 날이 엊그제 같았는데 언제 또 1년이 지나고 2001년을 맞았다.

세월이 너무 빨리 가는 것이 아닌가 싶다. 앞으로의 소망도 역시 가족 모두 건강한 것이 으뜸이고 작은 바람들이 이루어졌으면 하는 것이다.

나이가 들수록 세상을 많이 알아서 철이 드는 것인지, 마음이 겸손해지는 것인지, 감히 욕심을 낼 수가 없다.

나보다 못한 이들한테 꼭 죄를 짓는 것 같아서… 돈, 승진, 건강! 모두 바라는 것은 욕심일까? 남편의 승진이 무척 늦었다.

후배들은 교장이 되는 판에… 올해는 교감선생님이라도 꼭 되셔야 할 텐데 그리고 식구들 건강! 특히 우리 막내둥이 병찬이가 너무 오랫동안 버릇이 떨어지지 않아 10여 년 세월 동안 가슴이 너무너무 아팠는데 그것도 학교 졸업과 동시에 흔드는 버릇도 함께 졸업했으면….

또한 돈! 조금만 여유 있어서 적당히 베풀며 살 수 있게끔 가져봤으면 좋겠다. 먹는 것, 입는 것, 즐기는 것에 조금이라도 안달하며 살지 않을 수 있도록…

2001년 1월 17일

푸짐한 월급

내 생전 처음 대해보는 많은 월급이었다. 상여금, 떡값(효도휴가비) 포함한 350~370만 원, 그렇게 나올 줄 알았는데 490만 원이 나왔다. 어쨌건 한숨 돌릴 수 있어서 죽으라는 법은 없구나 했지만 겁도 났다.

큰시누이 해주느라 서비스 받은 돈 100만 원에 종토세 낼 때 받은 돈 100만 원해서 은행 빚이 늘 200만 원 넘게 따라 다녔는데 이달에 모두 갚고 나면 역시 또 돈은 남는 게 없을 테니 말이다. 늘 남편한테 미안하다. 이 나이가 되도록 저축해둔 통장도 없으니….

2001년 1월 19일
기운이 펄펄

강릉에서 건강원을 하고 있는 친척 아줌마한테 흑염소 한 마리 해 보내라고 얼마 전에 남편이 주문하기에 너무 비싸서 거절하고 싶었지만 수술 후 보신 시켜주려는 남편의 성의를 무시할 수 없어 말리지 못했었다.

이래저래 돈 쓸 일도 많은데 또 35만 원이 추가되니 은근히 걱정이 되었다. 다행히 이달에 봉급이 많이 나와 오늘 당장에 은행 가서 송금을 하고 왔다. 이러니저러니 해도 역시 남편이 최고라는 생각을 하면서. 사실 수술 후에도 나는 돈 생각 때문에 이것저것 내 몸 보신감을 살 수가 없었다. 사골 사다가 고아먹으라고 남편이 계속 그러셨지만 그냥저냥 날을 보내는 것을 보고 어느 날 손수 사 들고 와서 조금 담가두더니 깨끗이 씻어 들통에 넣어 불에 얹어 놓아 주셨다. 자기 손으로 물건 사 오는 일 정말 잘 안 하는 사람인데 마누라 건강이 무척 걱정되었는가 보다. 요즘 열심히 사골도 끓여먹으며 흑염소 보약까지 먹고 있으니 빠른 시일 안에 기운이 펄펄 날 것 같다.

2001년 2월 22일
송별회 준비 / 2,098,200원

송별 선물로 양말이나 사서 돌릴까? 며칠 전에 남편이 상의를 해 왔다. 확실히 정했던 것이 아니라 잊고 있었는데 늦게 퇴근한 남편이 "양말 사다 놓았어?" 뜬금없이 그러는 것이었다. 내일 송별회 회식이 있다면서… 낮에 전화 통화했을 때 양말 사다 놓으라고 확실하게 이야기를 해 주었어야지! 슬그머니 화가 났다. 돈 쓸 일이 생겨서 화도 나는데 늦은 밤 급하게 또 시장 나가야 하니까. 남편도 따라 나왔다. 다행히 문 열어놓은 상점이 있어서 직원 수에 맞도록 41곽 양말을 살 수 있었다. 예상했던 것보다 가격이 저렴하게 나와서 흡족하기도 했다. 가게 문이라도 모두 닫아 오늘 못 샀으면 본인 잘못은 생각 안 하고 얼마나 또 나한테 화를 냈을까? 1월 24일 교감선생님도 되시고 새 학교로 전근 가니 옷차림도 깨끗해야 할 것 같아 현경이와 제기동에 있는 미도파 백화점에 가서 콤비도 사고 와이셔츠도 몇 개 새로 사고 바지 등등! 신나게 카드로 긁었다. 쇼핑 도중에 알아볼 것이 있어서 남편과 통화를 했더니 어머님을 모시고 오산에서 올라오고 있는 중이라 했다. 작은 아드님네 들러 오시느라 다행히 그곳에서 저녁을 잡수신다 하여 마음이 놓였다. 신나게 쇼핑하고 집에 와 조금 있으니 모자분이 들어오시는데 공연히 눈치가 보였다. 물론 쇼핑 보따리에 내 것은 하나도 없었고 모두가 당신 아드님것들만 있을지라도. 그래서 시부모 모시고 살면 모든 것이 어렵다고들 하는 것 같다.

2001년 5월 21일
정원 속에 휴식 쉼터 만들기 / 3,073,000원

오늘 여주 모임 사모님 세 분이 우리 집에 오기로 한 날인데 24일로 연기되었다. 며칠 전 동탄 석재에서 남편이 정원에 설치할 돌상을 신청했었다.

둘이 갖고 와서는 은행나무 밑에 설치할 것이라 했더니 도저히 2명으로는 운반이 안 되고 적어도 7명은 있어야 한다며 대문 밖 바깥마당에 그냥 내려놓고 갔었다. 며칠 후에 여주 모임 3명 사모님들이 오실 거라서 이왕이면 그분들 오시기 전에 설치를 했으면 했는데….

다음 날 기중기가 달려 있는 차가 대문 밖에 있던 그 상을 안마당에 옮겨놓아 몇 명이 제자리를 찾아 원하는 곳에 설치해 주고 갔었다.

남들은 많은 돈을 들여 설치한 것으로 알고들 할 터인데 적은 비용으로 설치하게 되었다. 어머님도 어제 오셔서 보시며 "참 돈도 많다!" 하셨지만 나는 평생 분위기 낼 수 있는 장소를 멋있고 아름답게 꾸미는데 27만 원은 비싼 것이 아닌 것 같았다.

석재로 만든 것이니 그 돌상은 우리 집에 와서 우리와 영원할 것이다. 남편과 둘이 저녁 먹고 커피 한 잔씩 타서 들고 나가 먼저 분위기 잡고 개시 한번 해보았다.

요즘 계속 손님 치르느라 집안 안팎으로 꾸미기 몸은 힘들지만 즐거움과 보람이 더 크다.

2001년 7월 4일
시골 아낙의 하루 / 4,128,100원

간만에 오늘 날씨가 너무 화창했다.

석 달 열흘 비 한 방울 안 뿌려 대지가 버적버적 타들어가고 모두 말려 죽일 듯 태양은 이글거렸었다.

앞밭에 상추 쑥갓 파 모종 옥수수 및 앞뜰에 잔디를 모두 말려 죽일 것 같아 봄내 열심히 물 주어 겨우 가꾸어 놓았더니 요즈음 몇 번 온 비에 모두 망쳐 버렸다.

옥수수도 쓰러지고 파 모종도 쓰러지고 강낭콩도 밭에서 자꾸 썩어가서 석달 열흘 가뭄만도 못한 것 같다.

인간들이 아무리 똑똑한 척 잘난 척 과학이니 어쩌니 떠들어도 자연 앞에선 속수무책이다.

비를 내리게 할 수도 없고 오는 비를 날려 버릴 수도 없고 빨래가 안 마른다고 눅눅한 날씨를 쾌청하게 할 수도 없으니….

오늘 자연 스스로 마음을 잡았는지 정말 따끈한 햇볕과 시원한 바람을 주어 오늘 하루만에도 마늘이 많이 말랐다. 이제 썩을 고비는 넘긴 듯했다.

오늘이 며칠인가? 음력 날짜는 신경도 안 쓰니 몰랐는데 창문에 비친 달이 어찌나 둥글고 밝은지 보름이 되었음을 알았다.

불을 모두 끄고 잠을 청하려 하였으나 중천에 높이 뜬 달빛이 너무 밝아 나를 자꾸 유혹했다.

누워서 유리창 너머 떠오른 달을 바라보며 내가 시인이었다면 멋진 글귀 하나 생각했을 터인데….

밭에 나가 풀을 뽑고 채소를 키우고 매일매일 몇 개씩의 오이를 따고 흐드러지게 핀 능소화를 감상하면서 덩치 큰 개(만돌이, 똘똘이)와 강아지(눙이, 향이) 와 고양이(야옹이)의 재롱을 보면서 하루를 즐겁게 보내고 있다.

2001년 7월 20일
하수 펌프장 관리 소홀

지난주에 임일회 부부들이 모처럼 별러서 강원도 문막으로 놀러 갔었다.

가던 날은 토요일이라서 차들이 막혀 조금 짜증이 났었지만 하여튼 노래방 가서 신나게 노래도 불렀고 즐거웠었다.

그곳은 비도 안 왔고 그 숙소에 TV가 없으니 뉴스를 볼 수 없어 밖의 소식이 깜깜일 수밖에 없었다. 다음 날 아침에 북한산 산자락의 주택에 사는 친구 집 애들이 집에 물이 들어왔다고 전화를 해서 나도 놀라 구의동 집에 전화를 해보니 늦잠 자던 우리 애들도 깜깜이다가 그제서야 밖에서 들이쳤는지 우리 거실에도 물이 흥건하단 소리에 도무지 안달이 나서 그냥 있을 수가 없었다. 아파트 사는 친구 외에는 모두가 집 걱정으로 전화를 해보느라 난리였다. 평택도 모두 괜찮았고 서울 쪽이 가장 난리인 듯했으나 다행히 남태령 분재원은 괜찮은 듯했다.

물난리 맞은 두 집은 먼저 가기로 하고 나머지는 천천히 놀고 오라 했지만 이미 분위기는 깨졌으니 모두 가겠다며 짐을 챙겨 나왔다.

　오랜만에 콧바람 쐬러 나왔다는 손시희 씨와 평택 젖소농장 젖소부인은 하늘이 도움을 안 준다며 밉지 않은 투정을 했다.

　서울에 도착하니 몇 년 전에 벌어졌던 그 꼴로 동네 집집마다 난리였고 사람들 표정도 한두 번 당한 것이 아니니 이제 어이가 없는 듯 체념을 한 듯 열심히 젖은 물건을 내놓으며 집 치우기 열중이었다. 늘 그랬듯이 이건 자연의 어쩔 수 없는 재해는 아닌 것 같았다. 배수 펌프장 가동도 늦게서야 했다는 말도 있고 장마철까지 완공 못 시킨 하수도 공사도 그렇고… 자연의 법칙을 따르지 않고 마구잡이로 지어댄 건물 등등! 이 일을 어찌해야 좋을지! 지하에 사는 서민들은 비만 오면 늘 이렇게 가슴 조이며 살면서 이 엄청난 일을 연례행사처럼 치러야 하는 것인지… 집주인으로서 너무너무 미안하고 마음이 아팠다. 그 난리를 치르며 그래도 지하 앞집은 며칠 동안 다시 깔끔하게 치워 원상복구를 하였는데 뒷집은 아직도 엉망이었다. 싱크대를 갈아야 할 것 같다기에 얼른 그러라고 했다. 며칠 전에 설치하면 영수증 올리라 했더니 계산서 영수증 내밀면서 오히려 미안해했다. 물난리 나던 날은 기한 되면 이사 갈 것이라 하기에 "정 떨어져서 살고 싶지 않지?" 물었더니 그 젊은 부부 그냥 웃고만 있었다. 오늘 "아줌마, 우리 그냥 살기로 했어요." 했다. 우리 집 전세 가격이 다른 집들보다 싸다. 우리는 그동안 올리지를 않았다. 젊은 부부가 물난리를 당하며 살아도 돈 때문에 그냥 산다고 하니 더욱 마음이 짠해왔다.

2001년 7월 27일
아들 선물 SM520

드디어 오늘 밤에 병곤이가 SM520 자동차를 사서 아버지 선물로 몰고 온다고 했다. 그런데 오늘 광주에서 유 교육장과 친구 두 분 및 후배 한 집 초대가 있어 다섯 집의 부부 모임이 있었다. 나는 아들 선물이 도착되면 고사 지내려고 고사떡과 돼지고기 및 술과 포를 준비해 놓고 광주엘 다녀왔다.

그런데 지금까지 잘 다니던 누비라가 마지막 발악인지 심통인지 무엇이 떨어져서 굉음이 나며 어찌나 시끄럽던지 언젠가 병곤이 친구가 몰고 온 자동차 소리를 내며 달려서 어찌나 민망했는지 몰랐다.

그 애들은 일부러 멋으로 그런 소리를 내면서 달린다지만 이건 신세대도 아닌 50대 쉰 세대 자동차에서 그런 소리가 나니….

우린 음식만 먹고 바로 헤어졌어도 집에 오니 10시쯤 되었는데 그 차는 11시 가까이 도착했다.

내일이 병곤이 생일이고 해서 겸사겸사 오늘 고사떡도 하였다. 2,000만 원이 넘게 든 모양이다. 나는 누비라도 좋다고 생각하였는데 둘을 비교하여 번갈아 타 보니 누비라가 작긴 작았었다. SM은 힘도 안 들고 소리도 없이 아주 미끄러지듯 나가는 기분이다. 아들 덕분에 내일부터 남편이 한결 품격 있는 드라이버가 되시겠지!

7월 28일, 아침을 간단히 해 먹여 병곤이, 병찬이 두 녀석은 누비라를 끌고 서울로 출근을 했다. 오늘이 병곤이 생일인데 식구들과 함께 아침을 먹고 가서 엄마 마음이 한결 좋았다. 어제 현경이가 오빠 생일이라고 사 온 케익도 싸서 조금 보냈다.

아침에 남편이 SM520을 부드럽게 몰며 출근을 하는데 품격이 달라 보이는 듯하니 나도 어쩔 수 없는 속물임이 틀림없었고 돈 많은 사람들이 고급! 고급! 하며 비싸도 최고를 사고 싶어 하는 마음도 이해는 갔다.

중고차 "포니"에서 중고 "르망"으로 바꾸고 처음으로 중고 아닌 새 자동차 누비라로 바꾸었을 때 그때는 그것도 참 만족했었는데…

욕심은 끝이 없는가 보다. 퇴근 후 시승식을 하자며 어머니와 나 그리고 현경이도 함께 태우고 서해대교 방향으로 달렸다.

다녀오는 길에 평택 이모님 댁도 잠깐 들려 왔다. 아들이 사 주었다고 신나게 자랑도 하면서…

2001년 10월 7일
집수리 결정 / 2,982,090원

며칠 전 몇 년 전에 꾸어간 돈을 시동생이 내놓아 우리가 기거할 집수리를 하기로 결정했다.

아이들을 불러내어 헛간에 있던 목재며 잡동사니와 쓰레기 등등 발 디딜 틈이 없이 꽉 차 있던 묵은 짐들을 먼지를 뒤집어쓰며 하루 종일 바깥쪽의 창고로 옮겼다.

모두가 쓸데없는 것들이지만 일단은 모두 옮겨 놓았다. 부모님이 살아오신 날만도 60여 년이 되니 그동안 버린 것 하나 없이 그냥 쌓아만 놓아 말도 못 하게 뒤숭숭하고 지저분한 우리 집이다.

무어라도 나올 뒤란과 헛간!

돈 본 김에 벼르지 말고 내 방도 만들고 우리 집 변신을 시켜야지. 그야말로 내 마음속 늘 꿈꾸어 왔던 숙원 사업을 이루게 될 것 같다.

뒤쪽으로 부엌 크게 들이고 큰방 하나 만들어 어머님이 큰방 안 주셔도 우리가 살 수 있는 방 한번 꾸며 보자. 그렇게 변할 생각을 하니 힘이 들어도 힘든 줄 모르게 신이 났다.

옛날 같이 목재로 짓는 집이면 너끈히 한 채도 지을 수 있는 많은 목재들이 옮겨졌다. 남들과 같이 몇 억 들여 기가 막힌 멋진 집은 못 지어도 우리 집을 새롭게 단장하면 몇십 년 가꾸어 낸 정원수들과 어우러져 한결 돋보이는 멋스러운 집으로 변신할 것이다.

2002년 1월 10일
서울 짐 이사 오기 / 4,643,140원

며칠 전 병곤이한테서 전화가 왔다. 이삿짐센터에 알아보니 40여만 원이면 이사를 할 수 있다며 서둘러서 짐을 내려가도록 하잔다.

지난 2월말에 내려와 거의 1년이 다 되도록 이사를 못하고 지냈었다. 집수리는 아직 끝나지 않았지만 내 방이랑 부엌에 들어갈 것들이니 특별한 관계는 없다.

그래서 어제 남편과 서울에 올라가 대충 짐을 챙겨 오늘 일부 이사를 했다. 구의동 집은 짐을 빼낸 뒷자리는 제대로 치우지도 못하고 이삿짐 차 따라오느라 서둘러 내려왔다.

요즘과 같아서는 너무 바쁘고 정신이 없어 정말 못살 것만 같다. 마음도 몸도 안정이 안 되니 말이다. 뒤쪽 새로 들인 방이랑 부엌 창문이 안 빠져 힘들게 장롱을 들여놓고 부엌 창문은 결국 깨트리는 소동까지 벌여가며 디오스 냉장고를 새 부엌으로 들여 놓을 수 있었다.

정말 이 집 지은 친구, 이래저래 짜증이 난다. 이 집에서 평생 이사는 다시 못 하겠다. 다음에 다시 이사할 일은 없겠지만… 도대체 창문이 떼어져야 큰 짐을 쉽게 옮길 수 있는데….

처음엔 모두들 방이 크다며 10명도 아니 20명도 잘 수 있는 방이라며 큰 방이라 했는데 막상 방 안 살림인 장롱, 문갑, 화장대를 들여놓으니 그렇게 엄청 큰 방도 아니었다.

이제 이사를 했고 내가 살 수 있는 방도 준비가 되었으니 여기가 앞으로 평생 살게 되는 우리 집이다.

2002년 3월 31일
우리 딸 결혼식 날 / 2,493,300원

현경이 결혼식 날!

관광버스에 축하객을 위한 먹거리 짐들을 어젯밤에 모두 준비해놓고 오늘 아침에 병찬이와 그 애 친구들한테 손님들 대접하는 요령을 잘 일러주고 병곤이와 나는 아침 일찍 서둘러 청주 예식장엘 내려갔다.

신부 화장도 하고 나도 미용실에서 예쁘게 치장을 했다. 요번 결혼식에 버스 3대가 내려갔다. 동리에서 1대, 오산에서 1대, 서울에서 남편 후배들과 대학 친구들이 1대, 이래저래 손님이 꽤 많았다.

지방에서 하면 손님이 많이 못 내려갈 것으로 예상했었는데 많은 분이 축하 해주러 오셔서 너무도 고맙고 행복한 우리 딸 결혼식이었다. 우리 현경이 신부가 인형 같다며 주변에서 많은 분이 예쁘다고 야단들이니 그 애를 낳은 내 기분은 어떠했겠는가.

너무너무 흐뭇하고 대견스럽고 자랑스러웠다. 어쨌건 성황리에 무사히 큰 숙제 하나 풀어낸 홀가분한 기분이다.

또 부지런히 저축해서 두 아들 짝 맞추어 주어야지.

2002년 4월 4일
이바지 음식 준비 / 3,304,100원

오전 9시쯤 김포공항이라며 현경이가 전화를 했다.

12시 안에 집에 도착하겠구나 싶어서 부지런히 식사 준비를 해놓았더니 라면을 사 들고 와서는 라면이 제일 먹고 싶었다며 끓여 달라고 했다.

새 사위 처갓집에 와서 처음 먹는 음식이 라면이라니… 애들이 방에 가 쉬고 있는 동안 나는 이바지 음식 준비 때문에 병곤이를 데리고 쇼핑을 나갔다.

이바지 보낼 음식은 무조건 특등급이라야 해서 고기도, 과일도 신경 써서 구매했고 이것저것 실속 있는 품목으로 정하여 준비했는데 사돈이 흡족해하실지 공연히 신경이 쓰였다.

4월 5일, 애들 아침상을 차려주고 나는 병곤이와 서울엘 또 갔다.

맞춰놓은 떡들을 찾아 내려오는데 오늘이 식목일 휴일이라 어찌나 정체가 심하든지 3시간은 걸린 듯 집에 오니 오후 2시가 다 되어 막내 동서가 점심상을 차리고 있었다. 오늘 점심은 비빔국수였다.

어제 저녁에 푸짐하게 닭요리를 해주었으니 망정이지 처갓집 와서 라면, 국수만 먹고 갈 뻔했다.

오늘 점심 전에 청주 시댁에 간다고 현경이가 말했었는데 둘째아드님네 가셨던 어머니도 시동생이 모시고 내려오는 중이라니 기다렸다가 두 분도 뵙고 가야 했고 이런저런 사정으로 결국 4시경에 떠났으니 현경이의 시부모님이 서운해하시지 않을지 염려가 되었다.

현경이가 기특하게도 시댁에 늦게 가면 죄송하다며 아침부터 걱정을 하고 있었다. 그래! 그게 바로 시집이란다. 어머니 역시 생각보다 길이 막혔다며 늦게 오셨다. 아이들은 절만 간신히 올리고 바로 시댁으로 떠났다.

이바지 음식 준비한 것이 이것저것 여러 보따리였다.

한복을 곱게 차려 입고 자동차에 그득그득 짐을 싣고 애들이 떠났다. "엄마, 나 갈게!" 현경이가 눈물이 핑 돌면서 울먹거렸다.

이제 정말 시집보내는 기분이 실감났다. 아이들 차가 저만치 가도록 눈물이 앞을 가려 쳐다볼 수가 없었다. 울음이 나서 뒤돌아 간신히 참았으나 대문을 들어서며 나는 나도 모르게 흑흑대며 울어버렸디.

시집으로 들어가 시집살이할 것도 아니고 저희끼리 비둘기처럼 재미있게 살 텐데 시집가고 안 간 것이 무어가 그리 다른지….

이제 내 딸만이 아닌 남의 집 며느리가 되었고 또 다른 부모님이 우리 딸을 빼앗아간 듯한 그런 허전함 때문일 거다.

2002년 4월 12일
닥치면 모두 모두 잘한다.

현경이 신혼집에 잠깐 다녀왔다. 엊그제 동탄 화훼농장에서 화분 두어 개 사다가 주었고 제 오라비는 집 앞에 핀 츄울립꽃 두어 개 캐서 화분에 꼭꼭 심더니 동생 집에 갖다 주었다.

현경이가 신혼집을 어떻게 꾸몄을까 우리 모두는 궁금했었다. 남편은 애들 사골이나 사다 끓여 주고 오라고 당부를 했다.

자기 장가가던 해 아버님이 겨울 내내 곰국을 끓여 먹게 하셨다나. 그때는 몰랐었지만 아들이 기운 잃을까 봐 몸보신시켜주신 것 같았다. 그런 생각에서 사위한테 곰국을 끓여주라는 것 같았다.

시집가기 전에는 청소도 잘 안 해서 오빠가 더 많이 했었는데 오늘 그 집을 가보니 그렇게 살았던 그 애가 청소도 잘하고 정리도 잘하며 이곳저곳 너무 예쁘게, 아기자기하게 아주 잘 꾸며진 집 안 모습에 우린 놀랐다.

그렇게 잘하면서 그동안 왜 안 했냐며 제 오빠가 한마디 던졌다. 시집가면 다 살게 마련이라더니….

2002년 5월 31일
어머님 팔순 생신 / 3,181,250원

시골 동네는 평상시도 생신날이면 으레 아침 대접을 해야 한다며 생신 잔치를 치르곤 한다. 어머님 생신을 치러야 하는데 이번 생신은 80회 생신이니 뷔페식당에 나가서 치르기로 했다. 교통편이 좋은 곳으로 했으면 했는데 너무 임박하게 식당을 예약하는 관계로 교통편이 좀 불편한 장소에서 치르게 되었다. 동내 어르신들과 동네 가까운 지인 및 친척분들을 초대해서 간소하게 치르기로 하긴 했으나 예년과 같이 집에서 잡수실 분들이 없다고 아무것도 안 차리자니 어머님이 섭섭해하실 것 같았다. 그래서 불고기도 재워놓고 잡채와 식혜도 하여 이것저것 조금씩 준비는 했었다.

오늘 행사 예정 인원은 집안 식구들 제외하고 60~80명으로 생각하며 식당에 준비를 시켜놓았다. 예년과 같이 외삼촌 댁 식구들과 이모님 댁 식구들이 집으로 오셨지만 집에서는 물 한 모금도 못 잡수시고 식장으로 곧바로 나가셔야 했다. 어머님은 동네 아줌마들이 저녁 식사 준비로 많이 참석 못 할 거라고 은근히 걱정을 많이 하셨었다. 손님들이 오시는 대로 한 차씩 병곤이와 막내 동서가 연회 장소까지 실어다 드리곤 했다. 나는 동네 어른들이 다 오신 것 같아서 저녁 시간에 맞추어 연회 장소로 갔더니 많은 분들이 참석해 주셨고 이미 음식을 잡숫고들 계셨다.

어머니와 함께 조촐하나마 식사를 함께 해주십사 초대를 했었는데 바쁜 중에도 모두 참석해주셔서 어머님 팔순 생신을 축하해주시는 동리 어른들이 너무 고마웠다.

2002년 6월 19일
시어머님 고향 모임 / 2,503,410원

얼마 전부터 어머님 고향 마을 모임이 있다고 연신 전화가 오고 안내장이 오고…

또 어머니도 은근히 그 날짜를 기다리셨다. 오늘이 바로 그날이다. 막내 시동생이 모셔다 드리고 또 모시러 가고 했다. 오산 비행기장이 들어오느라 엄동설한에 억지로 쫓겨난 그 마을 사람들의 모임이다.

대대로 살아온 정든 고향땅이 전쟁으로 인해 비행기장이 들어서고 누구도 어쩔 수 없이 마을을 쫓겨나야 했던 그런 아픈 사연을 간직한 고향 사람들과, 그의 후손들 몇몇 사람의 적극적인 노력으로 얼마 전부터 일 년에 한 번씩 모이신다. 어머니께서 어린 시절을 보내고 그곳에서 출가를 하시고 했으니 얼마나 오랜 세월이 흘렀는가.

그 당시 사셨던 분들 중 많은 걸 기억할 수 있는 그런 연세의, 그야말로 산증인이시니 더욱더 참석해 주시길 바랐을 것이다.

초등학교 시절에, 중학교 시절에, 20세 전후해서 마을을 떠났던 그런 사람들이 지금은 모두 70을 바라보는, 80이 훨씬 넘은 그런 분들이니 오늘 그곳을 다시 찾아가 옛 흔적을 비행기장에서 상상하며 방문할 것이라니 더욱더 올해는 감회가 깊고 흥분되시는 눈치였다.

어머니는 몇 해나 더 옛날 고향 마을 사람들을 만나실 수 있게 될는지. 같은 연배의 분들은 거의 돌아가시고 몇 분 안 계실 모양이니 얼마나 또 허탈하실까.

2002년 12월 31일
한 해를 뜻있게 보내고 / 3,230,440원

올 한 해도 이제 다 갔다. 특히 나에겐 2002년이 더욱더 뜻깊은 한 해였었다.

우리 집에서는 예쁜 딸 현경이가 멋진 신랑을 만나 시집을 갔고 나라의 경사는 월드컵 4강에 오른 대한민국의 큰 기쁨일 것이다.

그리고 시집간 우리 현경이가 임신을 했고…. 올 한 해도 온 가족이 건강하고 아무 사고 없이 잘 넘겨 그저 감사할 뿐이나 10여 년 넘게 가슴앓이 해온 막내 병찬이의 버릇! 내년엔 괜찮아질는지? 병찬이 버릇만 없어지고 형처럼 일자리 잡아 돈도 벌고 하면 얼마나 좋을까? 늘 그랬듯이 오늘 12월 31일 마지막 날은 왠지 마음이 설렌다. 한 해를 보내는 아쉬움과 새해를 맞는 설렘과 맞물려 알 수 없는 묘한 기분이다. 그러나 2002년은 나를 크게 변화시킨 또 다른 해이기도 했다 죽어도 못 할 것 같았던 운전을 드디어 내가 하게 되었으니생각할수록 나 자신이 위대해보이고 대견스럽기만 했다.

전화위복이 이럴 때 쓰이는 말인가 남편이 음주운전으로 걸려 많은 벌금으로 돈 나가고 한참을 무면허로 운전을 할 수 없었기에 내가 운전을 하게 된 커다란 동기부여가 되었으니 그리고 남편도 또한 불행 중 다행이라고 1년 면허취소였었는데 대통령 당선 특혜로 사면되어 6개월 만에 다시 면허증을 재발급받았으니 천만다행이었다. 그 사건으로 갑자기 이포까지 전근가게 되었지만 운전은 할 수 있으니 정말 다행이 아닌가. 하여간 올 한 해는 내 주변에 큰 사건들이 참 많았었다.

2003년 2월 6일
너무 쉬운 요행수 / 2,460,760원

볼일이 있어서 시내에 나갔다. 국민은행엘 갔더니 사람들이 길게 줄을 서서 손에는 뭔가 최소한 서너 장씩 들고들 있었다.

요즈음 화제가 되고 있는 로또복권을 사려는 줄이었다. 진즉부터 남편도 그 복권 우리도 몇 장 사자고 하는 것을 귀에 담지도 않았었다.

1등이 두어 번 나오지 않아 이번 주에는 분산시켜 여러 명에게 태운다고 했다. 1등이 800억이라나? 참 어이없는 일이다.

어쩌자고 그런 복권이 나와서 요즘 사람들 마음을 들뜨게 하며 로또 열풍을 일으키는지… 줄지어 복권 사려고 기다리는 사람들을 보니 안 사는 내가 바보인 것 같아서 3만 원 주고 나도 3장을 구입했다. 세금으로 다 떼고 10%만 준다 해도 몇십 억인데… 사람들 정신만 병들게 하는 것 아닌지 모르겠다.

2003년 2월 8일
현존하신 부모님들께 세배 다니기

지난번 양지에서 임일회 부부 모임 때 회장님 말씀이 우리 모임도 이제는 좀 더 뜻이 있고 값어치 있는 일도 하자고 했다. 막연히 그냥 만나 웃고 떠들고 하는 것도 좋지만 나이도 먹은 만큼 살아계신 친구 부모님 찾아뵙고 세배도 하러 다니고 하자는 제안을 하셨다.

그래봐야 남자들 부모님 모두 돌아가시고 전예한 씨 어머니와 우리 어머니 두 분만 생존해 계셨다. 솔직히 며느리들 입장에서는 그리 반가운 제안은 아니었으나 어쩔 수 없었다.

여자들은 음식 장만도 해야 하니 두 집 며느리 우리 둘은 속으로 "안 다니셔도 되는데….." 했었다. 그날이 오늘이다.

오전에는 전예한 씨 어머니를 찾아뵙고 그 댁에서 점심을 준비하고 오후엔 우리 집엘 오시기로 했다.

남편은 학교에 가셨으니 전예한 씨 댁은 가실 수 없어 나만 맹 사장님 차편에 따라갔었다. 그 집 며느리 점심 준비하느라 이웃에 산다는 성당 자매분 두 명까지 오셔서 일을 돕고 있었다.

세배 드리고 점심 식사 후 우리 집에 도착은 오후 4시경이었다. 나는 어제 미리 준비를 해놓고 갔었기에 서둘러 다과상을 먼저 차려낸 후 저녁식사 대접하고 식사 후에 윷놀이도 하고 노래방 틀어놓고 여흥도 즐기며 즐거운 시간을 보냈다.

이왕 내려온 김에 1박 2일하고 가라 했더니 바쁜 일들이 제각기 있다며 밤늦게 모두들 돌아갔다.

만나서 즐겁긴 해도 내년에는 어찌 해야 할지 고민스러운 모양이다. 단순히 어른께 세배 간다는 좋은 뜻으로 올해부터 시도를 했는데 안주인들이 음식 차려내느라 너무 신경을 써서 미안하다며 어찌하면 좋을지 남자분들이 더 신경이 쓰이는 모양이다. 사실 그렇긴 했다. 세배 오시면 음식은 뭘 해서 대접하나 걱정이 되었으니까…

하지만 모여 즐겁게 보냈으니 손님 대접하기 힘은 좀 들었으나 나는 매우 흐뭇했다. 그래서 내년에도 부담 없이 신년 새해 우리 집에서 또 모여 즐겁게 보내자고 했다.

지난가을에 도토리를 주워다 가루 만들어 놓았던 것으로 가실 때 도토리묵을 쑤어 한 모씩 나누어 드렸고 남편이 퇴근길에 화원에서 작은 꽃 화분 10개를 사다가 하나씩 드리니 모두들 좋아들 했다. 우리 마음은 더욱 기쁘고 흐뭇했다.

2003년 2월 24일
대구 지하철 참사

오늘도 TV에서는 (지난 2월 18일) 대구 지하철 참사 사건 이야기가 쟁점으로 연일 우리에게 마음 아픈 뉴스를 보도하고 있다. 여러 날이 되었어도 시신도 못 찾아 헤매며 울부짖는 실종자 가족들의 모습이 마음을 너무도 아프게 했다.

정말로 어이가 없는 일이다.

멀쩡한 내 가족이 출근길에, 학원 가는 길에, 친구 만나러 가다가, 쇼핑하러 가다가… 이런저런 사연 안고 그렇게 참혹하게 지하철 전동차 안에서 갇힌 채 한줌의 재로 남게 될 줄을 그 누군들 꿈엔들 생각했을까?

그 유가족들 앞으로 어찌 살까?

언제 어디서 무슨 일을 당할지 아무도 모른 채 일어난 일… 그들도 그 시간에 그곳이 아닌 다른 곳에 있었더라면 오늘도 열심히 살고 있을 것인데….

올해 명문대에 합격했다는 여고생! 동생 졸업식에 가던 누나와 조카!

이루 헤아릴 수 없이 많은 아픈 사연들을 들으며 그저 우린 가슴만 아파해 줄 수밖에….

다시는 이런 불의의 인재가 우리에게 더는 없어야 할 터인데….

2003년 4월 30일
장례 문화의 변천 / 3,818,490원

오늘 ㅈ숙이 아버님 문상 간다고 수원 애경백화점 정문에서 3시에 만나자는 전화를 어제 받았는데 2시까지 깜빡 잊고 있다가 갑자기 생각이 나서 서둘러 나갔다.

은행 볼일 보려고 외출 준비를 하고 있다가 깜빡했었다. 백화점까지 늦지 않게 도착해서 친구들을 만났다. 수원역에서 택시를 탔는데 15,000원이 나오는 꽤 먼 거리였다.

시립 장례식장인가 본데 아주 공원처럼 잘 꾸며져 있어 큰 거부감이 들지 않았다. 그곳에는 초상을 치르고 화장도 하며 납골당까지 모두 갖추어져 있었다. 앞으로는 이제 집안에서 장례 치르는 일은 없어질 것 같다.

나는 우리 증조할머님과 시아버님을 모두 집에서 초상을 치러 보았지만 얼마나 번거롭고 힘들고 정신없고 특히 여자들은 상주 노릇도 제대로 못하며 일이 진행되었는지…. 또한 상주도 더 지치고 일 보는 상주 지인들까지도 너무 힘들게 손님들을 접대하느라 수고들을 했었다.

그리 오래된 일은 아니지만 20년도 안 되는 사이에 우리 장례 문화가 확 바뀌어졌다.

APT에서도 시신 모신 관이 곤돌라를 이용해 운반하였었는데 어느 때부터인가 장례식장에서 아주 자연스럽게 초상을 치르는 장소로 인식이 되었으며 이제는 집에서 초상 치르는 상갓집은 찾아볼 수가 없다.

2003년 5월 11일
애견 미용샵 / 3,932,000원

ㅎ진이가 오늘 애견 미용샵을 오픈하는 날이라고 떡이나 먹으러 나오라는 ㅇ선 아저씨 전갈이 있어 잠깐 갔었다.

나는 오늘 성호 동창회가 있어 모임에 들러 점심을 먹고 먼저 나와 ㅎ진네로 갔다. 그 애는 유난히도 개를 좋아하고 동물들을 좋아하더니 결국 제가 좋아 하는 일을 할 모양이다.

개업집이니 발전축의금은 좀 주었지만 인사로 물건을 팔아 주어야 하는데 모두가 값이 만만치 않아 코리가 좋아하는 쩝쩝이 하나 사고 파니는 요새 귀에서 냄새가 나기에 귀 청소해주는 약도 한 병 샀다. 남편은 애견용품이 뭐가 있나 생전 구경도 못했었는데 오늘 ㅎ진네서 이것저것 구경하시면서 어이없다는 표정이다.

그리고 너무너무 신기하기도 한 모양이다. 개목거리, 귀거리, 개 간식용 과자들, 각양각색의 의류들과 별의별 것들이 다 있으며 가격 또한 대단해서 사람보다 더 호강하는 개들이 그만큼 더 많아졌다는 것이다. 이 좁은 오산에서 호강하며 크는 개들이 과연 얼마나 될지…

2003년 6월 13일
교통수단의 편리함 (자동차 키 전달) / 3,168,060원

요사이 내가 슈퍼우먼 같다. 남편 기사 노릇하랴, 우리 집 정원에 풀 뽑으랴 서울 아이들 챙기랴 정신없이 바쁜 날들이다. 어제는 오후 늦게 현경이 토마토도 사다 줄 겸 구의동엘 갔다.

현경이가 먹고 싶다고 하기에 아기 낳기 전에 한 상자 먹일까 하고 부지런히 어머님 저녁 진지 준비를 해놓고 올라가니 그곳에 막내 시동생도 와 있었다. 나는 주차하기가 어려워 아이들 있을 때만 차를 몰고 갔었다. 그런데 오늘은 시동생이 있어 다행이었다. 시동생이 현경이 밥 사주려고 갔다면서 내가 저녁준비를 하려고 하니 못하게 했다.

안동 찜닭으로 메뉴를 골라 희성이, 현경이, 시동생, 나 넷이 먼저 가서 먹고 있는 도중 병찬이가 그곳으로 퇴근을 했고 병곤이는 선약이 있다며 참석을 못 했다. 우리는 저녁을 맛있게 먹고 나오다 병곤이를 길에서 만나 애들 삼촌이 2차 가자며 남자 애들만 데리고 장소를 옮겼다.

현경이와 나는 안 가겠다며 그냥 집으로 왔다. 그런데 어제 애들 삼촌이 주차를 해주고 자동차 키를 깜박하고 오산엘 그냥 갔었다. 아침에 전화가 와서 알았다.

그 키를 가지러 가기도, 가지고 오기도 그렇고 어쩌나 궁리를 하다 보니 버스 기사님 편에 보내는 방법이 있는 것이 생각났다. 현경이 대전에 있을 때 반찬을 그렇게 보내본 적이 있었다. 터미널로 시간 맞추어 받으러 가면 되니까.

시동생한테 그런 방법이 있다 알렸더니 몇 시 몇 분 버스 편에 보냈다는 전화가 왔기에 시간 맞추어 키 받으러 나가는데 만삭의 몸을 끌고 현경이도 나섰다.

테크노에 가서 엄마 간편한 옷 몇 가지 사자면서….

하긴 병원 간병하러 드나들기에 편하고 깔끔한 옷이 몇 개 필요하긴 했다.

현경이가 아기 낳고 있으면 방문객들도 꽤 있을 테고 친정 엄마도 품위 있게 하고 있어야지.

편안한 낮은 구두도 사고 티셔츠도 두어 개 사고 활동하기 편한 바지도 하나 샀다. 내 돈 내고 사 입는다 해도 딸애가 코디 해주고 센스 있게 엄마한테 잘 어울리는 예쁜 옷 잘 선택해주니 언제부터인지 나 혼자서는 이내 옷도 살 줄 모르는 엄마가 되었다. 딸이 나보다 나를 더 잘 아니까.

그래서 딸은 꼭 있어야만 한다.

2003년 9월 12일
막내아들한테 용돈을 받다 / 2,210,100원

이번 추석 때 병찬이가 엄마 옷, 할머니 옷, 선물도 사 왔고 회사에서 사과상자, 갈비상자도 받아왔다. 내게 현금 5만 원도 주면서 그녀석 기분이 떠서 목에 힘을 크게 주었다.

이제껏 형과 누나가 그렇게 할 때마다 저는 위축이 되었었는지…

그 녀석 얼마나 생색을 내며 크게 떠벌렸는지, 어제 저녁에 큰아들 말이 올라갈 때에 엄마에게 돈을 드리려고 했었는데 병찬이가 하도 자랑을 하고 생색을 내는 분위기라 저도 빨리 돈을 드려야겠다며 20만 원을 내놓고 할머님께도 10만 원을 드리고, 우리 딸아이는 구두 티켓을 엄마 아빠한테 15만 원짜리 한 장씩을 내놓았다.

받는 기쁨도 좋지만 주는 기쁨도 좋은 것이다. 그 녀석들도 아주 기분 좋게 매우 밝은 표정들이다.

나도 어머님께 얼마를 드릴까 하고 생각하다가 10만 원만 드렸다. 너무도 돈 쓸 일이 많아 계산을 안 할 수 없었다. 요즘 받아오는 떡값이(효도휴가비) 예전에 비하면 갑절이 넘지만 쓸 일도 더 커졌다.

그래도 정초 설날보다는 추석이 돈이 덜 나가서 나는 오붓하다. 설에는 세뱃돈이 크게 나가 신경이 많이 쓰이지만…

2003년 9월 19일

남편 용돈

이달에는 남편 용돈을 25만 원 드렸다. 물론 한 달 치는 아니다.

언제부터인가 월급에서 제일 먼저 남편에게 용돈을 드리기로 했다.

교감 승진 후 20만 원씩 더 나오는 것을 그동안 적금을 들었다가 어머니 팔순 잔치에 쓰고 집에 에어콘도 사곤 했었다. 올해부터는 현금으로 드려 직접 쓰시게 했다. 그래야 남편 돈이 되지 싶어서다.

25만 원으로 얼마 전부터 올라 나도 올려주었다. 한 달내 수고해서 받는 돈 모두 온라인 통장으로 입금되니 참 기분 안 날 것이다. 옛날 월급봉투 직접 받아 들고 다닐 때가 좋았을 것이다. 그래서인지 요즘 남자들은 점점 힘이 없어지고 여자들은 기가 세지는 것이 그 영향도 좀 있지 않을까?

이달은 학자금 빠지는 달이라 들어오는 돈은 엄청 적지만 그래도 떡값(효도 휴가비) 나오는 것이 조금 있으니 적당히 그렇게 맞추어 가며 또 살아야지.

2003년 11월 4일
외삼촌 삼우제 / 4,326,430원

외삼촌 삼우제에 막내 시동생하고 평택에 가셨던 남편이 점심때가 조금 지나서 어머님을 모시고 돌아오셨다.

산에서 끝내고 그냥 곧바로 오셨다고 했다.

집으로 들어가시게 되면 상주들끼리 이야기도 있고 할 터인데 이러쿵저러쿵 무슨 말씀을 하실지 몰라 그냥 모시고 오다가 점심은 세 분이 칼국수를 사 잡수시고 왔다고 했다.

그렇게 내 사정 봐 줄 때도 있나 보다. 한 끼 식사 안 차린다는 것이 우리 주부들은 얼마나 보너스 탄 기분인지 남자들은 알까?

어른 모시고 몇십 년 사는 며느리들 너무너무 장하게 보인다. 모시고 있다는 그 자체가 시집살이인 것을… 나도 물론 머지않아 시어머니가 되겠지만 사실 시어머니란 존재는 참으로 신경 쓰이고 힘 드는 것이 사실이다.

시집살이를 시켜서가 아니라 착해도 시어머니는 역시 시어머니다. 마음껏 편한 관계는 아닌 것 같다.

60이 가까워지는 이 나이가 되어도 어머님이 어디 나들이 가시면 마음이 홀가분하고 매우 편하다가도 어머님이 대문 들어서시면 공연히 가슴이 철렁해지고 하니.

그러니 요즘 젊은 애들이 시부모와 함께 살지 않으려 하는 마음도 이해는 갔다. 고향에서 그동안 홀시아버지 모시고 지금까지 살았던 외삼촌 막내며느리도 고생 많았다고 칭찬해주고 싶다.

2003년 11월 7일
조상님 모시기

우리 산 맨 위에 계시는 할아버지! 어머님한테 고조부라니 나에겐 5대조 할아버님으로 시제를 모셔야 할 할아버지이시다. 그런데 후손들이 별도의 시제를 만들어 모셔야 할 분인데 그렇게 진행이 못 되어 이제 제사도 못 잡수시는 분이라 해마다 시제 지내고 오면 임씨네 세 집 며느리들이 술이라도 한잔씩 부어 드리러 다녔다면서 어머님이 지난해 알려 주셨었다.

이제 그 세 며느리는 늙어서 며느리의 며느리들이 챙길 때가 된 것이다. 그때도 음식은 우리 어머니가 챙겼었다. 지난해에도 두 집 며느리(나이는 나보다 적어도 나에겐 아줌마뻘)들이 시큰둥이라서 내가 3가지 적과, 삼색 나물, 과일, 챙겨 아저씨 오토바이에 싣고 다녀왔었다.

사실 그 사람들이 촌수로는 더 가까운 조상님인데 당연히 우리 일로만 생각들 하고 있으니. 오늘이 음력 시월 열나흘 그 할아버지 기일이라고 아침에 어머님이 말씀해주셨다.

시제 지낸 다음 날에 찾아뵈었어야 했는데 내가 깜빡 잊고 있었다. 이번에도 두 아줌마들 반응이 시큰둥하며 우리 집만의 일인 양 반응이 없다.

차릴 게 뭐 있냐며… 몇 가지 장만하러 마트에 간다니까 따라나서기에 성의로 뭐 한 가지 보태려나 했더니 생각도 않은 채 자기들 물건만 열심히 사서 차에 실었다.

크게 차리는 것은 아닐지라도 함께 준비할 마음이 조금도 없었다. 큰아줌마는 자기 볼일 있다며 조금 일찍 산에 다녀오잔다.

집에 돌아와 부지런히 혼자서 음식 장만해 차에 싣고 있으니 두 아줌마가(9촌 삼당숙모) 어슬렁어슬렁 그제서야 우리 집으로 오고 있었다.

같은 할아버지 자손이라 그들은 고손부들이고 나는 더 먼 5대 손부인데 왜 우리 일로만 생각하는지. 내가 그분의 대종손부도 아닌데 차려 간 음식은 잘 먹는 것을 보니 섭섭하고 많이 밉기도 했지만 조상님 위해서 하는 일이니 내가 마음을 넓게 갖기로 했다. 내가 돈 들여 차리는 것이 마음 편한 짓이니까 본인들이 생각 안 하는 것을 이러쿵저러쿵 뒷얘기 하고 싶지 않았다.

2003년 11월 29일
예식 문화

이ㄱ우 씨 차남 결혼식이 서울에서 있어서 또 올라갔다. 나는 일찍 올라가서 구의동에 있다가 가려 했더니 이웃 친척 두 아줌마가 아침부터 놀러오는 바람에 시간이 늦어 직접 예식장으로 가야만 했다.

예식장에 가보니 부부는 우리뿐이고 모두 남자 친구들은 혼자들 오셨다. 예전에는 부부가 참석해주는 것이 정성으로 생각되었고 친한 친지들은 꼭 그렇게 해야 되는 줄 알았는데 요즘은 이상하게 혼자서 참석해야 하는 분위기라서 사실 둘이 참석하면 왠지 눈치가 보이는 느낌도 들곤 했다.

축의금과 식비를 저울질하는 혼주들도 많으니 하객 역시 그 계산을 하게 되는 것이다.

사실 보통 축의금 5만 원 들고 둘이 가면 식비도 안 되는 격이니 어쩔 수 없는 현실 모습인 것 같았다. 그렇다고 갑절로 부조하긴 하객 부담이 좀 클 터이고… 정말 찾아가서 축하를 해주는 것이 도리인지 참석 안 하고 식비 줄여 주는 것이 돕는 것인지 어느 것이 정답인지 잠깐 헷갈렸다.

내 경우로는 부부 동반으로 먼 길 시간 내어 찾아와 축하해준 하객들이 정말 고마웠다.

2003년 12월 3일
나에게도 여권 발급 / 2,499,310원

오늘 드디어 나에게도 여권이 생겼다.

광진 구청에서 신청하고 7일 만에 오늘 드디어 찾는 날이라 서울에 올라갔다. 내년 1월 7일부터 1월 11일까지 태국으로 해외여행을 나도 가게 되어 갑자기 만들게 되었다. 남편 광주종고 팀 모임에서 이번에는 부부 동반으로 가기로 결정을 보았단다.

그동안 남자들만 중국도 2번씩 다녀왔고 매번 정기모임 때도 부부 동반은 일체 없는 괴짜 선생님들 모임이다. 이제는 모두들 교감, 교장으로 진급들을 하셨다. 부부 모임을 유난히 원치 않는 분들이시다.

그런데 어떻게 이번에는 부부 동반을 하는지 알 수가 없었다. 어쨌든 나도 해외여행이란 것을 해보게 되는 모양이다. 그들 부부 20여 명 중에 이제껏 여권 없는 사람은 나 하나겠지 했더니 또 한 사람 있다 한다. 나처럼 주변머리 없는 사모님은 또 누구인지 더 알고 싶어졌다. 어느 모임을 가보아도 그동안 동남아 여행 한번 못 간 사람은 나뿐이었다. 참! 그동안 무엇 하며 그렇게 살아 왔는지! 딱하기도 하고 한심한 내 인생이 아닐까.

2004년 1월 7일
해외 첫 번째 나들이 / 6,649,710원

제사에 모인 김에 자연스럽게 내일모레 여행 떠나는 이야기를 했다. 30년 만에 자식들 덕분에 해외여행 하는 건데 왠지 어머니한테 죄송해서 말씀도 못 드렸었다.

우리 회 모임에서 부부 동반 해외여행 간다고 바람만 넣고 펑크를 냈었다. 여권 만들고 꿈에 부풀었다가 얼마나 섭섭했는지 모른다. "내 복에 그럼 그렇지." 무슨 팔자에 해외여행? 하면서 남편에게 투정도 했었다.

남편도 실망시켜 미안했는지 멋쩍어하며 내가 투덜대도 아무 말이 없었다. 여행 기간에 남편 생신이 껴서 이래저래 내가 편하겠네 하며 좋아하다가 펑크가 나니 더 약 오르고 화가 났다.

홧김에 혼자서 놀러 갈 거라고 억지를 부렸지만 사실 내 성격상 그럴 용기도 없다. 그렇다고 남편이 나를 데리고 어디 가까운 곳이라도 다녀올 사람도 아니고… 올해가 결혼 30주년이기도 해서 더 기대했었는데 실망이 너무 컸었다. 그런데 우리의 아이들이 엄마 마음을 알고 3남매가 돈 모아 예정했던 날짜에 꼭 다녀오라며 서둘러 여행사에 신청해서 얼떨결에 여행을 하게 된 것이다.

남편도 찬성을 했다. 자기 생일 맞추어 여행해보기는 아마 생전 처음일 거다.

제삿날이라 오늘 형제들이 모였을 때 알려야 할 것 같아서 어머님께도 이참에 말씀을 드리니 역시나 대뜸 하시는 말씀이 "너는 참 좋겠구나!"

우리 자식들은 왜 나 여행 안 보내주니? 물론 농담 겸 하시는 말씀이겠지만 뽀루퉁한 표정으로 그 말밖에 하실 말씀이 없었나?

당신은 큰따님 이민 간 호주에 가셔서 3달 넘게 계시다 오셨으면서… 더욱이 한 수 더 거드는 건 동서! "어머니도 동남아 안 가보셨나요?", "어머 그렇구나!", "이제는 어머니 힘드셔서 못 갈까요?", "비행기 타실 수 있으시겠어요?"

"어머니 자식들 참 주변머리들도 없지."

그 한마디 한마디가 어찌나 내 속을 긁어대던지! 참다못해 나도 한마디 했다. "나도 우리 또래에서 동남아 한번 못 가본 사람은 나뿐이었는데, 평생 나는 해외여행 못 가 볼 줄 알았더니 요번에 자식들 덕분에 가게 되었다네."

도움을 청하려고 여럿이 모였을 때 말을 꺼냈더니 내게는 아무 도움이 안 되고 부담만 더 안겨주는 동서의 어투가 내 뒤통수를 후려친다.

2004년 1월 9일
태국 여행

오산에서 인천공항까지 1시간 30분 조금 넘게 걸렸다. 서울을 안 가고 오산에서 직접 가니 훨씬 편했다.

남편은 그동안 중국도 두어 번 갔었고 서유럽도 갔었지만 바다 건너 제주도 두 번 가본 김영애가 해외여행은 생전 처음이니 얼마나 기분이 들떠 있겠는가! 공항에서 아이들한테 잘 다녀오마고 전화해

주고 고맙다고 인사도 해주었다.

여행비 130만 원이 그 애들한테는 큰맘 먹은 것이다.

자식들의 마음 씀씀이가 대견하고 기특해서 나는 더 기분이 좋은 것이다.

공항에는 여행사 직원이 나가 있다고 해서 모든 수속을 그 직원이 알아서 해주겠지 하고 알았더니 개인이 알아서 하는 것이었다. 나 혼자는 어디 여행도 못 다닐 것 같았다. 해외여행 몇 번 갔었다지만 아빠도 직접 해보진 않았으니 익숙지 못할 수밖에. 우리 부부 졸지에 무식한 촌 노인이 별안간 된 기분이 들었다. 그래도 차근차근 절차 밟아 드디어 해외여행 첫 비행기에 김영애가 탑승을 했다.

오전 11시 30분 비행기였는데 타자마자 왜 배는 고픈지… 현경이가 기내에서 먹을 간식도 사고 공항에서 맛있는 거 사먹으라 했는데 나는 남편이 기내에서 먹을 거 준다기에 신경을 안 썼다. 그랬더니 "점심을 굶는 것 같은데?" 탑승하자마자 배는 고프고 대여섯 시간을 어찌 참나 아무것도 못 사게 한 남편이 순간 원망스러웠다. 그런데 얼마 후에 다행히 점심이 나왔는데 빵 한 조각, 닭튀김 한 개, 음료수가 있는 기내식이 나와 그런대로 배는 채워졌다.

태국 비행기라서 그런가 안내방송이 한국말은 한마디도 없으니 그냥 갑갑하게 몇 시간을 귀머거리로 가야만 했다.

현지 공항에 내리니 바람이 후끈하게 느껴졌다. 그래도 그곳에서는 지금이 겨울 날씨라니… 동남아 하면 주로 많이 가는 곳 태국에 우리도 발을 디뎠다.

마중 나온 현지 가이드 따라 우리의 일정이 시작되었다.

공항에 내려 보니 우리 일행이 세 팀이었는데 두 팀은 모두 젊은 신세대 부부들이었다. 밤에 늦게 오는 팀들이 또 있어서 다음 날 함께 합류해 3박 5일 일정을 같이 보낼 거라 했다.

어떤 사람들과 함께할지 참 궁금했다. 첫날은 일정이 없고 저녁을 먹은 후 숙소로 안내했다. 방콕시에 있는 노보텔 호텔이었다.

내 나라 떠나온 지 하루도 안 되었는데 말이 안 통해서인가 너무 갑갑한 것이 많았다. 남편은 술 생각이 나는데 소주 못 사 간 것을 어찌나 억울해하던지…

1월 10일, 아침 일찍 보따리를 챙겨 우리 팀은 호텔을 나왔다.

어제 밤늦게 내린 팀과 합류해서 24명이 신나게 다녔다. 모든 것이 신비롭고 마냥 즐겁기만 하며 그림으로만 외국이란 곳을 가끔 구경하던 것이 내 눈으로 직접 확인하며 다니니 힘든 줄도 모르고 따라다니고 있다.

어머! 어머! 참 좋구나 하며 이곳저곳 감탄을 하며 잘 따라다녔으나 실은 거기가 어디였는지, 또 어디어디 가보았다고 기억도 나질 않는다. 그냥 신나서 재미있게, 들떠서 그렇게 신나게 따라다녔다.

오늘밤 묵은 호텔은 파타야에 있는 전망이 너무 좋고 아름다운 그런 곳이다. 어제저녁 방콕에서의 노보텔과는 너무 차이가 있다. 우리 방 위치는 옆면과 앞면이 모두 보이는데 호텔 방에 들어서는 순간 너무 멋이 있어 환호성을 냈다. 파타야 야자수 길이 저 멀리까지 이어진 해안가의 푸른 물결이 펼쳐져 있는 바다! 이런 곳에서 한참 머물다 갔으면 싶었다.

호텔에 도착해서 방을 배정 받고 올라오려는데 가이드가 우릴 불러 가니 결혼 30주년 축하하는 과일 바구니와 와인 한 병을 내놓으면서 한국에서 왔다고 하며 챙겨 주었다. 떠나오기 전 병찬이 친구가 있는 여행사에서 예약을 했는데 엄마아빠 결혼 30주년이고 아빠 회갑 여행이라 했더니 작은 이벤트 선물을 준비해준다고 했었다. 그 이벤트가 내일 일정 중 코끼리 타는 값 60불도 받지 말라 했다나… 어쨌건 고마웠다. 현지 가이드도 우리한테 신경을 많이 쓰였는가 너무 오늘 방 위치가 마음에 와닿는다.

작은아들 덕에 이런 호강도 해보고… 요번 여행 중에 30대 초반 젊은 부부들은 결혼 2주년 기념이라 하는데 그런 이야기를 들으니 참 나와는 격세지감의 차이가 난다. 그동안 내가 너무 딱하게 살아온 것은 아닌지…

1월 11일, 산호섬에 들어와 여러 가지 옵션 행사에 참여했고 태국 아줌마 한테 전신 맛사지도 받았다. 여행 마지막 날 12일은 이제껏 날씨가 좋았는데 저녁에 너무 세차게 비가 쏟아져 비행기 뜨는 데는

지장이 없을지 모르겠고, 오늘 저녁 먹은 곳은 롤러스케이트를 타고 다니면서 음식을 배달하는 웅장한 식당인데 그러한 음식점에서 쏟아지는 비 때문에 종업원들의 묘기를 보여주는 그들이 배달하는 모습을 여유 있게 보질 못했다.

1월 13일, 오전 8시쯤 우리 부부는 인천 공항에 내렸다.
며칠 딴 나라 가서 잘 쉬고 즐겁게 보냈으니 이제는 다시 내 생활로 돌아가야 하겠지.

2004년 4월 12일
전설 속의 공부할아버지(종조부님) / 4,139,930원

얼마 전에 우리 집에 꿈같은 일이 생겼다.
전설 속 인물로만 기억해왔던 작은할아버지! 늘 공부를 하도 열심히 해서 공부할아버지라고 불렀다던 바로 그 임규섭 할아버지께서 이북에 살고 계신다는 소식을 들었다.
옛날에 이웃에 사셨던 심 씨 댁 사위도 6·25 당시 행방불명됐다고 하더니 이번 남북이산가족 상봉 때 북한에 가서 남편을 만나보는 과정에서 그 할머니께서 듣고 오셨다고 했다.
그 할머니는 남매를 둔 채 남편이 월북을 해서 한 많은 50여 년을 홀로 사시던 중 북한에서 남편이 신청을 하여 이번에 만나고 오셨다. 그 남편은 그 당시 서울농대 교수였고 우리 종조 작은할아버지는 2학년 재학 중이어서 서로 잘 알고 지냈었는지 북에서 이웃집에 살았다고 하더란다.

두 분 모두 그곳에서 지위도 있고 잘살고 있다고… 우리 증조할머니 94세로 돌아가신 그날까지 막내아드님 행방을 몰라 죽었는가 살았는가 평생을 가슴앓이하시다 돌아가셨는데 그 아드님이 북에서 잘살고 계시다니…

우리 시어머니는 남편보다 3살 아래인 시삼촌 통근 밥 해먹이며 사셨다고 하더니 얼마나 그동안 몰랐었던 시삼촌 소식이 반갑고 놀라우셨을까! 만난다면 하실 말씀들이 퍽들 많겠지, 대고모할머닌 친누나이니 그 반가움 또한 무엇이라 표현할 방법이 있을까!

그리고는 우리 집에서는 남편만이 어렴풋이 그 할아버지를 기억하고 있다. 동생들은 그야말로 6·25때 없어진 서울 농대 학생 전설 속의 할아버지로 기억할 뿐이었다. 지금 연세는 76세! 남편과 오늘 수원에 있는 적십자사를 찾아가 이산가족 찾기 신청을 했다.

종손주보다는 누님이 찾는다는 것이 순서가 더 빠르다고 해서 대고모 할머니 댁에 들러 서류를 작성하여 신청인을 대고모 할머니 이름으로 접수했다. 기다리는 사람이 10만이 넘는다니 언제 만날 수 있을지 까마득했다.

조카며느리나 손자보다는 누님이 찾는 것이 조금은 우선 순위라니 희망을 갖고 기다려 봐야 하겠지… 대고모할머니와 우리 어머니는 갑자기 마음이 바빠지셨다. 빨리 만나보고 싶은 마음에…

오늘 뵈니 대고모할머니 많이 편찮으신 듯했다. 생전에 동생을 다시 보시게 되는지 접수하고 돌아오는 마음이 왠지 너무 무거웠다.

나는 그냥 신기하게 느껴질 뿐이지 솔직히 절실하게 실감은 나진 않았다.

2004년 4월 16일
현명한 국민들

어제 총선도 끝나고 대통령 탄핵 건은 어떻게 결말이 날지….

남편은 열린ㅇㄹ당을 그렇게 마음에 안 들어 했는데 이번 선거 결과를 보면 정말 성공적이었다. 대통령 탄핵 건으로 한나라당과 민주당이 몹시 고전을 겪더니 한나라당은 의외로 박근혜가 총재가 된 여파인지 어쨌건 많이 만회를 했다.

민주당과 자민련은 참패를 했다. 당이 없어지지는 않을지 모르겠다. 이 당이고 저 당이고 현 국회의원들의 하는 짓이란 정말 마음에 안 들어 아무도 찍어주고 싶은 마음도 없었다. 투표 자체도 하기 싫었다. 그래도 우리는 영원히 한## 당이어서 한## 당 인물을 찍었다.

나는 정치에는 문외한이다. 정말 누구를 뽑아줘야 잘하는 것인지 잘할 수 있는 인물이 누구인지도 모르겠다.

이제껏 봐왔지만 그 잘난 양반들이 정치판에만 가면 모두 도떼기 시장의 떨이 장사꾼처럼 서로 등치고 사기치고 표만 의식들 하는 꼴들… 역동적인 수출로 이만큼 잘살게 만들어준 재벌들한테 돈이나 뜯고 하니 뭐가 어찌 돌아가는 것인지, 왜 그래야만 하는지 이해가 가지 않았다.

우리 서민들은 참 양심적으로 세금도 어김없이 바치면서 열심히 들 살고 있는데, 앞으로는 청렴결백한 정치인들이 나와서 정직한 사람들이 큰소리치며 살 수 있는 깨끗하고 투명하게 이 나라를 다스려 주었으면 하는 간절한 마음을 정치하시는 분들께 바라는 바이다.

2004년 6월 14일
교장 자격 연수 / 3,794,870원

오늘부터 남편은 청주 교원대학교에서 한 달간 교장 자격 연수에 들어가셨다. 일주일 동안 입고 사용할 준비물을 챙겨 아침에 청주로 출발하셨다.

열심히 공부해서 시험 잘 보아 빨리 교장 선생님 되시라고 마음속 깊이 응원을 했다. 우리 남편은 주변 친구들에 비해 진급이 많이 늦은 편이다.

젊었을 때 섬에라도 가서 벽지점수도 받았어야 했는데 그동안 시골집 다니며 멀리 가면 큰일 나는 줄 알고 너무 자기 생활에 소홀한 탓에 주변 지인들보다 너무 늦은 연수이다.

아이들이 어릴 적에 섬이나 벽지 근무를 했어도 좋았을 것을, 그랬으면 덕분에 나는 오산 시댁에만 가는 일 없이 또 다른 추억을 만들며 살았을 것을…

어쨌건 금년에 교장 자격 연수를 받게 된 것만 해도 큰 다행이다. 2000년에 교감 자격 연수를 함께 받았던 분들의 모임인 건승회 회원 중에도 몇 분만 되셨다고 하던데 가뜩이나 나이도 제일 많은 남편이 올해 탈락되면 교장 꿈은 점점 멀어지지 않을까 싶어서다.

승진에 어쩔 수 없이 연연하게 되는 것은 지인들과 후배들의 승승장구 꽃피우는 곳에서 제자리에 있자면 아마 본인의 스트레스는…. 남편도 내년에는 꼭 교장으로 승진되어 집 가까이로 다시 오셔서 근무를 하셔야 할 터인데…

2004년 6월 28일
교장 연수 장소에 가보다

오늘 아침 남편이 핸드폰을 놓고 출근을 하셨다. 일주일 동안 꽤나 불편하실 터인데…. 내가 청주로 갖고 갈까 했더니, 그랬으면 하는 눈치였다.

요즘 연수 장소까지는 수원 사시는 선생님 차로 함께 다니고 있어 우리 차가 집에 있으니까 마음먹고 다녀올 수도 있는 일이다. 혼자서는 한 번도 고속도로를 들어가 보지 않았다는 것이 조금 떨리기는 했으나, 용기를 내었다.

용기를 내어 한 2km쯤 나갔는데 남편한테서 전화가 왔다. 그냥 저냥 며칠 지낼 터이니 놔두라나. 아마 운전하고 가는 내가 미덥지 않아서이겠지. 남편이 어디서 교육을 어떻게 받고 계신지 궁금하기도 했고, 바람도 쏘일 요량으로 나선 김에 가기로 하였다.

신나게 달려 청주에 들어서서 어찌어찌 알려 준 곳으로 찾아가다가 조금 헷갈리기는 했어도 잘 찾아가서 전달 잘 하고 돌아왔다. 오는 길은 더욱 신이 났다.

남편은 청주 I.C 휙 지나치기 쉽다며 걱정을 많이 했는데 잘 찾아들어가서 전달하고 집에 돌아오니 내가 어찌나 대견하던지… 운전을 배운 것이 너무너무 자랑스러웠고 행복했다.

먼 길 찾아갔지만 교장 연수 중인 남편과 데이트를 즐길 수도 없고, 함께 밥도 같이 사 먹을 수나 있나! 그렇게 쉴 틈도 없이 핸드폰만 전달하고 나는 되짚어 곧바로 집으로 돌아왔다. 참 너무 아쉬운 날이었다. 그래도 난 참 행복한 날이었다.

\# 2004년 9월 11일
토요일 큰아들 상견례 준비 / 3,654,520원

내일 롯데호텔 중국집에서 병곤이 상견례를 한다. 우리 가족 모두가 가야 하나 어쩌나 생각을 했었는데 상견례 때는 양가 부모님만 나가는 것이라고 하는 사람들이 많아 이번에는 어머니도 모시지 않고 우리 부부만 나가려 한다. 선희가 인연인가 병곤이가 장가를 갈 모양이다. 오늘 저녁에 장모 되실 분 생신을 한다며 가더니 늦도록 오질 않았다.

장가갈 나이가 되도록 무슨 멋이 들어 묶고 다니는 머리를 자르라고 벌써부터 성화를 해도 꿈쩍 않더니 깔끔하게 머리를 자르지 않으면 내일 상견례도 안 간다고 제 아버지가 오늘 야단을 치시니 드디어 자르고 왔다.

대학에 가면서 병곤이가 머리며 옷이며 특이하게 하고 싶어 하는 것은 아마도 보수적이고 고루한 제 아버지 무서워 어릴 때 못 해 봐서인가 싶기도 하다.

2004년 9월 12일
병곤이 상견례

오늘 병곤이 상견례를 했다. 어느새 나이를 먹어 장가를 가게 되는 모양이다. 딸 시집보내고 아들 장가가고 해도 도무지 내가 장모님이 되었고 시어머니 된다는 것이 실감이 나질 않았다.

시어머니가 나에게는 아직 계셔서인지 나는 언제까지 며느리인 것만 같다. 우리 며느리 될 아이가 어떤 집에서 어떤 부모 밑에서 자랐을까 궁금도 했었다. 딸아이는 어쩌구 저쩌구 이야기를 많이 해주어 궁금한 것이 없었는데 아들 녀석은 도대체 말이 없으니. 물론 양친 계시고 딸만 넷에 셋째 딸이란 것은 알고 있다. 두 언니는 시집갔고 거기까지만 병곤이도 아는 듯했다.

아버지는 뭐 하시는 분이며, 형부들은 뭐 하는 분인지, 형편은 어떤지, 나는 참으로 궁금한 게 많았었다. 오늘 막상 두 분을 만나고 보니 첫인상이 부드럽고 지극히 평범하면서 순수해 보이셔서 왠지 친밀감이 갔다. 우리 병곤이는 장남이라는 것이 좀 그러하나… 우리 집 사는 것 큰 재벌은 못 되어도 이만하면 살 만하고 아버지 직업 남들한테 인정받을 수 있고 본인 집도 있고 생김새 그 정도만 하면 뒤질 일은 없다. 하여튼 선희가 썩 예쁘지는 않지만 그냥 예뻐 보이고 참해 보이니 마음에 거슬리지는 않았다. 그쪽에서는 우리가 하는 대로 모든 걸 따르겠다고 했다. 시집보낼 준비는 이미 하고 계신 듯했다.

2004년 9월 13일 어제 상견례도 했고 올가을에 그냥 장가를 보내려 결정을 하고 나니 예식장이 있을는지 몰라 서둘러야 할 것 같았다. 현경이와 인터넷으로 몇 군데 알아보다가 어린이회관 예식홀이 있어서 우빈이를 유모차에 태우고 운동 삼아 걸어서 찾아가보니 호텔 예식홀 못지않게 내 마음에 쏘~옥 들었다.

본인들이 최종 결정은 하겠지만 다행히 11월 둘째 주 일요일에 시간도 비어 있어서 어지간하면 그곳으로 정하겠다고 마음을 굳히고 돌아왔다. 며칠 전에 자동차 접촉 사고로 병찬이가 병원에 입원해 있어서 오늘 먹을 것 좀 사다 주고는 구의동 집까지 또 걸었다.

오늘 우빈이 유모차 끌고 현경이와 셋이 꽤 많이 걸었다. 병곤이가 이제 장가를 가긴 하게 되는 모양이다. 그 녀석 장가보내면 지금처럼 현경이와 내가 이렇게 편한 마음으로 구의동 집을 쉽게 들락거리게 되지는 못할 것이다.

2004년 11월 14일
우리 장남 장가가는 날 / 4,110,250원

우리 병곤이 장가가는 날! 드디어 그날이 왔다.

아무리 생각해도 아빠는 오늘 아침 동네 분들 올라오는 버스로 함께 와야 할 것 같아서 나만 어제 올라왔다. 현경이가 출장 메이크업하는 사람을 예약해 놓아서 구의동에서 함께 화장하고 머리하고 한참 법석을 떨었다. 왜 이런 날은 마음이 그렇게도 바쁜지!

버스 두 대 대절해서 현경이 때처럼 한 대는 아빠 친구와 내 친구 중심으로 하고 한 대는 동네 분들 모시고… 버스에서 잡수실 간단한 음료수와 안줏거리 장만해서 올라왔는데 아빠가 잘 알아서 실어 주었겠지…. 승용차 두고 함께 동네 버스로 오신다더니 아빠가 아무래도 먼저 올라와야 할 것 같아서였는지 먼저 오셨다. 양선 아저씨와 천선 아저씨에게 부탁하고 오셨단다. 주인은 하나도 없이 하객들끼리 오시는 것이다.

현경이 때 예식홀이 좁아서 좀 복잡했는데 이번에는 여유 있게 치르고 싶어서 넓은 곳을 택했는데 의외로 하객이 없으면 쓸쓸해 보이질 않을까 갑자기 걱정도 좀 되었다. 왜냐하면 오늘 몇 집이 겹쳤다고 축하금만 보내오신 분들이 꽤 많았다. 그러나 그건 공연한 걱정이었고 역시 축하객이 많았다. 모두 예식홀이 너무 분위기 있고 좋다고 한마디씩 했다. 이렇다 하는 호텔예식홀에 지지 않을 것 같다고들 했다. 피로연 음식도 모두 좋아했고 특히 신랑 신부의 영상 스크린도 볼 수 있어서 지루하지도 않았다.

주례사가 길어서 병곤이는 진땀이 다 났다는데 나는 주례사 이야기보다 앞에 스크린에 한 컷 한 컷 지나가는 우리 병곤이 어릴 때 모습이랑 지금까지의 모습을 보느라 마음 흐뭇하기만 했다. 아쉬운 것은 이런저런 시간이 길어서인지 신랑 신부 데리고 내려가 하객님들께 인사 못 드린 것이 얼마나 아쉽던지…

잔칫집 다니면서 혼주가 신랑 앞세우고 다니면서 하객님들께 정중히 인사드리는 모습이 참 보기 좋았는데…. 어쨌건 큰일을 오늘 해낸 홀가분한 기분이다.

2004년 12월13일
아버님 기일 / 4,238,170원

아버님 기일이다. 우리 아들이 장가가서 처음 맞는 할아버지 기일이니 아들과 며느리도 참석하도록 했다. 워낙 병곤이 평소 퇴근 시간은 늦지만 오늘은 조금 일찍 나온 모양이다.

7시가 조금 넘은 시간에 도착을 했다. 그 녀석 총각 때는 퇴근이 늦다며 제사에 참석을 많이 못했었는데 장가를 가니 책임감과 의무감이 생긴 모양이다. 우리 며늘애는 친정아버지가 차손이시니 집안에 큰일도 적었을 테고 편히 자랐을 텐데 우리 집 맏며느리 노릇하려면 앞으로 힘든 일이 많을 것이다. 아직은 뭐가 뭔지 모르니 오늘도 "재미 있어요." 그런 말이 나오지, 내가 "그래? 힘들지 않니?" 하면서 속으로 웃었다. 시대가 많이 변했고 하기야 내가 살아온 것과는 많이 다르지! 어지간하면 부담 주지 않고 편히 살 수 있도록 해주려 한다. 시댁에 오는 것이 부담되고 힘들지 않도록 와서 쉴 수 있고, 자연을 즐길 수 있도록 시간을 만들어 주면서 과연 그렇게 살 수 있을까?

오늘 제사를 모시고 돌아가면서 "어머니, 이거요." 하며 흰 봉투를 내밀었다. 어찌 그런 걸 알았을까? 역시 장손 맏며느리다워 내 마음이 아주 흐뭇했다. 예전에 우리 엄마 말씀이 제사 모시러 갈 때는 차손이라 해도 형편껏 과일이든 술이든 꼭 돌아가신 분 앞에 성의 표시를 하는 것이라고.

나는 맏며느리라서 친정엄마 가르침 따라 나름대로 정성껏 조상님 모셔왔었다. 우리 며느리도 아직 나이는 어리지만 친정엄마가 가르쳐 주셨나, 기일에 빈손으로 안 온 것이 너무 기특하기만 했다.

2005년 1월 4일
남편 회갑 여행 / 3,170,170원

　우리 둘인 오늘 여행을 떠났다. 싱가포르와 말레시아를 3박5일로… 남편 모임 우리회에서 늘 그랬듯이 이번에도 남자분들만 가시는데 남편이 우리 마누라하고 같이 가야 한다고 하며 그럴 이유가 있다 하니까 총무 선생님이 눈치를 채시고 특별히 회갑 동기이신 정ㅎ방 선생님 사모님과 나를 끼워주셨다 자식들도 아직 어리고 요즘은 환갑 나이 되어도 젊으니 옛날처럼 회갑 잔치 벌이는 집도 거의 없고 대개는 여행으로 행사를 치르는 추세이다. 어머니 눈치가 보였지만 마침 현경이가 와 있던 차에 아빠, 엄마 여행 가 계실 동안 할머니를 돌봐드릴 겸 더 있는다고 해서 마음 놓고 편하게 되었다. 그렇게 좋아하다가 전날 밤 벌어진 사건으로 얼마나 놀랐던지….

　어젯밤 일을 생각하면 얼마나 아찔했던지 다리미질을 준비하고 잠시 가방을 챙기던 중 우빈이 녀석이 다리미를 만져 손바닥이 금방 부풀어 오르며 울면서 난리를 치는데 그 밤에 약방 다녀와서도 마음이 안 놓여 서울병원 응급실에 가서 치료를 받고 붕대를 감겨 왔다. 병원 치료를 받은 후는 조금은 덜 보챘다. 우빈이가 밤새 잘 자주어서 오늘 편한 마음으로 떠날 수 있음에 너무 감사했다. 우리 여행 잘 다녀오라고 하늘이, 조상님들이 도와주신 것일 거다.

　1월 8일, 여행은 어쨌건 즐거운 일이다. 요번 여행은 정ㅎ방 씨 내외 장ㄷ식 씨, 강ㅅ국 씨, 임ㄱ만 씨, 정ㄱ택 씨와 우리 내외 8명이였다. 모두들 부부 동반 여행이었으면 더욱 좋았을 걸. 우리회 선생님

들은 아주 오래전부터 잘 아는 분들이어서 남자들 틈에 여자 둘이 다
녔어도 부담도 없었고 아주 참 즐겁고 행복했던 좋은 여행이었다. 정
년퇴임 하면 나와 여행 많이 다니며 살 거라나! 그래! 우린 건강만 잘
지키며 살면 더 바랄 것이 없다. 인천공항에 오전 7시에 도착해서 집
에 들어오니 10시가 조금 넘었다. 우리 딸 현경이가 우리 여행하는
동안 할머니와 집만 지킨 것이 아니라 냉장고 청소 및 부엌 정리도
해놓고 그 외에 집 안 구석구석까지 깔끔하게 치워놓고 우릴 기다리
고 있으니 내 마음은 더욱 가뿐하고 즐거웠다.

2005년 1월 22~23일
태백산 눈꽃축제 야간열차

남편 중·고등 학교 모임인 9.8회에서 부부 동반으로 태백산 눈꽃
축제 여행을 가기로 했다. 청량리역에서 밤 12시 20분(0시 20분) 야
간열차를 타고 무박으로 가서 23일 태백산에 올라 해돋이를 보고 온
단다. 우리 오산 팀은 이 국장 내외와 함께 지하철로 가기로 했다. 애
들은 서울로 올라와서 가라고 했지만 지하철도 개통되었는데 겸사
겸사 오산에서 시간 맞추어 직접 가기로 했다.

수원에서 백ㅈ현 씨와 전ㅇ권 씨네도 합류했다. 안성 임ㅇ원 씨
네가 슈퍼를 운영하여 이왕이면 그곳에서 팔아주고자 주문을 했다
나. 미리 받아놓은 음료수와 술이며 간식거리 등등 회장인 백ㅈ현 씨
가 낑낑대면서 부인과 운반을 한 모양이다. 청량리에 도착해 모두들
모였는데 늘 그 멤버다. 유ㅎ진 씨 내외, 김ㅈ복 씨 내외, 김ㅈ영 씨는

이번에도 부인은 불참이다.

안성 분들이 기차 시간은 다 되어 가는데 오지를 않아서 회장과 남편이 마중을 나갔다. 떡을 그들이 해온다고 했다며 몸도 시원치 않은 이들이 짐 들고 오기 힘들다며 가서 받아와야 한다나. 후진 씨 부인이 마냥 여기서 이렇게 기다리고 있을 때가 아니라면서 우리라도 먼저 가서 기차를 타야 한다고 했다. 걷는 거리가 꽤 된다면서 7호차라 한참을 걸었다. 20분발이라 한 것 같은데 우리가 타자마자 기차가 떠나는 것이다.

총무 유ㅎ진 씨도 안 보였다. 마중 나간 두 사람과 안성 팀 모두 다섯 명이나… 정말 어이가 없었다. 분명히 못 탔을 것이다. 전화를 해보니 역시 못 탔다는 것이다. 후진 씨는 같이 안 있는 모양이다. 얼마 후에 앞 칸에서 혼자 걸어오는 거였다. 회장이 못 탔으니 어쩐담! 다음 차가 또 있는 것도 아니고 택시를 타고 오라는 둥 어쩌라는 둥…. 역무원 말로는 토요일이라서 정체라도 되면… 택시도 어쩔 수 없고… 이 차가 원주는 안 서고 제천에서나 정차한다면서 어지간하면 그냥 돌아들 가시는 것이 나을 거라 했다. 돈을 암만이라도 내고 태백까지 그냥 오라고 하라는 둥 의견이 분분했다.

나는 남편과 떨어져 은근히 염려되고 기분이 나지 않았는데 회장 마누라 왈! 우리 남편은 무슨 수를 써서라도 따라올 터이니까 염려 안 한다고 말했다. 그런 회장과 있어서 어쨌건 염려는 덜 되었다.

역시 정차 안 한다는 원주역 역장과 회장이 통화를 해서 총알택시를 잡아타고 기차보다 먼저 도착하여 기차를 세우고 원주에서 네 명이 올라타는 것이 아닌가!

그 잠깐 동안이었는데 반갑기도 하면서 어이없기도 하고 환갑 노인네들이 참 별별 일 다 하고 다닌다. 눈꽃 열차! 눈꽃 열차! 늘 궁금했고 그 열차를 타고 어디 눈꽃마을을 달리면서 감상이라도 하는 건가, 했는데 생각했던 것보다 너무 실망이 컸다. 그러나 캄캄한 밤에 태백산에 오르는 이들이 얼마나 많은지… 사람과 사람들이 서로 부딪히면서 새벽 4시부터 웅장한 태백산 정상에 흰 눈을 밟으며 5~6시간 올라가 등반을 했다는 것은 정말 자랑스럽고 내 생에 또 한 페이지의 큰 추억거리였다.

2005년 2월 19일
설날 세배

남편 대학 동기 모임인 임일회 부부들이 어머니께 새해 세배를 또 오는 날이다. 3년 전부터 새로 만든 효도행사이다. 회원 중에 전ㅇ한 씨와 임승학 씨만 그나마 두 어머님이 살아계시고 다른 친구들은 양친 모두 돌아가시고 안 계셔서 늦었지만 이제부터라도 두 분한테만큼은 자식들이 새해 세배를 다니자고 회장님 건의하에 만장일치로 통과해서 실천해오고 있는지 이제 올해로 세 번째이다.

좋은 생각이긴 하지만 솔직히 두 집 며느리 입장에서는 큰손님 치를 일이 부담도 컸다.

오전에는 산본 사시는 전ㅇ한 씨 댁으로 먼저 가서 점심 대접은 그 댁에서 하고 오후에 우리 집으로 오시어 저녁은 우리가 냈었다.

겸사겸사 하루를 그렇게 보내왔다. 올해는 전ㅇ한 씨 댁 부담도 덜어드릴 겸 그 댁 어머니를 우리 집으로 모시고 오게 했다. 올해는 각자 개인 사정으로 세 집이 못 와서 여섯 부부가 오늘 모였다.

어머니들은 집에서 화투 놀이하시며 놀고 계시게 하고 우리는 점심 식사 전에 필봉산 산행을 하고 왔다. 개피떡도 맞추고 지난해 열심히 주워다 만들어 놓았던 도토리가루로 묵도 쑤었다가 올해도 가실 때 묵 한 모씩과 시크라맨 화분과 함께 나누어 드렸다.

오신 손님들께 무언가 선물하고픈 마음에 중리에 있는 화훼공판장 가서 작은 화분을 준비해 드렸더니 꽃을 보고 너무들 좋아해서 해마다 그렇게 꽃을 선물해 드리고 있다. 오늘은 거실에서 윷놀이도 신나게 하며 놀았다. 재미있고 편한 모임이라서 힘은 들지만 즐거움이 크다.

세배 온다고 며느리 너무 힘들게 한다면서 밥도 나가서 사서 먹자는 둥 남자분들이 빈말인지, 참말인지 하시며 며느리 입장을 걱정해 주셨다.

이렇게 하루 모두가 즐거울 수 있는데 우리 여자들은 손님 치르는 것이 부담이 가는 것은 사실이다. 내년에는 우리 어머니를 산본 전예한 씨 댁으로 모시고 오라 했지만 내년에도 우리 집에서 치러야 될 것 같은 생각이 들었다

2005년 2월 25일
드디어 교장으로 승진 / 1,712,570원

남편이 교장으로 승진이 되어 이번에 화성시 태안읍에 있는 신설학교인 기안중학교로 발령이 났다. 떠나올 학교 이포고등학교 선

생님들께 드릴 작은 선물을 준비해 가시더니 오늘 정식으로 발령장을 받아 오셨다. 교장 선생님 발령은 대통령이 낸다는 것도 이번에 나는 처음으로 알았다. 기쁜 내 마음을 어찌 표현할까? 정말 일생일대 행복한 날이었다.

진급이 늦어서 은근히 스트레스를 본인이 받아서 2001년에 교감 승진이 되어 오산으로 내려왔을 때도 얼마나 좋았는지…. 그때는 교감으로도 만족했는데 이제 교장 선생님이 되셨다.

오늘 나와 남편은 뒷동산 조상님들께 술 한 병과 포를 준비하여 한 분 한 분께 우리 남편 임승학이가 이번에 교장으로 승진되어 인사 드린다며 한 분상 한 분상 모든 분께 보고를 드리면서 절을 하고 내려왔다.

남편이 퍽 좋으신 모양이다. 우리 남편 그동안 정말 고생 많으셨다. 요 몇 해 동안 뒤늦게 점수 올리느라 방학 때마다 돋보기 쓰고 공부하느라 정말 애 많이 쓰셨다. 오늘을 위해서….

이제 앞으로 건강하기만 하면 더 나는 바랄 게 없다.

2006년 1월 23일
남편 대학 동창생 중흥사 주지스님과 함께 / 5,211,530원

남편이 이달 들어서 내가 손님 치르기에 애도 많이 쓰고 해서일까 콧바람 쐬어 줄 겸 해서인지 광양을 가보자 했다. 광양 절에는 대학 동창 스님 친구가 지주로 계신 곳을 늘 가보고 싶어 하시긴 했다. 정월 명절 준비도 슬슬 시작해야 하는데 마음이 사실 한가롭지는 않았다. 그러나 "에이, 한번 떠나보자!" 싶었다. 남편이 1박 2일로 잡았다. 절에서 하룻밤을 자기로 했다.

아침 먹고 서둘러 9시쯤 집을 나섰다. 소풍 가는 학생처럼 가면서 먹을 과일이랑 어제 남은 떡과 과자랑도 챙기고 돌아오는 길에 온천에라도 들르게 될까 싶어 목욕용품도 챙겨서 떠났다.

오늘도 어머니 표정은 달갑지 않으셨다. 모르는 척 뻔뻔한 척하기 참 신경 쓰인다. 우린 둘이서 가면서 떡 먹고 과일 먹고 이것저것 먹어서인지 점심때가 되었는데 별로 배가 고프지는 않았다.

좀 늦게 점심을 휴게소에서 우동으로 때웠다. 남편이 화개장터 구경이나 하고 가자 해서 코스를 그곳으로 잡아 가보니 정말 연인끼리 드라이브 해보고 싶은 그런 아름다운 곳이었다. 섬진강변을 계속 끼고 돌면서 가는 길이 평일이고 겨울이라 그런지 한적하고 조용해서 너무 좋았다. 가다 보니 토지에 나오는 최진사 댁 가는 길 간판도 나오고 평사리 지명도 나오곤 했다.

쌍계사 가는 길도 봄이면 정말 아름다울 것 같다. 우린 쌍계사 입구까지 가보고 다시 섬진강 반대편 쪽으로 가다 보니 그곳에는 홍쌍리 매화 마을도 있었고 두루두루 경치가 너무 아름다웠다.

　남편이 정년퇴임 후에는 우리 둘이 이렇게 전국 드라이브나 자주 하면서 이곳 저곳 산 좋고 물 맑은 곳 찾아다닐 수 있는 여유 부리면서 살았으면 좋겠다.

　친구분 계신 절이 "중흥사"라는 절인데 가서 보고 매우 놀랐다. 작은 암자 하나 갖고 계신 것으로 알았더니 절 규모도 크고 보물도 여러 점 있는 역사가 있는 절이었다. 오산에 있는 보적사 위치쯤 될까? 중흥산성에 위치한 절인데 꼬불꼬불 한 1km쯤 올라가니 그곳에 절이 있었다. 그곳을 혼자서 꾸미며 사셨다 하니…. 더욱이 그 스님은 광양 농고와 이웃 학교에서 교사로 근무를 하시면서 절을 운영해 오신 것이니 도대체 어떻게 살아오신 것인지 도무지 나는 이해를 할 수 없었다. 그 스님이 삼십오 육 년 만에 만나는 친구 내외를 아주 반갑게 맞아 주셨다.

　한 이십여 년 전에 우리 집에 오셔서 하룻저녁 주무시고 가신 적이 있다는데 나는 기억이 안 났다. 남편과 같은 대학동문이라고는 하지만 어쨌든 절에서 부처님과 늘 함께하시는 스님이기에 왠지 부담스럽고 어려웠다. 남판도 스님으로 호칭을 했다. 그동안 안 쓰던 방이라 방이 추우면 어쩌냐면서 연신 스님은 신경을 쓰셨다. 깨끗한 이부자리를 미리 깔아 놓으셔서 방바닥이 따듯해졌다.

　오늘을 나는 영원히 못 잊을 것이다. 스님 친구 덕분에 남편이 절에서 저녁을 잡수셨고 잠까지 자게 되었으니 말이다. 절이 아닌 친구네 집 같은 기분이었겠지. 시간 가는 줄 모르고 두 분은 밤늦게까지 옛날이야기 하시느라 정신이 없다. 스님은 우리가 이렇게 우정 찾아 왔는데 내일은 어떻게 해드려야 하나 하며 신경을 쓰시는 것 같았다.

　며칠 후면 정초도 되고 스님께서도 매우 바쁘실 터인데 우릴 데리고 어디 구경을 시켜줄까 하시길래….

우린 스님 부담 안 드리고 드라이브 삼아 왔으니 하며 신경을 쓰는 스님한테 공연스레 미안했다

2006년 1월 28일
친손주 탄생한 날

어젯밤에 선희 배가 살살 아파오기 시작했다면서 병곤이한테서 전화가 왔다. 아무래도 명절 전에 그 녀석이 나올 듯했는데 친정 엄마 말씀으로 그렇지는 않을 것이라 하며 염려 말라는 위안을 해 왔었다.

친정이 옆에 있고 병원도 가깝게 있으니 내가 걱정을 안 해도 되는데 왠지 마음이 불안하고 초조했었다. 아니나 다를까 아침 일찍 아들한테서 전화가 왔다. 새벽 1시에 병원에 갔다고. 그러더니 얼마 후에 또 전화가 왔다. 7시 15분에 애기 낳았다고.

드디어 음력 섣달그믐에 우리 아기가 세상에 나왔다. 그 녀석이 되게 빨리 나오고 싶었나 보다. 마음이 급해지고 들뜨고 설레고 명절 준비를 잔뜩 벌려 놓았는데 들었다 놓았다 도무지 일이 손에 잡히질 않았다. 아기를 낳았으니 차례는 안 지내는 것이라고 어머니가 말씀을 하신다.

진작 나왔으면 어제 음식 만들 준비도 하지 않았을 터인데 그 녀석 하필 그믐에 나오느라고…. 대충 아침밥을 챙기고는 동서들이 오면 빈대떡이나 부치고 있으라고 알리고는 남편과 둘이 서둘러 아기

를 보러 나섰다. 우린 가다가 농협에 들러 병원비가 얼마나 나올지 한 100만 원 찾아다 주자고 했더니 우리 며느리 수고했다고 하며 주신다면서 30만 원을 더 찾았다. 물론 나에겐 돈이 없어서 남편 통장에서 인출했다.

나는 축하한다고 상큼한 화분 하나에 예쁜 리본을 달아서 며늘아기 곁에 올려놓아 주었다. 며늘애도 아기 낳은 것 같이 보이질 않았고 아기 또한 며칠 된 아이처럼 늠름해 보였다.

참 기분이 묘했다. 네가 정말 임 씨네 장손이구나 하며 생각하니 온몸이 찌르르한 듯한 묘한 감정이 일어났다.

2006년 5월 7일
손주 백일 잔치 / 4,930,430원

병곤이가 아들을 낳아 그 녀석이 벌써 오늘 백일 되는 날이다. 요즘은 백일 잔치하는 것도 부담스러운 일이라서 양가 직계 식구들만 조용히 모여서 점심 한 끼 먹기로 했다. 예전 같으면 내가 집에서 음식 장만하면 좋았겠지만 계속 바쁘기도 했고 집에서 일 벌인다는 것이 점점 겁도 나고 하여서 아빠한테 학교 근처에서 다녀보았던 음식집 괜찮은 집 있으면 예약해 놓으라 했았다.

서울에서는 한정식집 괜시리 비싸기만 한데 이럴 때 핑계 삼아 사돈들도 야외로 한번 나오시게 할 겸 분위기도 좋고 저렴하면서도 음식도 괜찮은 장소가 이곳에는 많으니까….

오늘 간 곳도 분위기 있고 음식들도 정갈하여 양가 두 집이 푸짐하게 잘 먹었다. 사돈들도 내 생각과 같으리라 믿어본다.

음식점에서 우리 집까지는 자동차로 약 20분 정도 걸리는 거리라며 사돈들도 모두 우리 집을 들러 가시라고 했다. 그냥 음식점에서 가시겠다 하는 것을 사돈집 오시는 것도 쉬운 일이 아니니 이런 날 들러서 시집보낸 딸네 집도 보고 가시라 했더니 모두들 승낙을 하고 들러들 오셨다.

간단하게 다과상으로 대접한 후 오산 떡집에서 맞추어온 백설기, 경단, 케익을 조금씩 나누어 싸드렸다. 마음 같아선 저녁 식사도 함께 하고 가셨으면 했는데 차들이 많이 밀릴 터이니 일찍 서둘러 올라가신다고 하며 모두들 나서셨다.

병곤이는 다음 주 내내 휴가라 내일 올라간다고 했다. 사돈들이 딸네 시댁 오셔서 어떤 생각들을 하고 가셨는지…. 어쨌든 넓은 정원에 넓은 집에 여유 있어 보인다고 했을지? 아님 따님이 앞으로 넓은 집 일거리 많아 힘들겠다고 생각들 했을지….

어쨌건 기분 좋은 날이었다. 우리 아들 병곤이가 장가가서 턱하니 첫아들 낳아서 백일잔치를 했으니…. 할아버지가 음식 값 내주고 며늘아기한테도 금일봉 주시고 이래저래 돈이 많이 들었어도 돈 쓰면서 기분 즐거운 일은 자식들한테 기쁨 받고 이렇게 좋은 일 생겨 돈 쓸 때가 아닌가 싶다.

2007년 2월 3일 토요일
증조부 기일 / 6,873,300원

오늘은 증조부 기일이다.

또 내일은 남편 생신도 치러야 한다. 다음 화요일이 음력19일 남편 생신일이다.

그래서 아이들과 함께 내일 남편 생신 행사를 진행해야 한다.

한꺼번에 겹친 것이 잘 된 것인지 복잡한 건지….

그래서 오늘 느지막하게 우리 예쁜 딸 현경이도 내려왔다.

오늘 할아버지가 병곤이 현경이에게 고조부이시니 그들의 아이들한테는 어찌 되는가 고조부 위 조상님 6대 조부님 기일에 참여한 것이다.

6대조 후손들의 제사 절을 받게 되니 더욱 기쁘셨을까? 병곤이 9살. 현경이 8살, 병찬이 6살 때 증조모님께서 돌아가셨다. 그들한테 고조할머니! 5대조 조상님! 오늘 주인공 할아버지는 일찍 돌아가셨다. 남편 돌날이 오늘 할아버지 장례일! 그 후 증조할머니는 몇십 년을 더 사시고 94세에 돌아가셨다. 우리 아이들이 동탄 집에 올 때마다 사탕을 사다드렸고 할머니가 몇 개씩 나누어 주실 때 앞에서 점잖게 기다리곤 했다.

오늘이 그 할머니 오래전에 헤어진 남편 기일이다. 이제 할머니 돌아가신 지도 어언 30여 년이 가까워졌다. 병곤이가 장가가서 아들을 낳고! 또 아빠 엄마가 했던 짓을 할 수 있는 나이들이 되었으니….

우리 애들이 고조모를 생생히 기억한다는 것은 어쩌면 크게 자랑스러운 일이다. 친부모도 못 봐서 모르는 사람들도 많은데….

2007년 2월 7일 수요일
문화인 되다

내 생에 처음으로 뮤지컬이라는 공연을 보았다. 우리 남편도 물론이고…. 우리 사위 덕분에… "맘마 미아 맘마 미아"

몇 년 전부터 들어보긴 했었다. 그런데 아바 그룹 노래들이 뮤지컬로 탄생한 것인지는 몰랐었다. 그리고 나와는 당연히 먼~ 문화생활 하는 이들의 것이라고 믿고 싶었었다. 그래서 나는 깊게 알려고도 하지 않았었다. 일인당 90,000원이라 하는데… R 석이. 이번에 성남에서 앙콜 공연이 있는 모양이다.

박 서방 덕분에 우리 부부 오늘밤 성남 오페라 하우스에 가서 뮤지컬 "맘마미아"를 관람하고 왔다. 아바 그룹 노래들은 정말 내가 좋아하는 노래들이다.

70연대인가, 80년대에 많이 인기 있던 그룹이었다. 오늘밤은 너무너무 흥분되었다. 그냥 저절로 흥얼흥얼해지면서 앉아 보고 있는 동안 계속 발장단이 쳐진다. 공연이 끝난 후에도 한참을 관객들이 제자리에서 일어설 줄 모르고 우레와 같은 박수를 보내니 한참을 진행없이 있다가 앙콜송을 들려주었다. 모든 이들이 함께 일어나 춤을 추게 하였다.

남편이 나가자고 신호를 보냈지만 음악이 꺼지지 않을 때까지 난 계속 관객들 속에서 마음껏 작은 동작으로 그들과 함께 춤을 추었다.

음악에 무례한 남편도 재미있고 신났다고 했다. 돌아오는 길에 차 안에서 사위 우리 박 서방한테 고맙다고 문자를 보냈고 친구들과 영어반 다나한테도 자랑을 했다.

2007년 6월 10일 일요일
장인과 사위 골프 / 4,633,660원

장인과 사위는 오늘 또 골프연습장엘 갔다. 박 서방 그렇지 않으면 11시나 되어야 간신이 일어날 터인데 요즘 장인하고 골프 치러 가는 재미가 있어 일찍 일어나 아침밥도 먹고 준비하고 있다가 10시쯤 둘이 나간다. 나야 골프도 못 치고 안 따라가봤지만 나인홀이라 나 파쓰리장이라며 값도 저렴하고 가까운 그곳으로 간다. 한두어 시간 치고 점심 또한 그곳에서 해결하고 오후 3시경에는 돌아온다.

박 서방이 처갓집 오는 것을 싫어하는 스타일은 아니지만 요즘은 골프 치는 재미가 있어서 주말이면 가끔 잘 내려온다. 일하는 놈 친구 하면 일만 하고 노는 놈 친구 하면 놀기만 한다더니 둘이 골프 치러 갔으니 밭에 풀을 뽑을 놈은 나밖에 없다. 남편이 그렇지 않으면 하루 종일 집에서 나와 함께 일 하느라 바쁠 터인데 오늘도 일은 못 했어도 사위와 함께 할 수 있는 취미가 있으니 보기는 좋았다. 청주 사돈이 아시면 샘날 것 같다.

2007년 7월 23일 월요일
바쁜 일정 / 5,978,630원

방학식 하자마자 학교 선생님들과 1박 2일 연수 다녀오셨고 오늘부터 모래까지 화성 오산 교장단에서 또 거제도를 가신다고 오늘 아침에 떠나셨다. 그런 덕분에 수원역 앞까지 대리기사로 다녀왔다.

남편은 요즘 계속 바쁘다. 27~28일은 부부 동반 건승회원 연수이고 29일은 김포 친구 권이광 씨네 혼사에 가고 8월 4일부터 4박 5일 화성오산 교직원 연수 단장으로 일본 방문이 있는데 이런 때에 어머님이 안 계시면 나도 어디 가서 홀가분하게 놀다가 자고 와도 되는데 그렇다고 지금 내가 집에만 있는 것도 결코 아닌데 왠지 늘 마음이 한가롭지 못하고 편하다는 느낌이 없다.

2008년 1월 7일 월요일
서해안의 대형 참사 / 5,721,000원

서해안 기름 유출사고가 난지 벌써 한 달이 되나 보다. 생각하면 할수록 어이 없는 인재다. 기름 제거하러 전국에서 많은 봉사 요원이 몰려가고 있다. 그런 보도를 접할 때마다 난 항상 부끄럽기 짝이 없는 국민이다. 나라에 큰일이 생길 때마다 어쩜 그렇게 발 벗고 나서서 현장에서 돕고 또 많은 성금을 내고. 그렇게 많은 애국자들이 있는지 정말 존경스럽다. 나는 이제껏 살아오면서 좋은 일에 얼마나 참여를 해봤나? 딱한 이웃들을 얼마나 도와 주었는가? 생각해 보니 나는 너무도 우리 가족만 챙기면서 생각 없이 살아오지 않았나 싶다.

어쨌든 기름 피해가 남해까지도 나갔다는데 앞으로 서해바다가 어찌 될는지 정말 걱정스럽다. 최소한 바다가 다시 살아나려면 10~20년이 걸린다니 우리 사람들의 부주의가 얼마나 엄청난 재앙을 불러 왔는가? 깊이 반성해볼 문제다.

2008년 4월 25일 금요일
방화범 / 4,691,680원

숭례문 방화범을 오늘 10년 선고령이 떨어졌다는 뉴스가 나왔다. 너무나 너무나 어이없고 기막힌 일을 저지른 그자에게 평생 무기징역형일 것 같았는데… 10년 밖에 안 되다니 .

불을 지른 사람도 그렇지만 도대체 그렇게 폭삭 주저앉도록 불을 끄지 못한 수도 서울 소방시스템은 또 어쩔 건지…. 600살이나 먹으면서 고고하게 버텨온 우리 대한민국의 상징이다시피 한 숭례문을 그렇게 허무하게 떠내보내다니…. 다시 복원된다지만 우리 국민의 허전한 마음을 어떻게 회복시켜 놓을지….

2008년 7월 7일
촛불시위 / 6,237,510원

언제나 시국이 조용해질는지! 그놈의 촛불시위인지 뭔지 이제 넌더리가 나서 듣기도 보기도 싫다. 이명박 대통령 취임한 지 서너 달 되었나, 참 골치께나 아프실 게다. 나는 연일 뉴스를 보고 들어도 무어가 무엇인지 모르겠다. 광우병! 미친 소! 30개월 미만인 소!

미국 소고기가 어떻다는 것인지, 왜 그리 난리법석 치면서 시위를 하고 있는 것인지를! 대통령이 다시 추가협상도 했다 하고. 철저히 검역도 했고 국민 앞에 사과도 했고 바꾸어 치우란 요직 몇 사람들도 교체하면서 이제 정부를 믿고 촛불도 끄고 각자 일상의 자리에 돌아가서 온 국민이 우리 경제를 살리는 일에 전념하자는 말 나는 공감이 갔다. 그런데 무엇 때문에 끝까지 해보겠다는 시위대들은 왜 그러는지 모르겠다. 그동안 TV에서 광우병 미국소 수입 반대! 촛불집회 이제 끝 것인지! 계속 할 것인지에 대해서 이렇다 하는 유명 인사들이 나와서 토론하는 것도 들어보면 서로의 의견이 팽팽하게 맞서고 어느 쪽 말이 과연 맞는 말인지 골치만 아파진다. 엊그제부터 그동안 묶여놓았던 미국산 소고기들이 시판되기 시작했다는데 없어서 못 살 정도로 줄지어 기다렸다가 사 갔다느니 도대체 먹지 말아야 한다! 걱정 말고 먹자! 어느 쪽이 맞는 말인지?

2008년 7월 17일 목요일
남편의 월급봉투 / 4,819,570원

오늘 남편이 봉급명세서를 두 손으로 공손하게 나에게 전해 주셨다. 이제 한 번 밖에 안 남았다면서…. 왠지 아쉽고 쓸쓸해하는 듯한 표정을 근래에 들어 느꼈다. 겉으로는 웃음을 띠며 하는 말이지만 "여기 있습니다." 하면서 명세서를 건네주고 수고하셨습니다. "잘 쓸게요." 하면서 고맙게 받는 나의 모습도 그야말로 이제 한 번밖에 안 남은 것이다. 이제는 매달 똑같은 금액이 은행에서 입금되고 월급명세서는 없겠지… 이달처럼 몇 번은 꽤 많은 금액이 들어오곤 했었는데 이제부터는 연금으로 한 300만 원씩만 고정적으로 들어오게 되겠지. 효도휴가비라든지 보너스도 당연히 없겠지. 그때 가서는 남판이 퇴임을 하셨다는 것이 실감이 날까. 아직도 나는 벌써 남편이 정년을 맞게 되었다는 것이 영 실감이 나질 않았다.

이번 여름 방학하는 날이 결국 끝나는 날이라고 생각이 드시는 모양이다. 개학이 퇴임식이니까! 이제 일주일 밖에 학교 가는 날도 안 남았네! 난 왠지 그 말이 너무나도 슬프게 들렸다. 하지만 그건 슬픈 일이 아니라고 나는 다시 생각을 한다. 40여 년간 무사히 그리고 열심히 제자들을 가르치고 성실히 살아왔고 그것이 오늘에 이르렀다. 들어오는 돈은 좀 적을지라도 이제부터 우리만의 시간을 즐기면서 여유를 갖고 제2의 삶을 살려고 한다. 오직 하나 건강만 계속 유지할 수 있다면 우리는 아무 걱정 안 할 것이다.

2008년 8월 21일 목요일
정년퇴임 / 4,819,570원

드디어 남편 정년퇴임 날이 왔다. 애들이 어제 내려온다는 것을 방마다 상전인 고추를 널어놓아서 잘 방도 없어서 아침에 오라고 했다. 나는 우아한 모습 정장 한복차림으로 나섰다. 전형적인 가을 하늘! 청명한 날씨라서 내 옷도 칙칙해 보이질 않았다. 어제저녁은 머리가 흐트러지고 풀릴까 봐 잠도 제대로 못 잤는데 아침에 미용실에 다녀왔으면 좋았을 걸…. 내가 왜 이리 떨리고 신경 쓰이고 하는지… 남편과 단둘이 우린 단상에 올라가 앉아있고 수많은 축하객이 우릴 쳐다보는데 내 모습이 예뻐야 할 터인데….

강당에 꽉 차 있는 많은 축하객과 재학생들의 환영을 받으며 우리는 단상으로 올라가 앉았다. 청주에서 사돈 내외분도 일찍 오셔서

가족석에 계셨고, 오빠 언니, 대연이, 양선 아저씨 부부, 우리 형제들 등등 수많은 분이 축하해주러 오셨다. 아이들 결혼식 때보다도 나는 더 어색하고 부끄러워 혼이 났다.

첫 번째 순서로 가족 대표 꽃바구니 증정을 우빈이와 희준이가 전달하기 위해 단상으로 오르는 모습이 어찌나 귀엽고 예쁘던지…. 언제 어디서 보아도 우리 손주들은 너무 예쁘다. 재학생과 교직원으로부터도 예쁜 꽃다발을 받았고 친지 친구들, 제자들한테 행운의 열쇠도 받고, 각 기관에서 송공패 및 감사패 수여식도 있었다. 남편 퇴임사도 시간이 지루할까 봐 간단명료하게 마음을 전했다. 그런데 내 마음을 울컥하게 하는 때가 여러 번 있었는데 50대 제자들인 일죽원예 고등학교 제자들이 많이 참석했고 석철 씨가 사은사를 멋지게 띄워 주었다는 것과 남편 후배인 백명호 교장 선생님의 축주 색스폰 연주로 "잊으리 와 낙엽은 지는데" 어찌나 구성지고 멋있고 내 심금을 울리는지 나는 몇 번 뒤돌아서서 눈물을 닦았다. 참아내느라 아주 혼이 났다.

그리고 남편 퇴임사 중 8년 전까지만 해도 도시락 싸주며 건강을 지켜주어 오늘이 있게 해준 것에 고맙다면서 내 쪽을 보는데 나는 미소로 답했지만 무어라 표현할 수 없는 기쁨, 아쉬움, 허전함이 마음속 깊이에서 교차했다.

그리고 재학생들이 올라와서 축가를 불러주었고 전 교직원이 올라와서 교장 선생님의 18번이라면서 "누이"를 개사해서 불렀다. 가끔 교장 선생님을 일제히 바라보면서 불러주는 그 모습들이 어찌나 아름답고 고마운지 정말 감동 그 자체였다. 특히 오늘 오신 모든 분들이 감탄하면서 좋아하신 코너는 19개의 대형 판넬들이었다. 영상으로 준비했던 사진들과 모든 내용을 판넬로 담아낸 작품들! 40여 년간의 우리 남편의 행적을 자세하게 밝혀주어 축하객들 모든 이에게 감명과 감동을 주는 듯했다. 점심 식사도 학교 식당에서 내빈들에게 식판에 차려드린 대접이었지만 나중에 들으니 음식이 맛있었다고 모두 말하니 정말 다행이었다. 식사 후 축하객들과 일일이 촬영을 한 후 학교 모든 교직원이 나와서 우리를 전송했다. 보리수, 살구 딸 때 아니 올가을 모과 딸 때는 꼭 놀러 오시라 하면서 돌아섰다. 그간 나도 그들과 정이 퍽 들었던 것 같다. 하지만 이제는 그 무엇 하고도 영원할 수 없는 법, 이제 추억의 한 페이지로 우리의 머릿속에 기억되겠지.

2008년 8월 22일
둘째 손주 순산 소식

오전에 병곤이한테서 전화가 왔다. 선희가 배가 자주 아파서 친정집에 갔다고… 그런데 오후 2시쯤 궁금해서 전화해보니 병원에 갔다고 한다.

한 2시간이나 되었을까? 아기를 낳았단다. 역시 알고 있던 대로 또 아들이었다. 모든 일이 계획대로 순조롭게 풀어져서 난 너무너무 모두가 다 고마울 뿐이었다. 계속 요즘 비도 잘 왔고 사실 퇴임 날 어제도 일기 예보로는 오후에 비가 온다고 했었다. 그런데 얼마나 날씨가 좋았는가! 좋아도 보통 좋은 것이 아닌 그야말로 전형적인 높푸른 가을하늘이었었다. 그렇게 덥지도 않아서 한복 차려입고 품위 지키느라 하루 종일 힘들었어도 덥지도 않았었다

만삭의 며느리도 시아버지 퇴임식에 참석하게끔 아기도 참았는지 어제는 끄떡없었는데 올라가서 하루 만에 순산까지 했으니 얼마나 고마운 일인지~ 오늘은 아침부터 아니 어젯밤부터인지 하루 종일 비가 쏟아졌다.

어제 비껴가고 오늘 내리니 생각할수록 고마운 일이다. 학교에서 너무도 정성 담은 선물을 남겨준 것 또한 눈물이 날 지경으로 나는 감동! 또 감동하면서 오늘도 몇 번을 판넬에 새겨진 선생님들의 편지글 모음 학생들의 편지글을 읽고 또 읽었다.

정년퇴임을 남편이 하였지만 너무 보람 있고 흐뭇하고 병곤이가 또 둘째 손자까지 안겨주어 정말 행복했다.

\# 2008년 8월 29일 금요일
훈장 받는 날

오늘은 남편이 훈장을 받는 날이다. 아침에 조금 일찍 출발해서 꽃다발을 하나 사야 했다. 어제 준비를 못 해서 요즘 졸업 시즌이면 꽃장수들 잘들 알고 교문 앞에서 장사진을 치듯이 오늘도 교육청 앞에 분명히 꽃장수들이 있을 거라 남편은 말했지만 혹시 꽃 준비를 못 하면 어쩌나 걱정이 되었다. 오늘 사진사님도 와서 제대로 기념 촬영도 할 터인데… 다행히 정문 앞에서 30,000원 주고 예쁜 꽃다발을 살 수 있었다. 남편이 이번에 받는 훈장은 교사들이 받을 수 있는 훈장 중 최고의 훈장이라 한다. "황조근정 훈장" ---40년 4개월의 ---모든 것이 그 안에 있다고 보면 된다. 황조 훈장 수여자는 직접 교육감님이 한 분 한 분 훈장증 수여를 해주셨다. 나는 단상에 올라가 훈장을 받는 남편 모습에 마음이 뭉클했고 또 숙연해졌다. 이제 공직 생활은 오늘로 모두가 끝이 나는 것이구나! 교직 생활 중 오늘 이 시간이 남편의 모든 직함 교사에서 교감, 교감에서 교장이 오늘로서 끝이로구나.

남편과 함께 오늘을 기념하기 위한 사진 촬영을 했고 학교에서도 이관한 선생님이 대표로 꽃다발을 갖고 오셔서 그 선생님과도 함께 촬영을 했다. 오늘 다른 분들은 우리처럼 단상에 올라가서 사진 촬영하는 이들이 없었다. 상 받고 내려올 때 밑에서 찍느라 야단들이었지. 오늘 건승회 회원 중 이종설 교장 이영화 교장도 훈장을 함께 받는 날로 더욱 뜻깊은 하루였다.

황조근정훈장 제 14445 호

대한민국

훈 장 증

기 안 중 학 교
교 장 임 승 학

귀하는 교육자로 재직하는 동안 헌신적으로 봉사하여
국민 교육 발전에 이바지한 공로가 그므로 대한민국
헌법의 규정에 따라 다음 훈장을 수여합니다.

황조근정훈장

2008 년 8 월 31 일

대 통 령 이 명 박

국 무 총 리 한 승 수

이 증을 근정훈장부에 기재합니다.
행정안전부장관 원 세

2008년 10월 24일 금요일
오늘이 내 생일 환갑이다

오늘이 내 생일이다. 음력 9월 26일! 사실 오늘 한 2박 3일 국내 여행이라도 떠났으면 했다. 그러려면 어제 떠나서 내일쯤 오려 했다. 그건 나 혼자 생각이고 여의찮아 실천을 못 했다. 아침 먹고 커피 마시고… 아침에 미역국 끓였는데 어머니는 눈치를 못 채신다.

남편이 무조건 어디 한 바퀴 돌고 오자고 했다. 오랜만에 속리산엘 갔다. 왜 속리산으로 정했는지 모르겠다. 그동안 절에도 잘 못 다녔고 날라리 신자인데 남편과 오늘 법주사에 들러 미륵상 앞에서 사진도 찍고 단풍이 들어 아름다운 가을 산도 실컷 보고 주렁주렁 열려 있는 감나무들도 많이 보고….

산 아래에 있는 집이라 시골 정취를 느낄 수 있고 콧바람을 쐬며 나와서 돌아다니니 기분은 더욱 좋다. 아기를 가진 사람이 아기를 더욱 예뻐한다더니 우리 집도 만만치 않게 자연과 더불어 살고 있건만 왜 그렇게 나는 나무, 꽃, 물… 자연을 그렇게 좋아하는지 모르겠다.

속리산 농협에서 남편이 수표 6장을 뽑더니 만 원 보태어 61만 원 금일봉도 주었다. 속리산 산채요리 한정식집에 들어가 맛있는 점심을 먹고 돌아오다 오산 서해 칼국수 집에 들어가 오늘 내 생일 환갑날을 우리 둘이 그렇게 오붓하게 보냈다.

2008년 12월 8일 월요일
결혼 35주년

내일이 우리 35번째 결혼기념일이다. 그래서 올해는 우리 신혼 여행지인 온양 가서 그때처럼 재현을 해보고 싶었다. 얼마 전에 남편과 약속을 했었다. 그런데 남편 동료들 정년퇴임을 하신 모임인 88회가 내일 지리산인지 가야산인지로 등산을 가신단다. 남편은 못 가신다 했더니 남편만 빠진다고 하면서 전원이 가는 것인데, 하며 아쉬워들했다고 했다. 생각해 보니 굳이 빠질 것 없다 싶어서 엊그제 남편도 참석하라고 했다. 결혼기념일이라고 해외여행 계획 잡아 놓은 것도 아니고 우리가 하루 일찍 다녀오면 된다고 했더니 남편도 그 산행에 끼고 싶었던지 얼른 회장 선생께 자기도 가겠다고 전화를 걸었었다. 그래서 오늘 우리는 온양엘 미리 가게된 것이다. 현충사는 가까이 있어서 아무 때고 갈 수 있는 곳이지만 오늘은 더욱 감회가 새롭다. 35년 전 사진기사가 하라는 대로 이곳저곳에서 사진을 찍으며 폼을 잡았던 그 장소들이 많이 달라져 있기도 했고, 그대로 남아있는 곳도 있었다. 아쉽게도 서둘러오는 바람에 사진기 충전이 덜되어 마음 놓고 찍을 수가 없어 안타까웠다. 제일 명장면이었던 곳" 충무정 우물에서의 씬" 이순신 장군의 생가! 활터에서는 꼭 재현을 해보고 싶었다.

평일이라 그런지 참 한산했다. 그동안 현충사는 친구들과도 자주 여러 번 가서 즐기며 다녔던 곳이지만 오늘은 왠지 흘러간 세월이 무상함을 느끼게 했고 아쉬움이 있었다. 그러나 우직하지만 성실하게 살아온 남편이 있고 나름대로 앞가림하면서 성실하고 착하게 살아가는 우리 자식들이 있어서 나는 행복하고 즐겁다.

2008년 12월 27일 토요일
삶의 욕심

남편 초등학교 동창이신 보광당 사장 학남 씨가 돌아가셨다. 몇 년째 편찮으시다는 말이 있더니 결국 어제 떠나셨단다. 태어난 순서대로 떠날 때도 순서대로 떠나면 좋을 터인데….

우리 어머니! 명희네 할머니! 등등 이 동네 90 다 된 노인들이 꽤 여러분계시다. 그분들은 모두 건강하게 잘들 살고 계시는데, 70도 못 살고 죽는 건 좀 억울하지 않은가! 적어도 80은 살아야지… 80도 금방이다. 남편 나이 65세 며칠 후면 66세다. 14년 금방이다. 생각하니 정말 얼마 남지 않은 세월이다. 우리는 건강하게 오래도록 한 100살까지는 살까? 이것이 모순이다. 솔직히 시어머니 100살까지 사실까 봐 은근히 걱정하면서 우리는 100살까지 살고 싶어 하다니….

인명은 재천! 사는 날까지 즐겁게 마음 비우고 편하게 살자 그렇게 살자구!

2008년 12월 31일 수요일
무자년 마지막 날

무자년 마지막 날이다. 남편이 감기도 심하게 들었고 내 기분도 힘들고 하여 아이들이 온다는 것을 못 오게 하였다, 희준이고 희도도 감기만 옮는다면서 그렇지 않아도 다음 주엔 남편 생신도 끼고 또 그날은 증조부님 기일이라서 내려와야 할 터이니까 이번에는 조용히 너희들끼리 집에서 재미있는 날을 보내라고 했다.

저녁을 먹고 난 후 밤이 왜 그렇게 긴 것 같은지…. TV에서는 연신 연예인들 잔치 벌이는 것만 방영이 되고… 멋진 영화라도 한 편 보았으면 싶었지만 지독하게 감기 걸린 남편과 무슨 이벤트를 벌이겠는가.

올 한 해는 내 생에서 많이 기억될 한 해였다. 내 회갑도 있었고, 결혼 35주년이 금년도이고, 남편이 지난 8월에 40여 년간 봉직해 오신 교단을 떠난 정년퇴임을 한 해이고 그다음 날 두 번째 손주도 얻은 그런 기쁨도 있었던 무자년이었다. 인생은 60부터라 했는데 우리 부부 늘 재미있게 살려면 어찌 해야 하는지 이 해 마지막 밤에 곰곰이 생각해 보아야겠다.

공감하는공간 20
아름다운 꿈을 꾸기 위해
ⓒ 김영애, 2024

지은이_ 김영애

발 행 인_ 이도훈
편 집 장_ 유수진
교   정_ 김미애
펴 낸 곳_ 도서출판 도훈
초판발행_ 2024년 5월 10일

사무실_ 서울시 서초구 법원로3길 19, 2층 W109호
          (서초동, 양지원빌딩)
전 화_ 02) 595-4621, 010-6722-4621
팩 스_ 0504-227-4621
이메일_ flyhun9@naver.com
홈페이지_ www.dohun.kr

ISBN_ 979-11-92346-74-8 03810
정가_ 15,000원